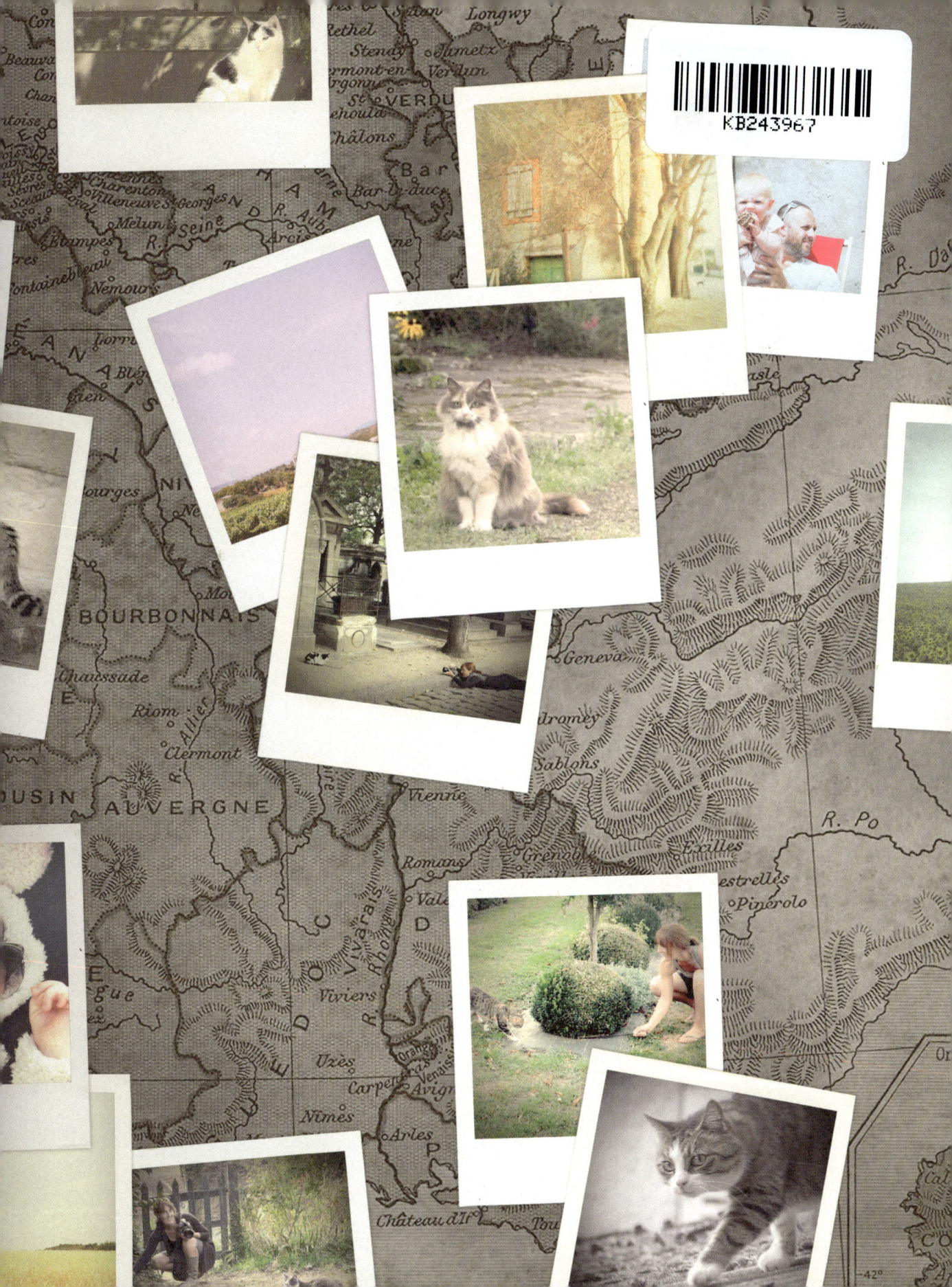

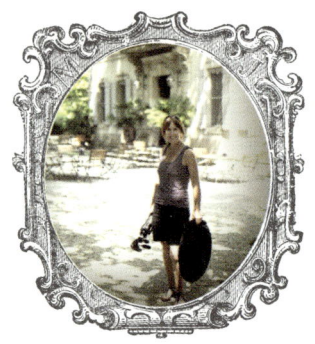

글 + 사진

레이첼 매케나 Rachael McKenna

사진작가이자 베스트셀러 작가.
레이첼 매케나(결혼 전 성은 헤일)는 세계적으로 큰 인기와 성공을 누리고 있는 사진작가 중 한 명이다. 그녀의 손에서 탄생한 사랑스러운 사진들은 전 세계 각지에서 카드, 달력, 포스터로 제작되었으며 그녀의 책들은 20개 언어로 번역되어 280만 부 이상 팔렸다. 뉴질랜드에서 태어나고 자란 레이첼은 남편과 어린 딸 샤를리즈와 함께 프랑스 남부에서 살고 있다.

《101마리 견공: 사랑스런 견공을 위하여101 Salivations: For the Love of Dogs》, 《101마리 고양이: 고양이를 위하여101 Cataclysms: For the Love of Cats》, 《행복한 아기 고양이Smitten: A kitten's Guide to Happiness》, 《너무 사랑스런 강아지Snog: A Puppy's Guide to Love》, 《세상에서 가장 멋지고 귀여운 101마리 고양이The Cat's Pyjamas: 101 of the World's Cutest Cats》 등 여러 권의 개와 고양이 화보집을 베스트셀러 반열에 올려놓았다.

최근에는 《누구에게나 우울한 날은 있다The Blue Day Book》의 저자이자 베스트셀러 작가인 브래들리 트레버 그리브Bradley Trevor Greive와 함께 《개가 고양이보다 나은 이유Why Dogs are Better than Cats》를 발표해서 다시 한 번 성공을 거두었다. 레이첼의 아기 화보집과 육아 관련 서적으로는 《사랑스런 아기: 아기와 관련된 깨알 같은 이야기들Baby Love: An Affectionate Miscellany》, 《행복한 아기: 새내기 엄마가 꼭 알아야 할 50가지The Happy Baby Book: 50 Things Every New Mother Should Know》, 《아기로 살아가는 것My Life as a Baby》 등이 있다.

THE FRENCH CAT
by Rachael Mckenna

프로방스의 길고양이

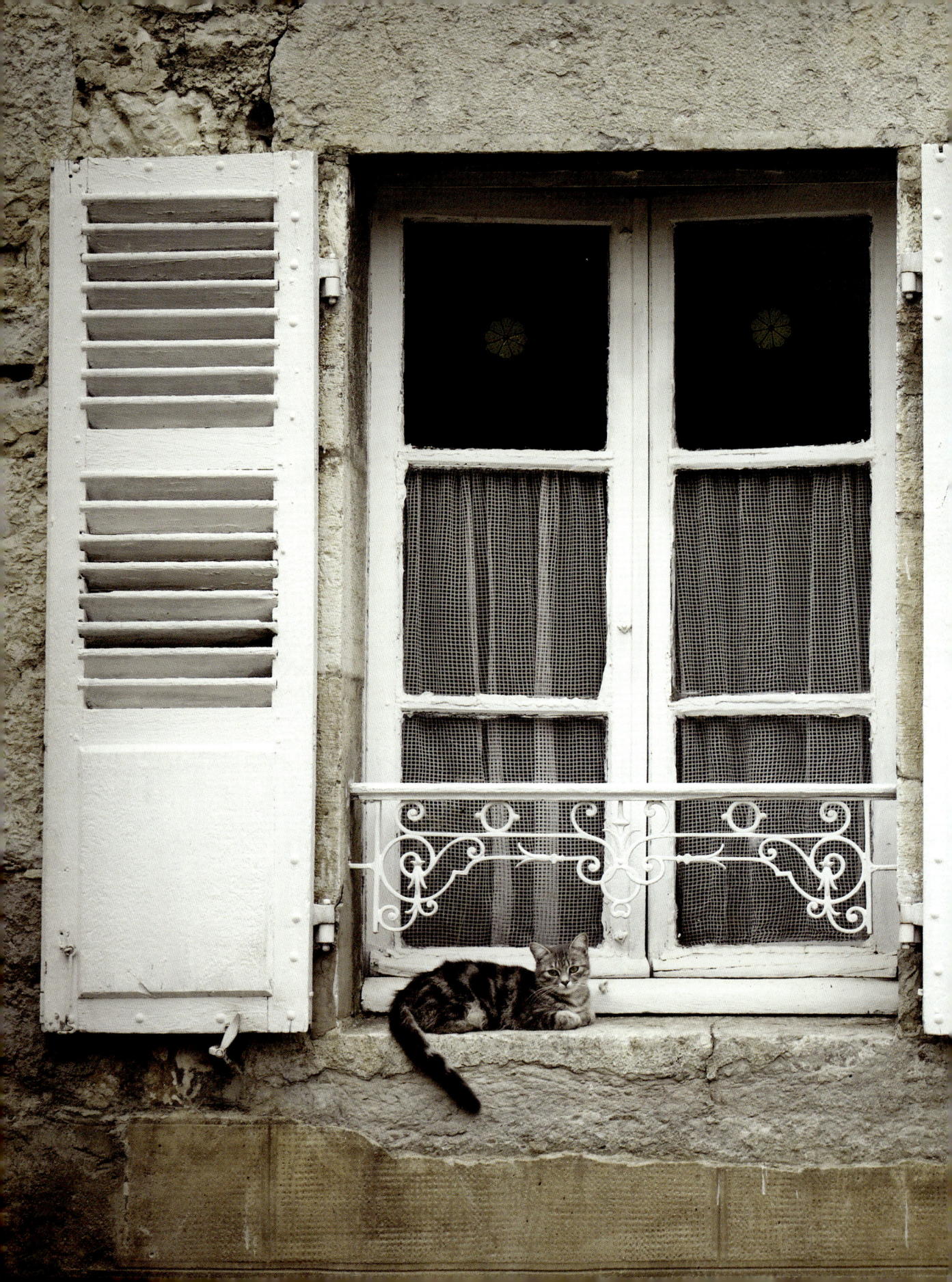

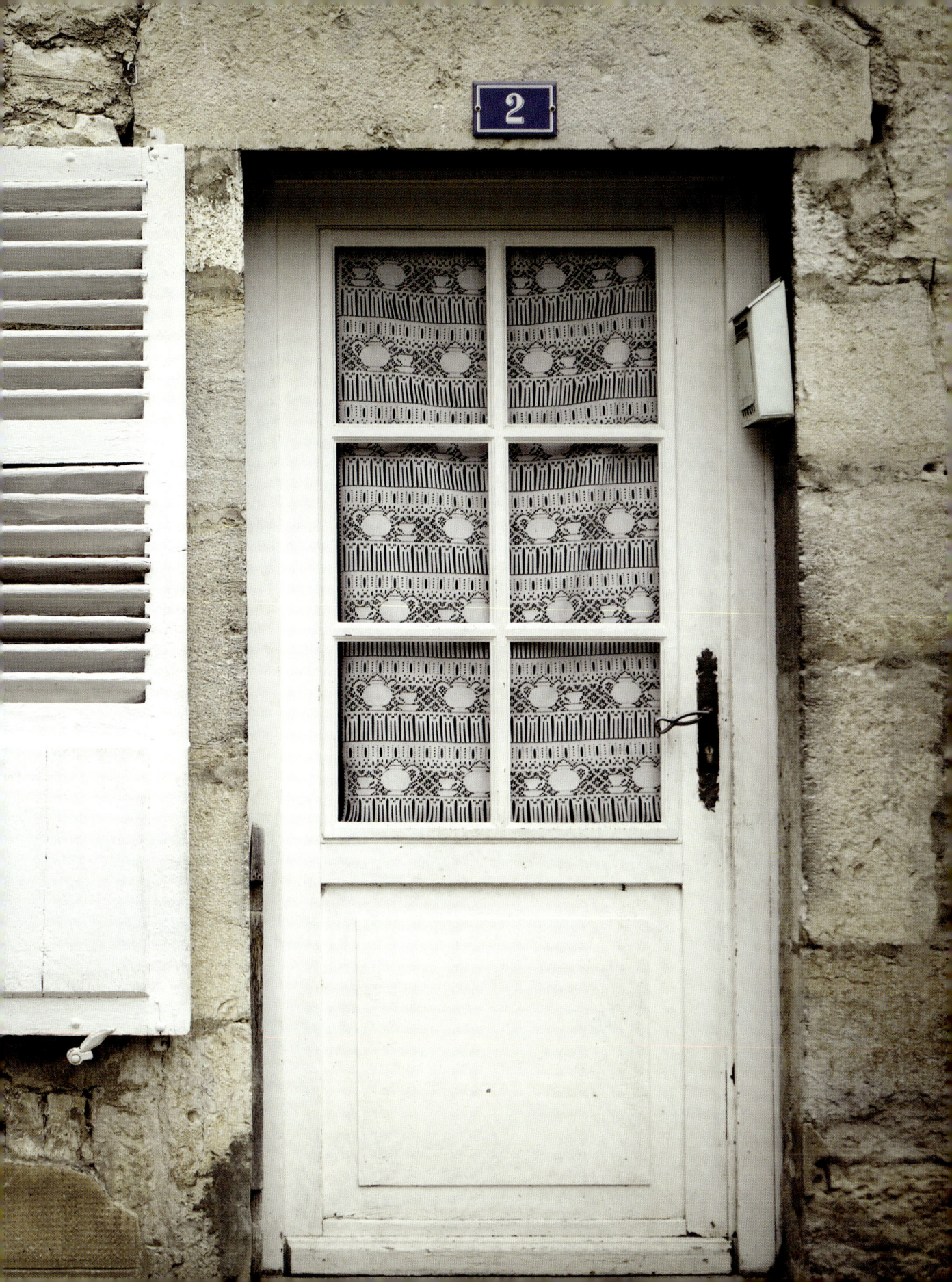

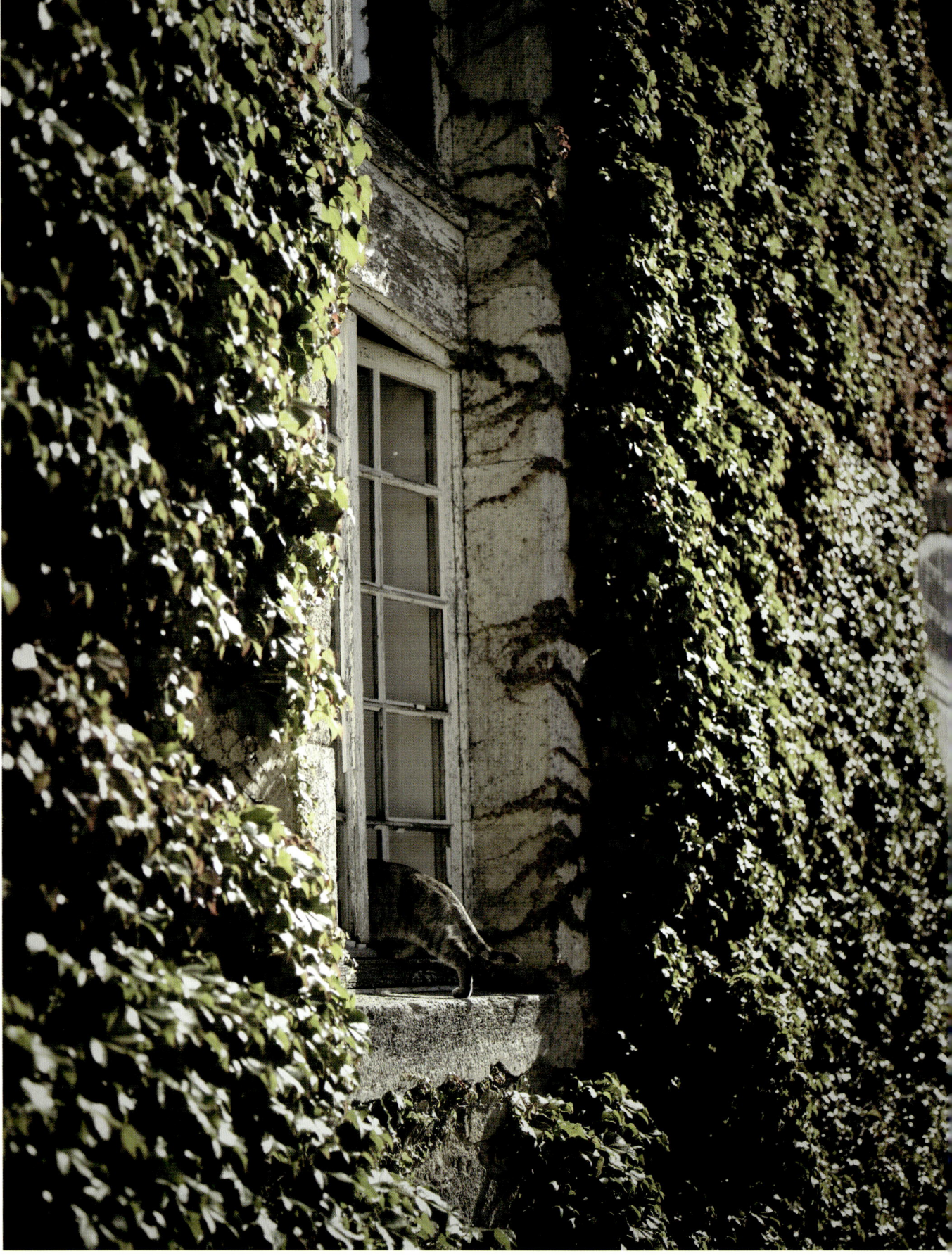

프로방스의 길고양이

레이첼 매케나 글+사진

시공사

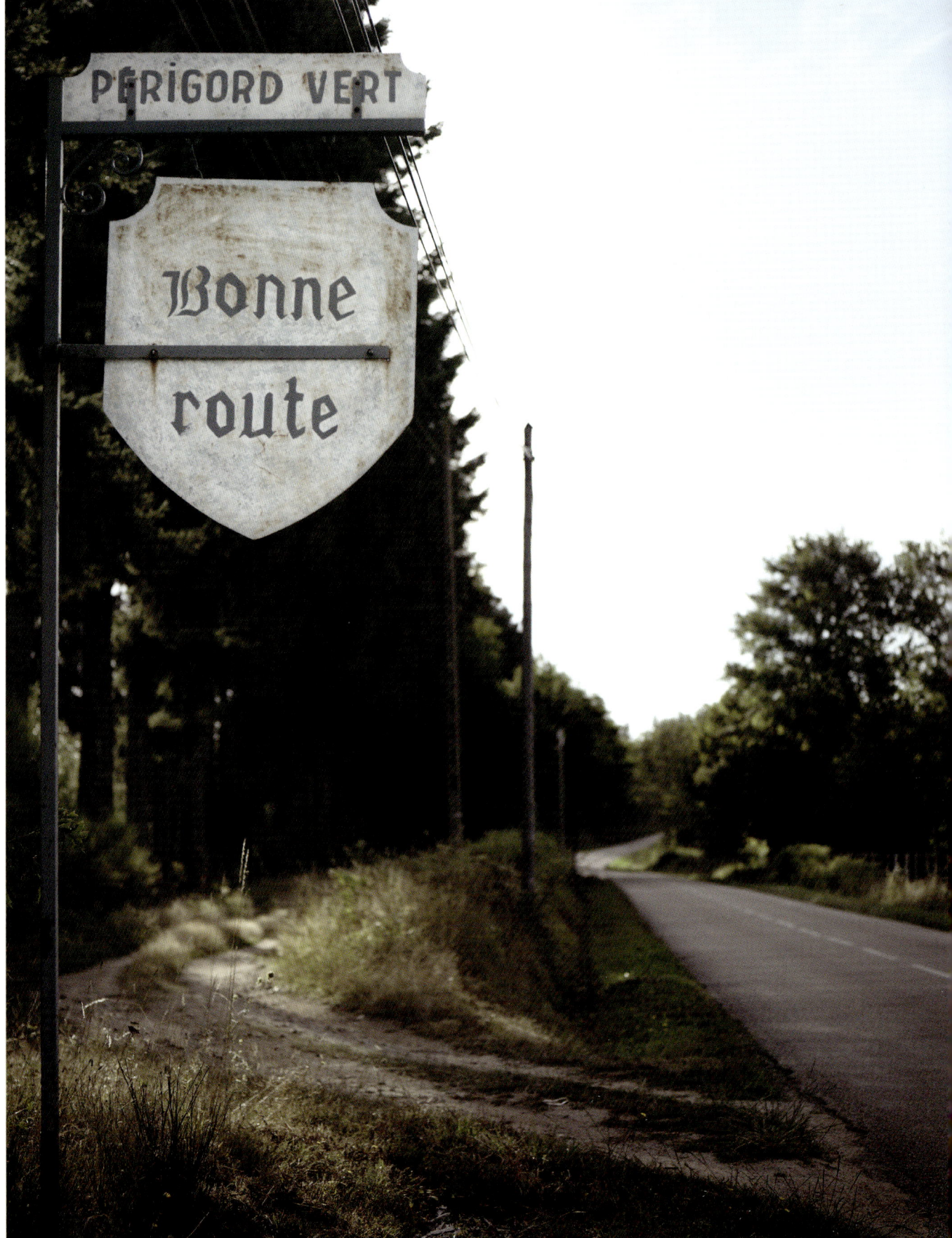

Sur les routes de France

고양이는 스스로 결정을 내리고 본능대로 움직인다. 기분이 내킬 때는 사랑스럽게 사람들 품에 안기기도 하지만 근본적으로는 사냥을 하게끔 만들어졌다. 그중에서도 가장 독립적이며 수수께끼 같은 매력을 가진 고양이는 아마도 프랑스 고양이들일 것이다.

오만하면서도 아름다운 얼굴과 관능적인 몸 그리고 한 번만 휘둘러도 치명적인 상처를 남길 수 있는 발톱, 사람에게 바싹 달라붙어 가르랑거릴 때도 있지만 속을 알 수 없을 만큼 냉담한 성격의 소유자인 고양이는 사진작가라면 누구나 한 번쯤 카메라에 담아 보고 싶은 대상이다. 고양이는 스스로 결정을 내리고 본능대로 움직인다. 기분이 내킬 때는 사랑스럽게 사람들 품에 안기기도 하지만 근본적으로는 사냥을 하게끔 만들어졌다. 그중에서도 가장 독립적이며 수수께끼 같은 매력을 가진 고양이는 아마도 프랑스 고양이들일 것이다. 프랑스의 시골 마을에서는 지나치리만치 널리 사육되는 혈통 좋은 고양이는 그다지 눈에 띄지 않는다. 그곳에서 볼 수 있는 고양이는 대부분 믹스묘이며 주인과 마찬가지로 독특하고 자립적이고 쌀쌀맞다.

프랑스 시골 마을의 고양이들은 거리를 따라 늘어선 성벽 위에서 일생의 많은 시간을 보낸다. 옥상에 모습을 드러내기도 하고 창턱 위를 살금살금 걷기도 하며 자신의 적수인, 거리를 배회하는 개들을 거만하게 내려다보기도 한다.

고양이는 높은 곳에 올라가길 좋아하지만 프랑스 시골 마을의 고양이들은 어쩔 수 없어서가 아니라 스스로 높은 곳에서의 삶을 선택한 것처럼 보인다. '로메오Romeo'의 경우만 해도 그렇다(112p 참조). 로메오는 울타리 기둥이 마을에서 가장 편안한 잠자리인 양 그 위에서 잠을 잔다.

프랑스 시골 마을의 고양이들에게는 대부분 주인이 있다. 그들은 자신의 고양이를 보물처럼 아끼며 온갖 응석을 다 받아준다. 그러나 거의 모든 마을에는 길고양이 역시 존재한다. 아무도 원치 않았는데 태어난 고양이가 있는가 하면 주인이 죽었거나 이사를 가는 바람에 버려진 고양이도 있다. 하지만 어느 경우에 속하든 길고양이들 곁에는 먹이를 주고 돌봐주는 사람이 있다.

나는 푸졸Pouzolles의 뒷골목에서 만난 한 무리의 길고양이를 기억한다. 그 고양이들은 자신들에게 먹이를 주는 할머니의 집 밖에서 참을성 있게 기다리고 있었다. 마침내 할머니가 덧문을 연 순간, 고양이들은 고개를 들어 위를 올려다보았고 나는 고양이들의 눈에 어린 기쁨을 엿볼 수 있었다. 고양이들은 이제 곧 자신들의 배를 채워줄 아침식사를 상상하고 있었다.

도시의 고양이들은 이와는 매우 다른 생활을 한다. 그 한 예로 파리의 거리에서는 고양이의 모습을 거의 볼 수 없다. 집 밖에서 고양이를 포획하면 그 주인에게 벌금을 부과하기 때문이다. 그러나 많은 고양이들이 버려지고 있고, 파리 시가 고용한 고양이 포획자들에게 쫓겨 달아난다. 하지만 프랑스 고양이들은 영리하다. 오늘날 수백 마리의 길고양이들은 드넓은 몽마르트르Montmartre 묘지를 배회하면서 무덤 사이를 어슬렁거리거나 이제 고인이 된 어느 유명한 파리지엥의 묘비 위에 앉아 있다.

발길이 닿는 곳은 모두 새로운 영감으로 내 영혼을 깨우고 내 눈을 뜨게 한다. 빛은 너무도 아름답다. 들판에서 귓가에 들리는 건 오로지 내 발에 스치는 풀소리뿐이다.

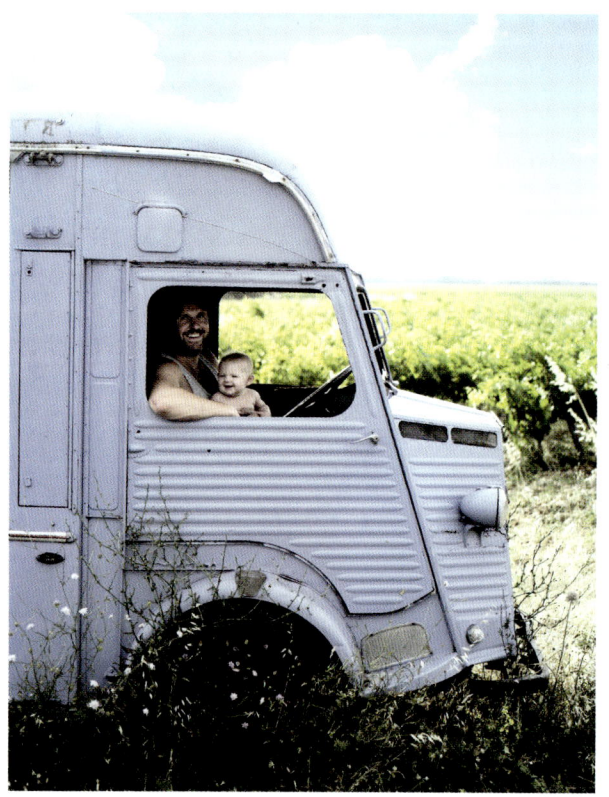

바로 이것이 프랑스식이다. 몽마르트르 묘지를 배회하는 길고양이들조차도 제대로 된 보살핌을 받는다. 매일 정오 무렵이면 고양이를 진심으로 사랑하는 소조라는 남자가 30킬로그램에 달하는 고양이 먹이가 담긴 작은 손수레를 힘겹게 끌고서 묘지에 도착한다. 소조는 고양이 애호가들이 내놓은 기부금으로 직접 먹이를 구입하며, 집에서부터 묘지까지 6킬로미터나 걸어가길 마다하지 않는다.

얼룩무늬이거나 온몸이 새까만 고양이가 대부분인 몽마르트르 묘지의 고양이들은 영양상태가 좋고 털에서는 윤기가 흐른다. 이곳 고양이들은 묘비 뒤의 은신처에 숨어 있다가 음식을 먹기 위해 날마다 모습을 드러낸다. 몽마르트르의 고양이들이 한밤중에 묘지를 둘러싼 높은 담을 타고 넘어서 쥐를 잡으려고 피갈Pigalle과 마레Marais의 뒷골목을 누비고 다닌다면 경찰은 과연 누구에게 벌금을 물려야 할까? 프랑스 고양이들이 멋진 또 다른 이유는 세상에서 가장 아름다운 나라 중 하나에 살고 있기 때문이다. 예로부터 화가들은 고풍스러운 시골 마을과 소박한 매력 그리고 무엇보다도 그 특유의 빛 때문에 프랑스를 작품 활동의 무대로 삼고 싶어했다. 프랑스의 빛, 특히 프랑스 남부의 빛은 우유처럼 희부옇게 보일 정도로 희미하게 일렁이는데 이런 종류의 빛은 세계의 어느 지역에서도 찾아볼 수 없다. 적어도 나의 조국 뉴질랜드에서는 절대로 찾아볼 수 없다. 프랑스에는 여름의 뜨거운 열기가 만들어낸 실안개 낀 빛과 여과기를 거친 듯 부드러운 이른 아침의 빛 그리고 랑그독Languedoc의 건조하면서도 칙칙한 빛이 공존한다.

프랑스 시골의 찬란한 아름다움 또한 나를 전율케 한다. 나는 카날 뒤 미디Canal du Midi에 엷은 안개가 피어오르는 모습과 새 잎이 돋아난 나무가 햇살을 받아 밝은 노란빛을 띤 녹색을 뿜어내는 모습, 가느다란 나무들 사이로 얼룩덜룩 빛이 스며드는 프랑스의 숲과 프로방스Provence의 끝없이 펼쳐진 라벤더 꽃밭과 해바라기를 사랑한다. 그리고 무엇보다도 아침 이슬을 데우는 햇살의 향기가 전형적인 프랑스식으로 코끝에 전해오는 것을 사랑한다.

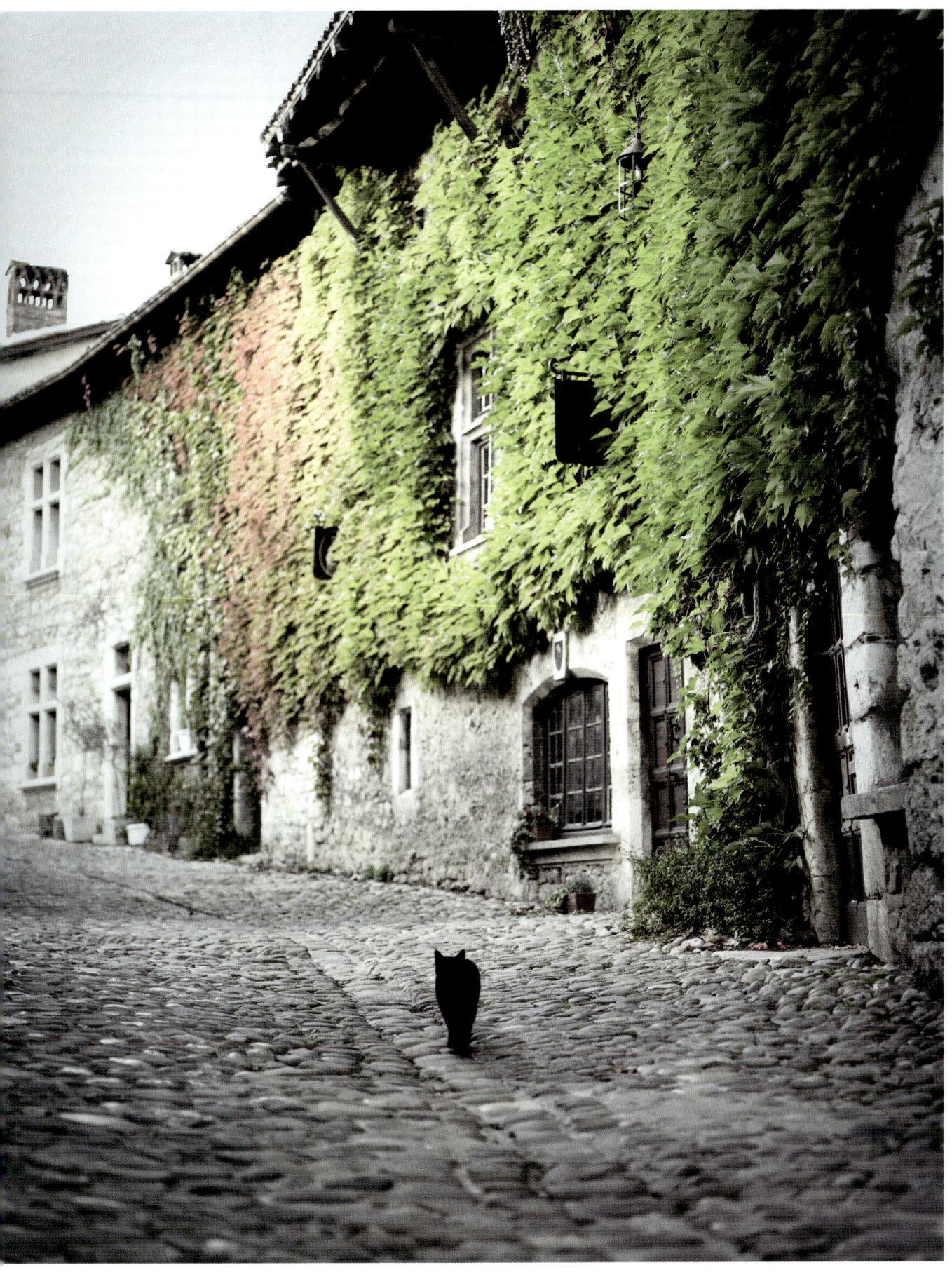

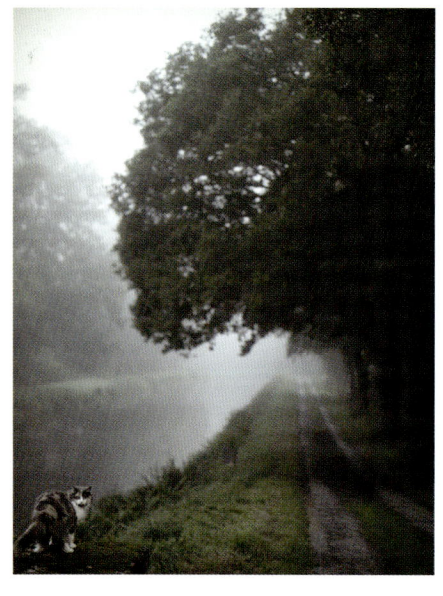
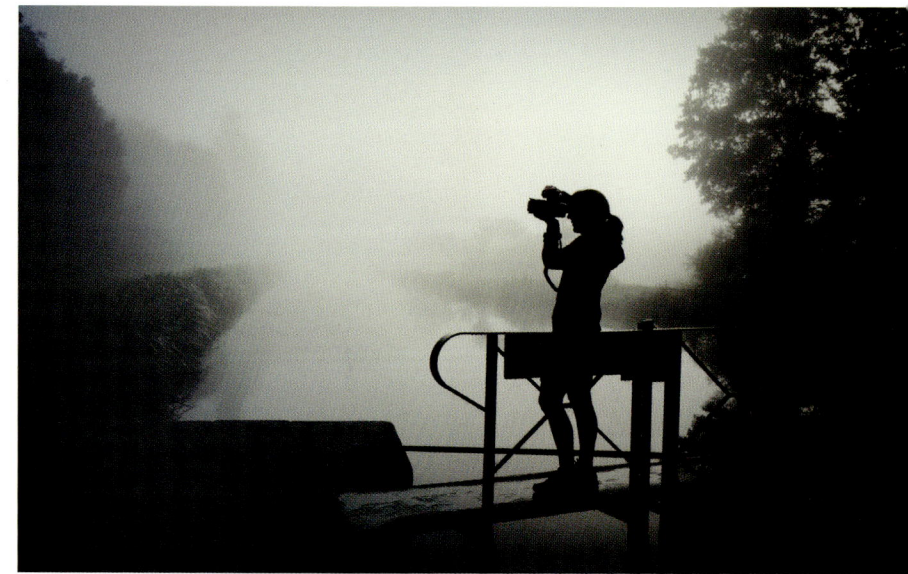
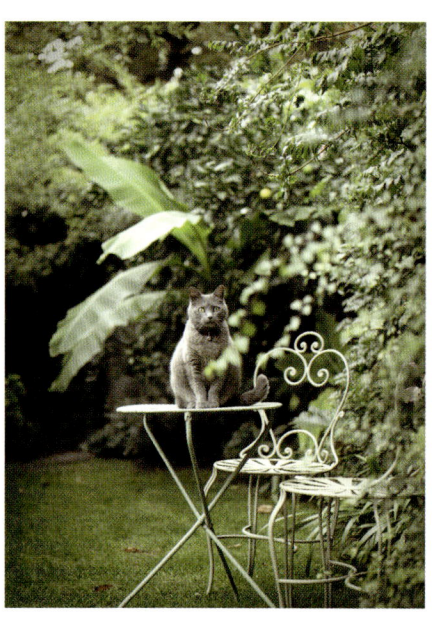
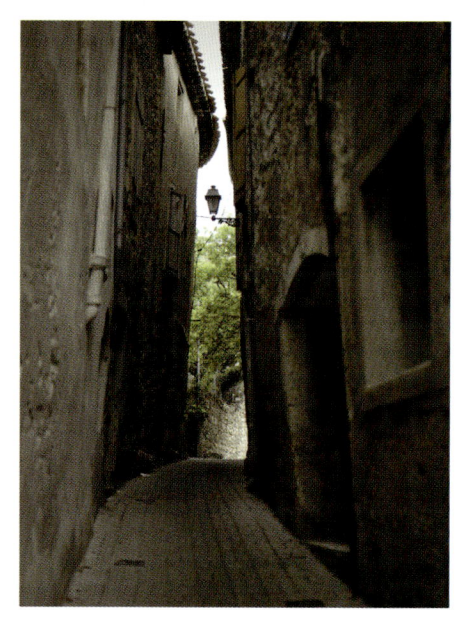
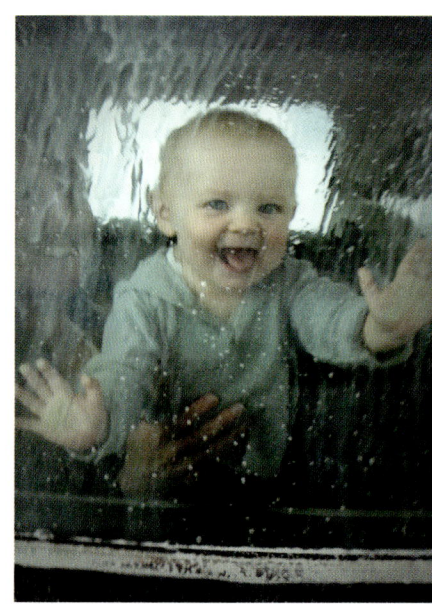
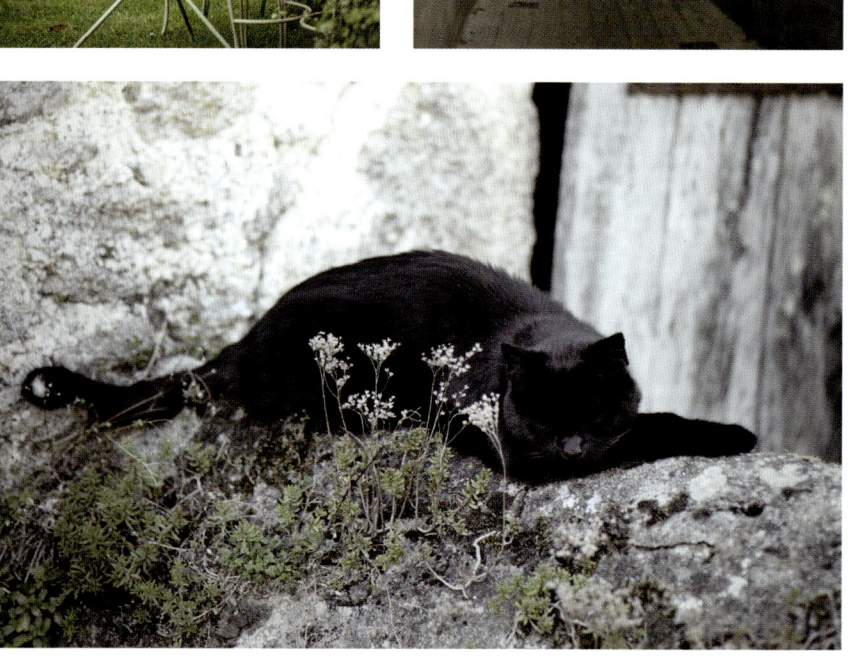
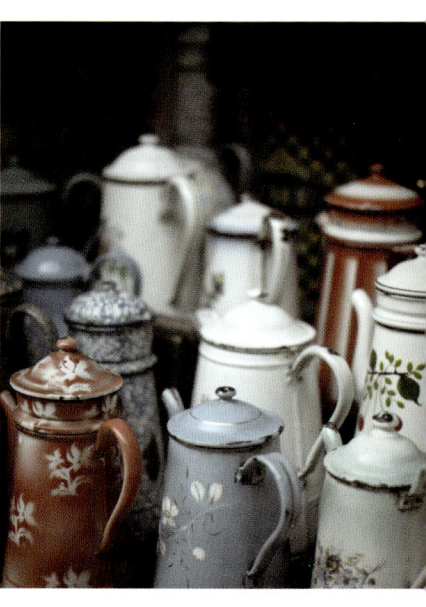

나는 동물들이 그들의 보금자리에서 가장 자연스러운 상태의 모습을 카메라에 담기를 오랫동안 꿈꿨다.

비바람에 낡은 건물들 역시 매력적이다. 새로운 사람들이 마을에 들어와 정착했음에도 불구하고 옛 건물들을 그대로 보존하고 있다. 이는 보는 이에게 영감을 안겨준다. 이따금 봄철에 백색 도료로 흰옷을 입히는 것을 제외하고는 시골 마을의 집들은 수백 년 전 모습을 그대로 간직하고 있다. 아주 오래된 벨벳 커튼 역시 오랜 세월 동안 그 자리에 걸려 있는 것인지도 모른다. 붉은 제라늄으로 꾸며진 창가의 화단 그리고 돌벽과 대조를 이룬 담쟁이의 선명한 빛깔은 고양이를 촬영하기에 더할 수 없이 좋은 독특한 배경을 만들어낸다.

프랑스 사람들은 모든 걸 있는 그대로 둔다. 말과 수레를 위해 만든, 믿기 힘들 만큼 좁은 시골길 역시 옛 모습을 그대로 간직하고 있다. 주택은 거리로 바로 연결되어 있고, 집주인들은 지금도 자갈을 깐 길에 의자를 끌고 나와 이웃과 담소를 나눈다. 좁은 길 탓에 사이드미러를 접는 것에 능한 프랑스의 운전자들은 기꺼이 작은 차를 구입해 좁은 길에 익숙해지거나 우회도로를 이용한다.

질감은 감탄을 자아낸다. 마을 사람들은 그늘을 만들어주는 것 말고는 아무런 쓸모없는 울퉁불퉁하고 비틀린 올리브 나무를 아이들과 고양이가 올라탈 수 있도록 그대로 내버려둔다. 바닥에 깔린 타일은 색이 다 벗겨지도록 닳았고, 아무도 손대지 않은 고대의 물항아리는 이끼로 뒤덮여 있다. 아마도 건조한 기후 때문이겠지만 페인트칠은 벗겨지고 구리는 부식되었다. 프랑스 사람들은 거대한 성 안의 우아한 정원을 관리할 때에도 지나치리만치 깔끔하게 손질된 모습과 제멋대로 자란 모습이 마구 뒤섞이도록 내버려둔다. 나는 이러한 모습을 카메라에 담을 생각만으로도 신선한 자극을 받으며 흥분을 느낀다.

나는 동물들이 그들의 보금자리에서 가장 자연스러운 상태의 모습을 카메라에 담기를 오랫동안 꿈꿨지만 여러 가지 이유로 스튜디오 작업에 얽매여 있었다. 물론 동물들과 함께 일하기는 했다. 하지만 뜨거운 조명 아래에서 실내 촬영에 따르는 여러 제약을 감수해야 했다. 이러한 작업 방식과의 대대적인 결별은 내가 스물세 살이던 1995년에 처음으로 이루어졌다. 당시 나는 전문 사진작가들을 대상으로 한 지역 대회에서 시계를 찬 돼지 사진으로 입상했다.

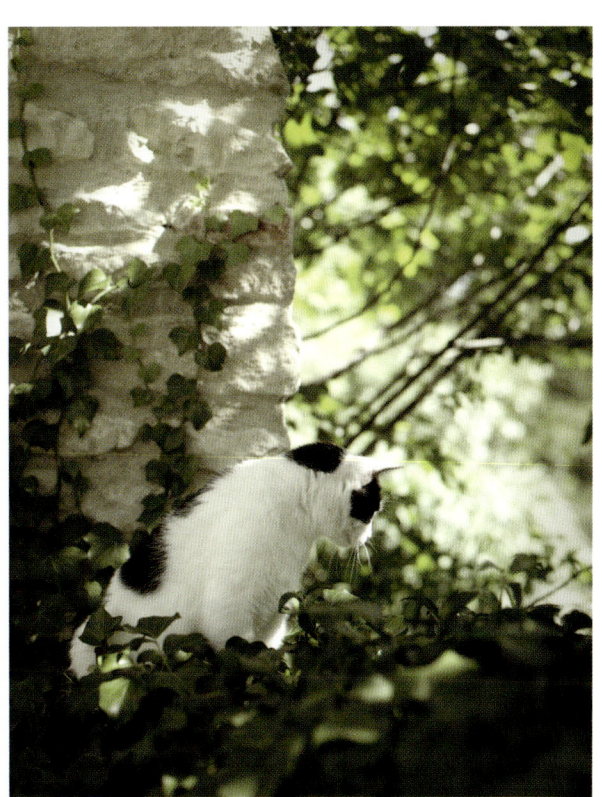

프랑스 고양이들이 멋진 또 다른 이유는 세상에서 가장 아름다운 나라 중 하나에 살고 있기 때문이다. 예로부터 화가들은 고풍스러운 시골 마을과 소박한 매력 그리고 무엇보다도 그 특유의 빛 때문에 프랑스를 작품 활동의 무대로 삼고 싶어했다.

응모 작품의 단 한 가지 조건은 피사체에 시계가 포함돼야 한다는 것이었다. 내 작품의 소재가 된 것은 픽시Pixie라는 이름을 가진 쿠네 쿠네 품종의 돼지였다. 나는 픽시의 통통하게 살찐 목에 오래된 자명종과 낡은 가죽벨트 그리고 굵은 모조 다이아몬드로 만든 시계를 채웠다. 상품은 스튜디오 조명 한 세트였는데 그건 바로 내 스튜디오를 만드는 데 꼭 필요한 물건이었다. 나는 드디어 내 열정의 근원인 두 가지, 바로 사진과 동물에 파묻혀 나날을 보낼 수 있게 되었다. 그러나 12년이라는 세월이 흐르는 동안 나는 늪에 빠진 듯한 기분을 느끼기 시작했다. 날마다 이어지는 스튜디오 작업은 나의 창의력을 잠식해가고 있었다. 물론 고양이를 비롯해 다양한 동물들을 촬영했다. 하지만 내 작업의 대상이 된 동물들은 대부분 카메라 앞에 서도록 길들여지고 훈련된 상태였고, 나는 내 사진 작품들이 정형화되기 시작하는 것에 두려움을 느꼈다.

나는 내 운명이라고 늘 믿어왔던 일을 해야 한다는 걸 깨달았다. 그것은 자연 서식지, 즉 야생 속의 동물들을 자연광 아래에서 촬영하는 것이었다. 더 신나는 일은 내 인생의 사랑을 찾은 것이었다. 만난 지 일 년이 채 못 되어 우리는 결혼을 했고, 나는 아기를 가졌다. 우리는 프랑스로 거처를 옮길 계획을 세웠다. 이 모든 것은 내게 레이첼 헤일Hale로서의 삶을 뒤로 한 채 사진작가 레이첼 매케나로서의 삶을 새로이 시작할 수 있는 완벽한 기회를 만들어주었다.

결혼한 지 두 달 뒤인 2009년 5월, 남편 앤디와 나는 프랑스를 향해 출발했다. 우리는 둘 다 떠난다는 사실에 들떠 있었다. 뉴질랜드의 오클랜드에 있는 집을 팔았기 때문에 프랑스에서 주택을 구입할 돈은 충분했다.

우리는 프랑스 남서부 랑그독의 작은 시골 마을인 '코스 에 베랑 Causses-et-Veyran'에서 꿈에 그리던 집을 찾았다. 18세기에 세워진 화려한 프랑스 저택이었다. 코스 에 베랑은 지중해 연안의 생 시니앙 Saint-Chinian 중앙에 자리 잡고 있기 때문에 날씨가 좋고 빛은 아름답다. 마을의 주민이 1,200명밖에 안 되고 승합차가 빵을 싣고 와서 팔 정도로 작지만 5분 거리에 '뮈르비엘 레 베지에Murviel-les-Béziers(베지에의 구舊성벽)'라는 좀 더 큰 마을과 베지에 시가 나온다. 모든 것이 새롭고 아름답기만 하다.

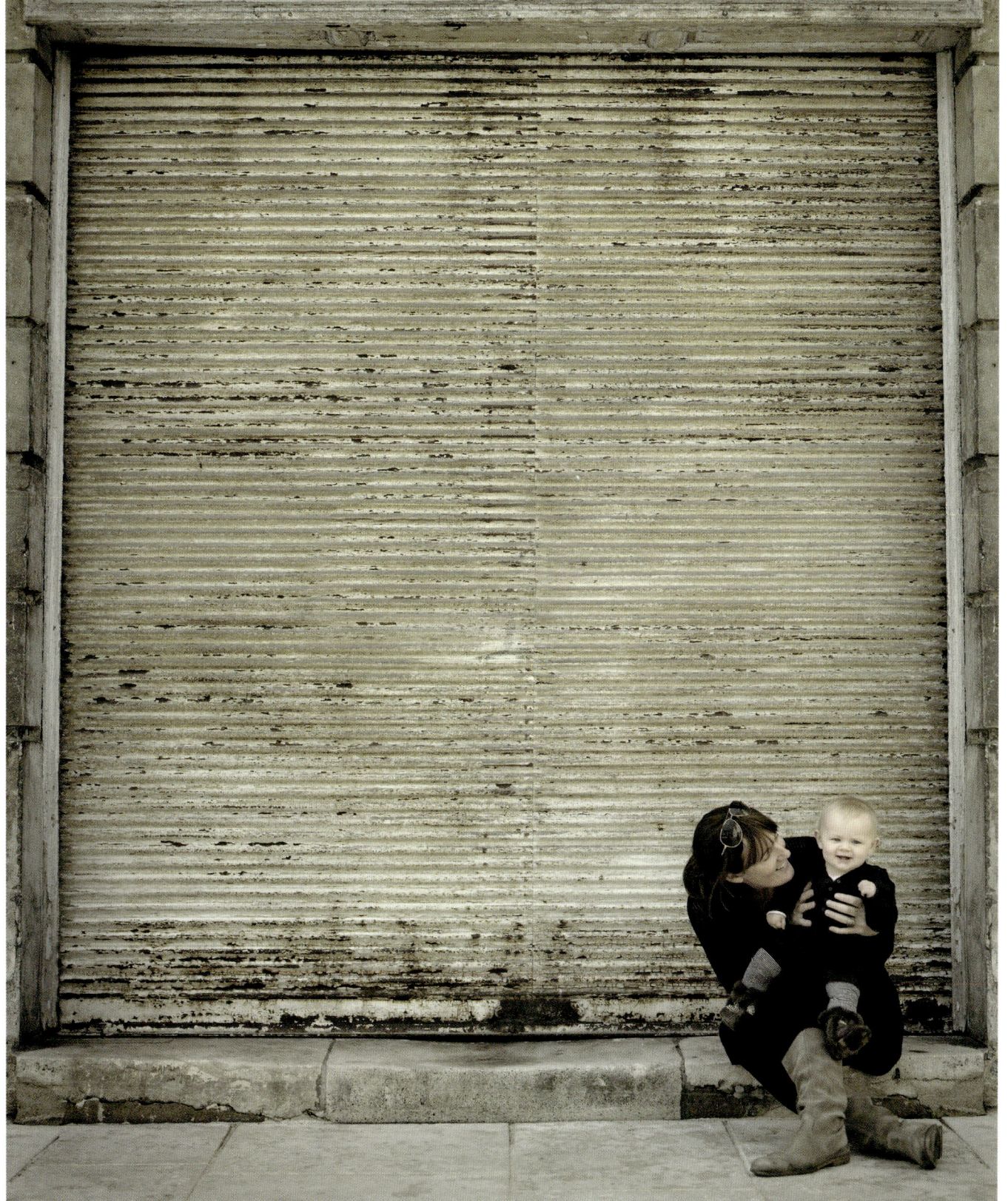

나는 마치 연애를 하는 기분으로 작업에 임했다. 야외에서 촬영하는 것을 즐겼으며 자신들의 보금자리에서 있는 그대로의 개성을 한껏 드러내는 고양이들을 기쁜 마음으로 카메라에 담았다.

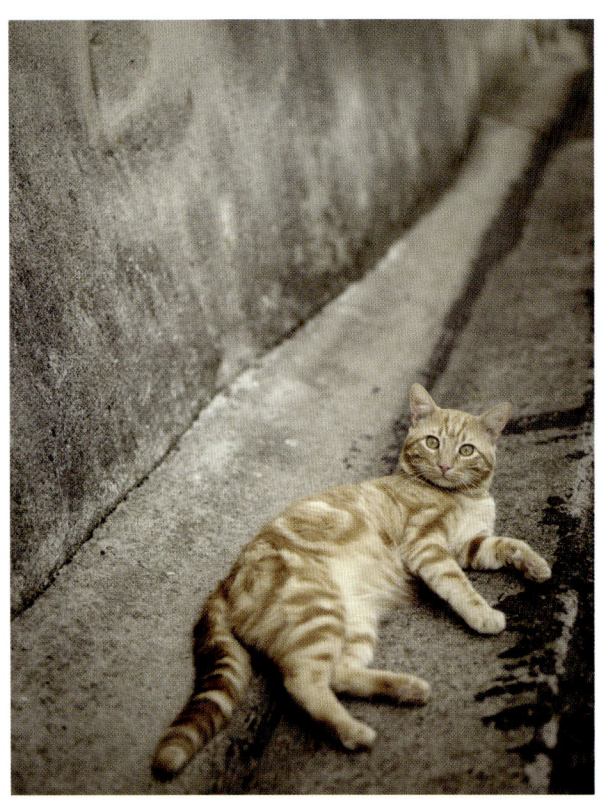

거리를 따라 걸을 때에도, 집 가까이에 있는 포도밭을 가로지를 때에도, 발길이 닿는 곳은 모두 새로운 영감으로 내 영혼을 깨우고 내 눈을 뜨게 한다. 빛은 너무도 아름답다. 들판에서 귓가에 들리는 건 오로지 내 발에 스치는 풀소리뿐이다.

2009년 12월, 사랑스런 딸, 샤를리즈 밀라Charlize Mila 매케나가 태어났다. 그리고 그로부터 여섯 달 뒤 우리 세 사람은 이 책을 채우기 시작했다. 나는 마치 연애를 하는 기분으로 작업에 임했다. 야외에서 촬영하는 것을 즐겼으며 자신들의 보금자리에서 있는 그대로의 개성을 한껏 드러내는 고양이들을 기쁜 마음으로 카메라에 담았다. 나는 최대한 정직하게 작업을 진행하기로 마음먹었다. 단 한 번도 줌렌즈의 힘을 빌리지 않았으며 포토샵도 거의 이용하지 않았다. 그렇기 때문에 나는 촬영하고자하는 대부분의 고양이와 친구가 되어야 했다. 또한 피사체가 될 고양이를 찾기 위해서 먼동이 틀 무렵이면 일터로 향해야 했다. 나는 아기를 등에 둘러업은 채, 때로는 앤디에게 맡겨두고서 이른 새벽 집을 나선 뒤 낭만적이면서도 천상의 아름다움이 느껴지는 텅 빈 거리를 헤매고 다녔다.

고양이들은 늘 깨어 있었지만 숨는 것이 문제였다. 프랑스 고양이들은 굉장히 소심하기 때문에 나는 깃털을 매단 막대와 고양이들이 좋아하는 먹이로 유혹해야 했다. 수줍음이 가장 많은 고양이조차도 막대 끝에서 대롱거리는 초록색 깃털 두 개 앞에서는 놀라우리만치 완전히 매료되었다. 나는 내 작품의 주인공이 될 고양이의 관심을 끌기 위해서 막대를 흔들기만 하면 됐다. 그 다음 막대를 움직이면서 먹이를 바닥에 조금씩 떨어뜨려 내가 원하는 위치로 고양이를 유인했다. 목적을 이루기 위해서 보통은 앤디와 힘을 합해야 했으며 샤를리즈가 조용히 있도록 하기 위해서 손에 아기들이 좋아하는 물건을 쥐어줘야 했다. 대부분의 경우, 고양이들은 내 뒤를 쫓아왔고 내가 마음에 둔 장소에 들어섰다. 그리고 나는 희망에 부풀어 '찰칵'하고 셔터를 눌렀다!

한 줄기 햇살이 페인트칠이 벗겨지고 있는 오래된 낡은 문 위에 살포시 내려앉을 때까지 몇 시간을 기다려야 하는 날도 있었다. 하지만 내가 구도를 잡고 적당한 노출 설정을 마쳤을 때, 고양이는 단 몇 초에 불과한 그 시간을 참지 못하고 어디론가 가버리곤 했다. 흔적도 없이!

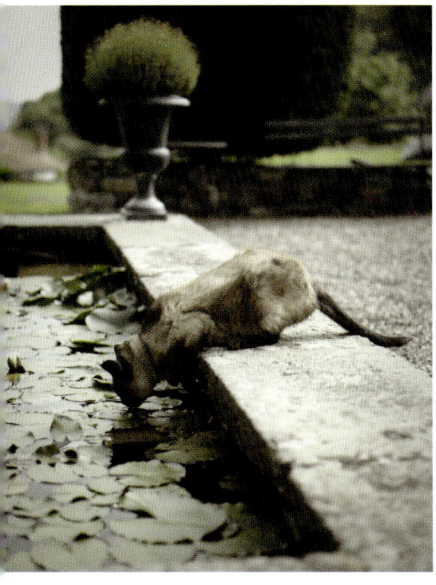
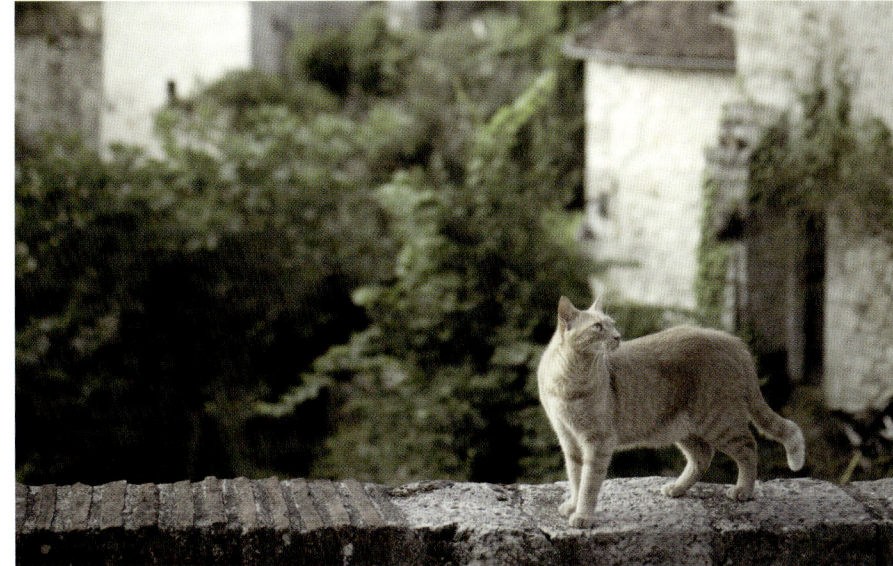
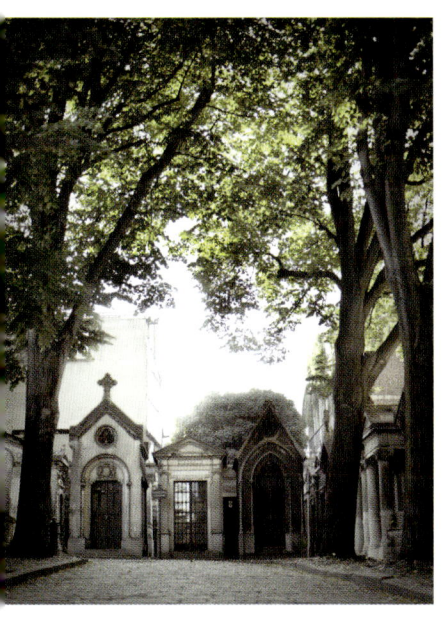
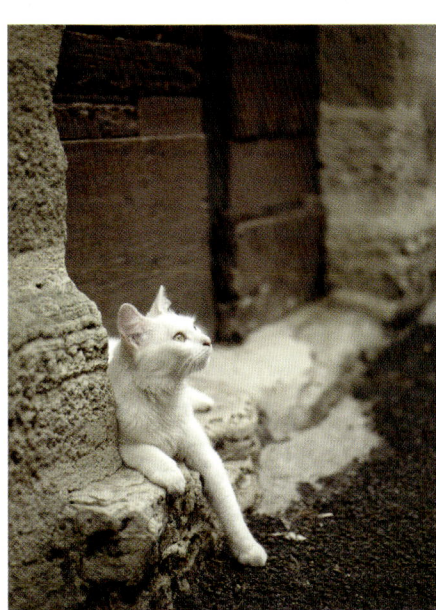
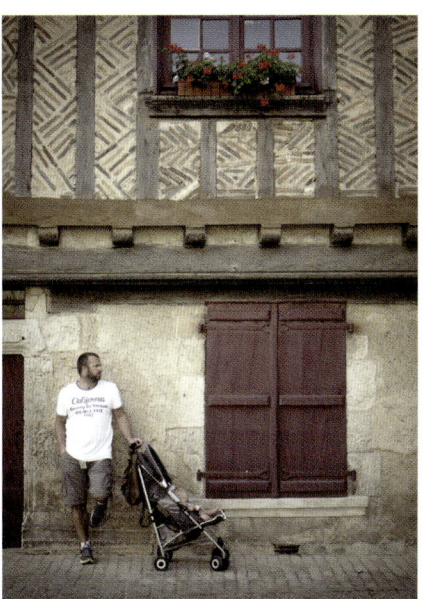
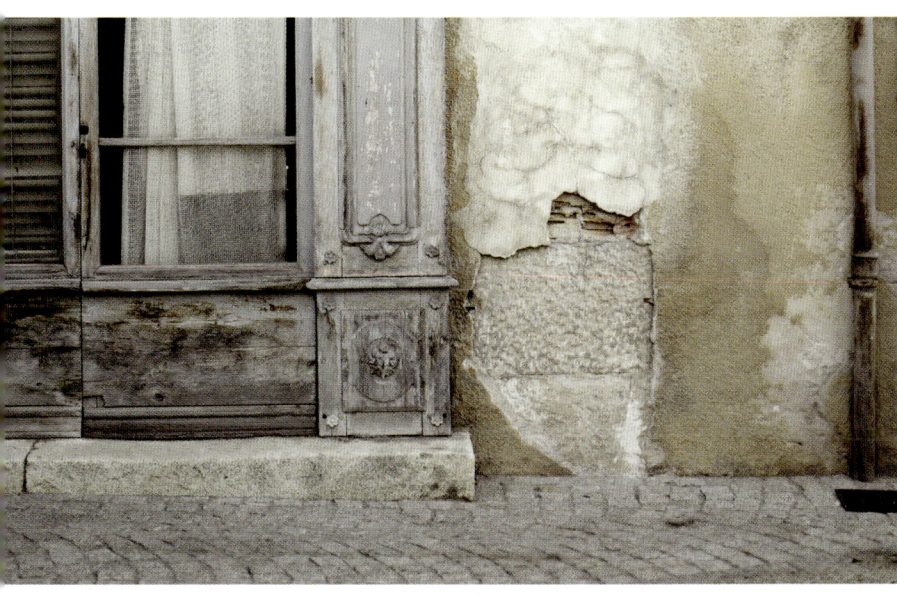
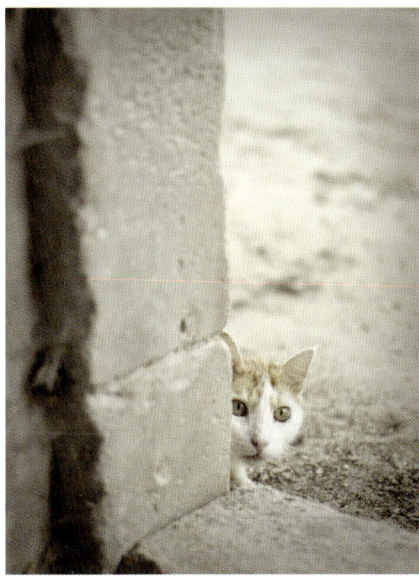

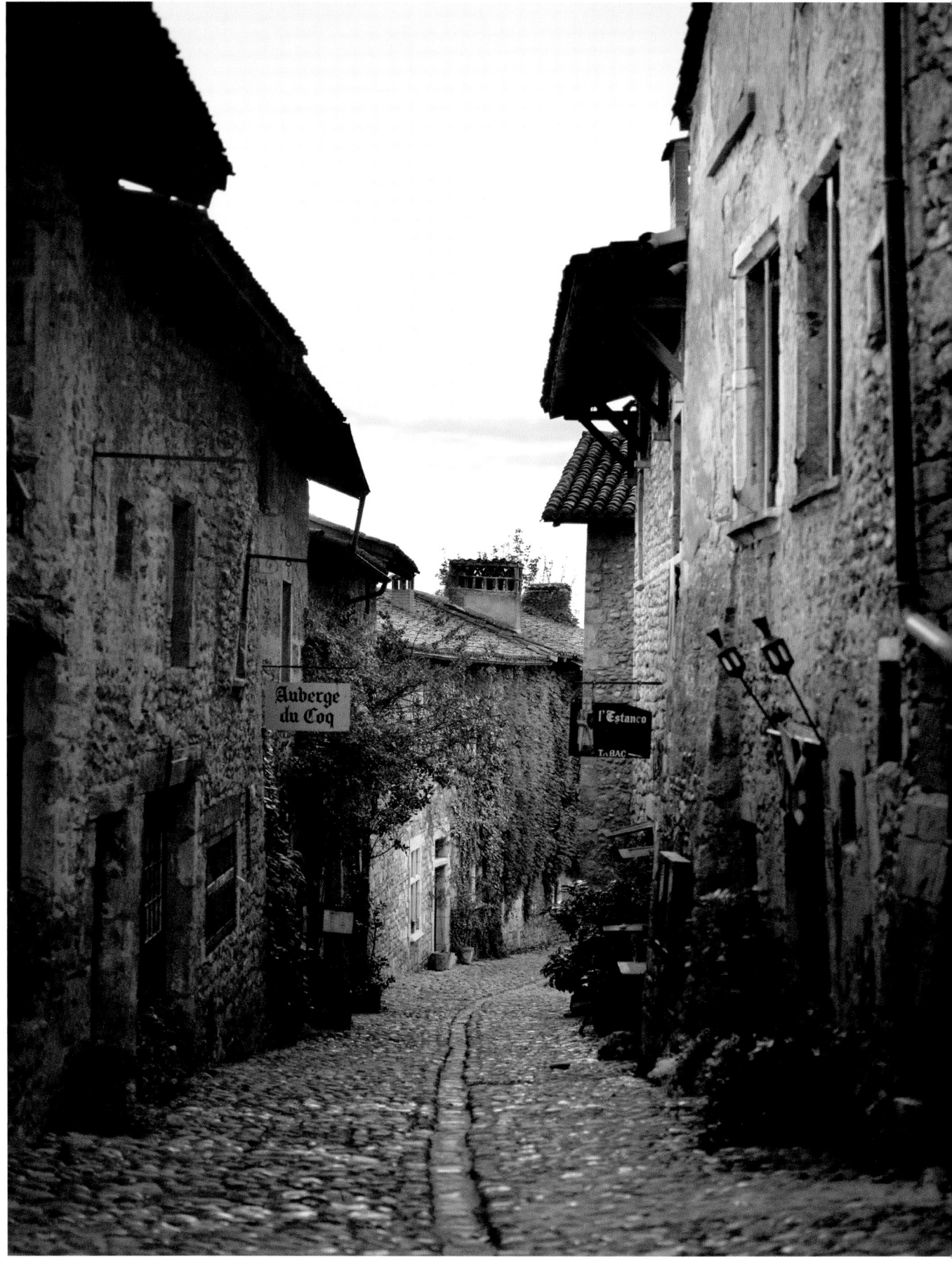

나는 고양이를 찾아서 꾀어내어 함께 놀아보려는 생각에 좁은 틈 사이로 안을 들여다보거나 뒤꿈치를 들고 발끝으로 서서 담장 너머를 기웃거리고는 한다.

대부분의 경우, 고양이가 눈에 띄면 나는 바로 그 자리에서 촬영을 했다. 고양이가 수도 없이 많은 마을이 있는가 하면 몇 마리 안 되는 마을도 있다. 나는 내 마음을 사로잡은 시골 특유의 투박한 문 뒤에서 더 많은 고양이들이 한가롭게 휴식을 취하고 있을 거라고 굳게 믿는다. 나는 고양이를 찾아서 꾀어내어 함께 놀아보려는 생각에 좁은 틈 사이로 안을 들여다보거나 뒤꿈치를 들고 발끝으로 서서 담장 너머를 기웃거리고는 한다.

해가 진 뒤에 고양이의 모습을 카메라에 담는 작업 방식은 전혀 다르다. 점심 식사 후의 낮잠을 그 무엇보다 즐기는 지중해 고양이들이기 때문에 오후 늦게까지 기다렸다가 다시 길을 나서는 것이 좋다. 그때쯤이면 시골 마을에는 활기가 넘쳐난다. 심지어 고양이들마저도 소심함을 버리고 기꺼이 협조할 준비가 되어 있는 듯 보인다. 마을 광장에 모인 고양이의 주인들 역시 열띤 대화에 빠져든다. 나는 그들이 "오늘 아침에 저 여자가 사진 찍고 다니는 거 봤어요? 정말 이상한 여자예요. 깃털이 매달린 막대기를 들고 다니더군요"라고 수군대면서 내 험담을 하는 건 아닌지 이따금 궁금해지곤 했다. 그들 중에는 물론 내가 무얼 하는지 알고 있는 사람도 있었다. 마을 사람들의 집 안에, 특별히 예쁘거나 흥미로운 고양이가 눈에 띄면 양해를 구했다. 나는 더디게 실력이 늘고 있는 프랑스어로 내가 누구이며 무엇을 하고 있는지를 설명한 뒤 "댁의 고양이를 찍어도 될까요?"라고 조심스럽게 물었다. 지금까지 단 한 번도 거절을 당한 적은 없지만 고양이들한테는 꽤나 여러 번 '노우'라는 대답을 들었다.

저녁 촬영을 할 때는 더욱 애를 써가며 프랑스어로 설명을 해야 한다. 거의 모든 마을 사람들이 식전 와인을 이미 한두 잔은 걸친 상태이기 때문이다. 하지만 내가 고양이를 쫓는 이유를 힘들여 설명하면 고양이 주인들은 흥미를 보이면서 적극적인 반응을 보인다. 그들은 가족과 다름없는 자신의 고양이가 내 작업에 힘을 보태줄 수 있기를 바랄 뿐만 아니라 집 안으로 들어와서 와인을 한 잔 들라고 권하거나 다음날 함께 커피를 마시자고 초대하기도 한다.

보다 다양한 개성을 가진 고양이와 다채로운 배경을 만나기 위해서 프랑스의 우아한 성 몇 군데를 찾아가 고양이를 촬영할 수 있도록 약속을 잡았다. 특권을 누리는 이 고양이들이 시골 마을의 고양이들보다 과연 얼마나 더 왕자와 공주다운 면모를 지니고 있을까? 프로방스의 바렌느 성Château de Varenne에 살고 있는 '미르티유Myrtille'는 정말로 그랬다. 미르티유는 바렌느 성이 현재의 소유주인 실비와 디디에에게 넘어가면서 두 사람과 함께 살게 됐는데, 방이 서른 개 딸린 이 성의 주인은 마땅히 자기가 되어야 한다고 생각하는 것이 틀림없었다. 사진 촬영을 도우려던 실비조차도 미르티유를 손님 방의 침대 위에 가만히 앉아 있게 하지 못했다. 미르티유는 내가 직접 나서자 항의의 표시로 발톱과 이를 드러낸 채 온몸을 둥글게 말아서 내 팔을 조였다. 덕분에 나는 처음으로 고양이에게 상처를 입었다. 하지만 아무도 손대지 않고 가만히 내버려두자 미르티유는 크고 화려한 계단 밑에 앉아 자신만의 매력을 드러내주었다(86p 참조).

나는 더디게 실력이 늘고 있는 프랑스어로 내가 누구이며 무엇을 하고 있는지를 설명한 뒤 "댁의 고양이를 찍어도 될까요?"라고 물었다. 지금까지 단 한 번도 거절을 당한 적은 없지만 고양이들한테는 꽤나 여러 번 '노우'라는 대답을 들었다.

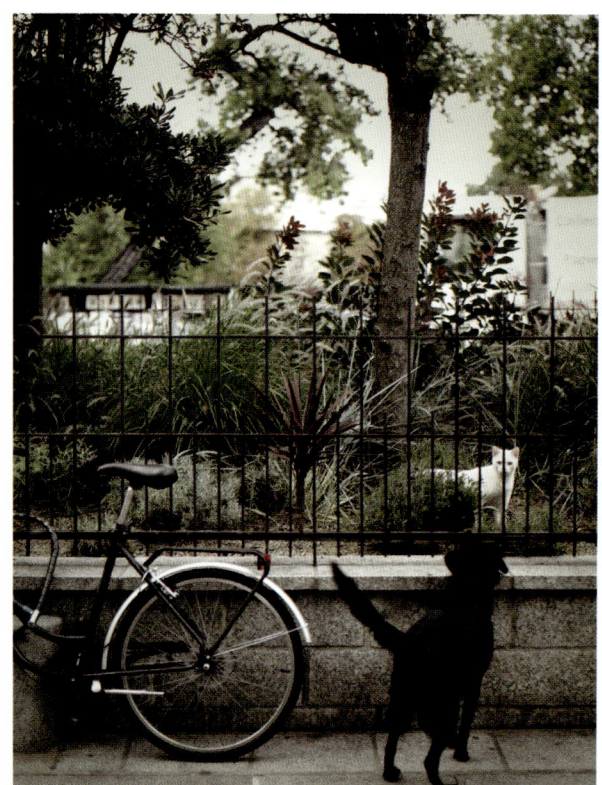

종키에르Jonquières 외곽에 위치한 개인 소유의 보르갸르 성Château de Beauregard에서는 개들이 주인 행세를 하고 있었다. 그 아름다운 성의 문 앞에서 우리를 맞이한 것은 여섯 마리의 개와 동물을 무척이나 사랑하는 델타라는 남자였다. 델타는 두 팔을 활짝 벌린 채 우리에게 인사하면서 내 집이다 생각하고 편히 있으라고 말했다. 앤디가 접질린 발목을 살피면서 샤를리즈를 돌보는 동안, 나는 성에서 사랑을 듬뿍 받으며 살고 있는 얼룩무늬 고양이 '에르퀼르Hercules'와 '미스 프랑스Miss France'의 사진을 찍었다. 에르퀼르와 미스 프랑스는 이중생활을 하고 있었다. 밖에서는 성에서 기르는 한 쌍의 잭 러셀, 제이크Jake와 엘비스Elvis에게 쫓겨 다니면서도 안에서는 왕 행세를 했다. 그 한 예로 서재에서 시간 보내기를 좋아하는 미스 프랑스는 델타의 책상을 독차지하고는 했다(48p 참조). 그리고 에르퀼르는 개들이 못 오게 막아 주기만 하면 언제나 내가 청하는 곳으로 자리를 옮겨서 자연스럽게 포즈를 취해주었다(142p 참조).

고맙게도 프랑스 사람들은 너무나 친절했으며 집에서 기르는 고양이를 무척이나 사랑했다. 그리고 그들은 자신들의 고양이에게 멋진 이름을 지어주었다. 팡팡라메르Fan Fan La Mère, 세포라Sephora, 에르퀼르, 무셰트Mouchette, 토푸Toffu…… 이런 이름들은 특히 내 마음에 들었다.

나는 당신이 이 책을 보고 읽으면서 내가 사진을 찍을 때 느꼈던 것과 같은 기쁨을 맛보기를 바란다. 또한 이 책이 프랑스식 삶의 리듬과 감수성을 자극하는 시골의 아름다움 그리고 눈부신 햇살과 프랑스 고양이의 독특하면서도 수수께끼 같은 기질을 조금이나마 전해주기를 소망한다. 아울러 이 책에 담긴, 내가 만들어낸 이미지들이 여러분의 가슴에 고요함과 평온함을 안겨주길 간절히 바란다. 나는 고요함과 평온함이야말로 프랑스식 삶에 내재된 본질이라고 생각한다.

Facing page: My journals ››

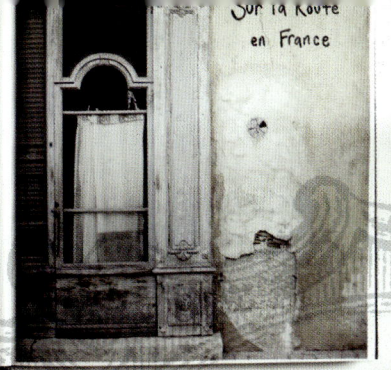

Sur la Route en France

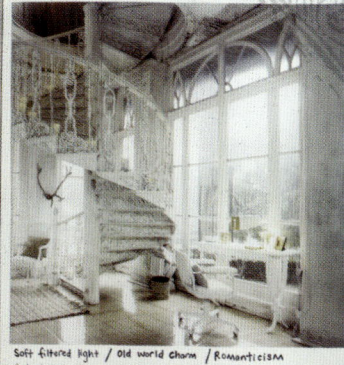

...for me to photograph and hopefully re-invent myself as 'Rachael Hale' creating the images for this latest project...

"FRENCH ARISTOCATS" my challenge is to capture fresh and characteristic images of cats (and a few dogs on the way) displaying them in the beautiful and characteristic settings...

Les vieilles portes

IDEAS

- Cats in window boxes
- Cats sitting in windows
- Antique Store ... cat amongst antiques
- Cat in Bookstore
- Cats in old Barns
- Village streets
- Staircases
- Beautiful Grand Mantle over fireplace
- Cats in Ruins
- Lavender Field (Sault)
- Garden Gate
- Tractor — cat sitting on top!
- Cat inside bird cage
- Old Door with cats face showing in hole
- Cats in shops & Restaurants / cafés
- Find a Church cat
- Cats in wine cellars

My FAVOURITE Door in St Front de Pradoux

CHÂTEAUX

Contact Château owners to find out who owns cats and who would allow us to photograph the cats for the book!

Relais & châteaux — luxury hotels and gourmet restaurants.
www.relaischateaux.com

Bienvenue châteaux — privately owned châteaux
www.bienvenue-au-chateau.com

OLD DOORS WALLS & GARDENS

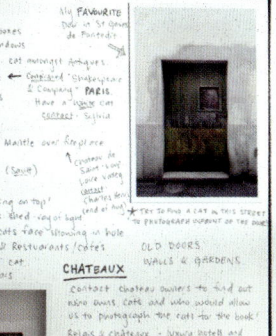

INSPIRATION

LIGHT

FRANCE IS FULL OF INSPIRATION!

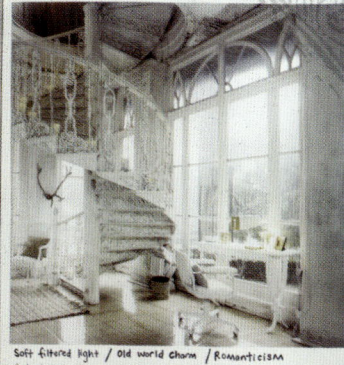

Soft filtered light / Old world Charm / Romanticism

Cats love to climb ... Create images of cats on staircases, sitting in walls, up high on window sills. Capture the rustic, historic charm of France. Capture the "classic" French châteaux etc that people imagine France to be ... plus capture the "Real" France. More modest and basic, very simple living in contrast to life in grand châteaux.

Street cats of Pouzolles waiting for their morning breakfast

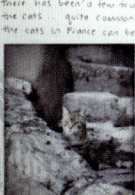

"Stray Cats in Sault" Provence

Sophora

Cogno, Provence

Persimo Ventabren, Provence

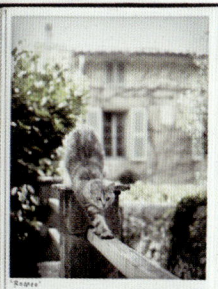

"Romeo"

← **Romeo, the cat that followed me everywhere in Ventabren.**

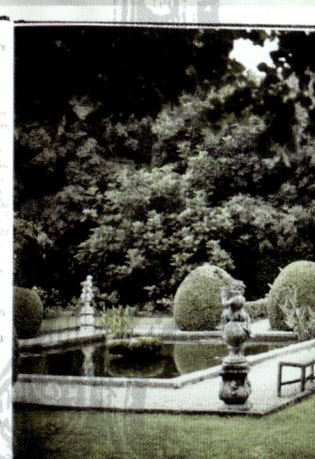

Château de Baumanière ....

Wow ... what an experience...

LESSON LEARNT: always check for wasps before retreating into a bush !!!

SO AFTER TWO DAYS OF LUXURY; A PURE TREAT AFTER SPENDING OUR FIRST MONTH ON THE ROAD IN A TENT. ANDY, CHARLIZE & I, WITH VERY SATISFIED TUMMIES AND A HANDFUL MORE IMAGES FOR THE BOOK; PACKED OUR BAGS

Oustau de Baumanière

"Toffee" Oustau de Baumanière

Andy & Charlize by the pool at Oustau

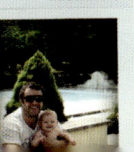

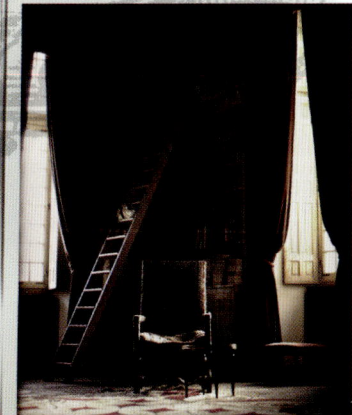

Château de Saint Loup
owner: Charles-Henri de Bartillat
www.chateaude-saint-loup.com

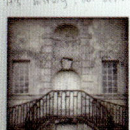

프랑스식 삶의 리듬과 감수성을 자극하는 시골의 아름다움 그리고 눈부신 햇살과 프랑스 고양이의 독특하면서도 수수께끼 같은……

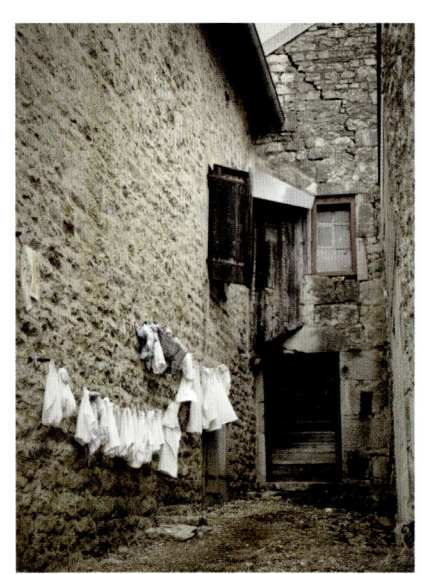
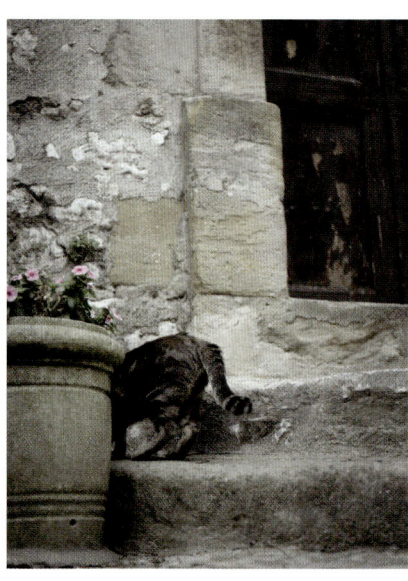
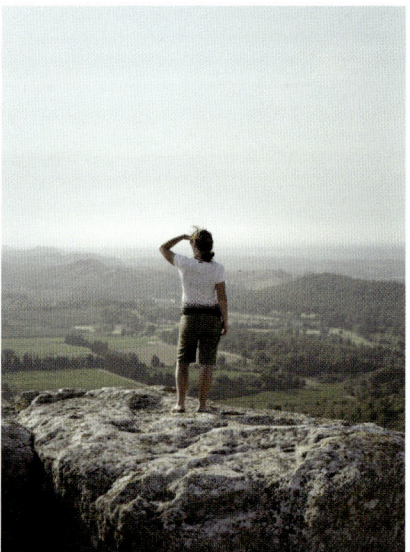
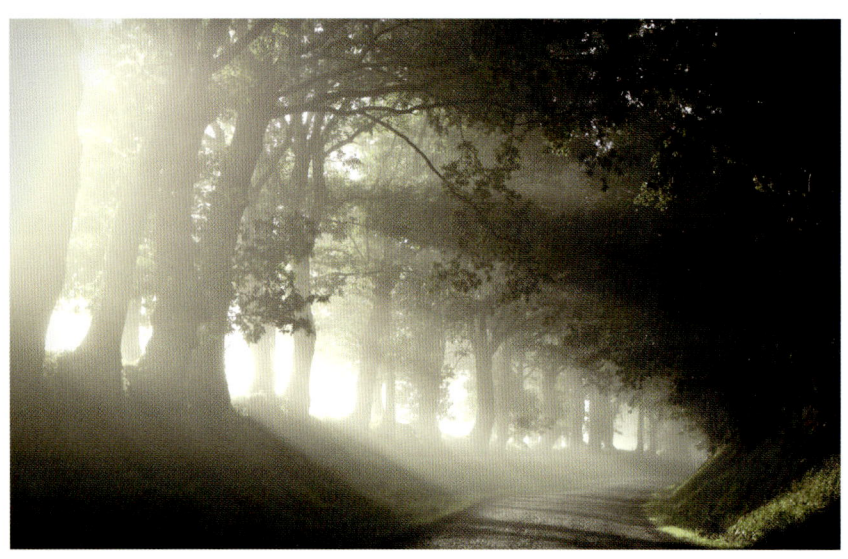
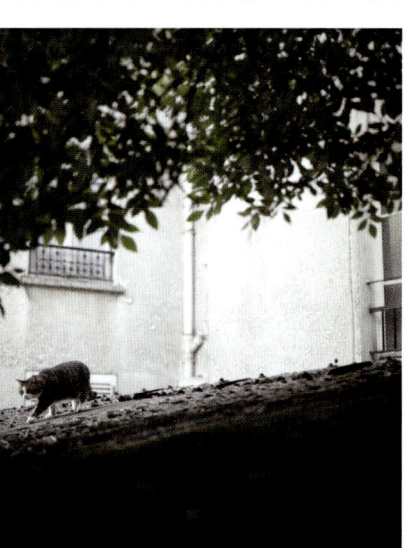

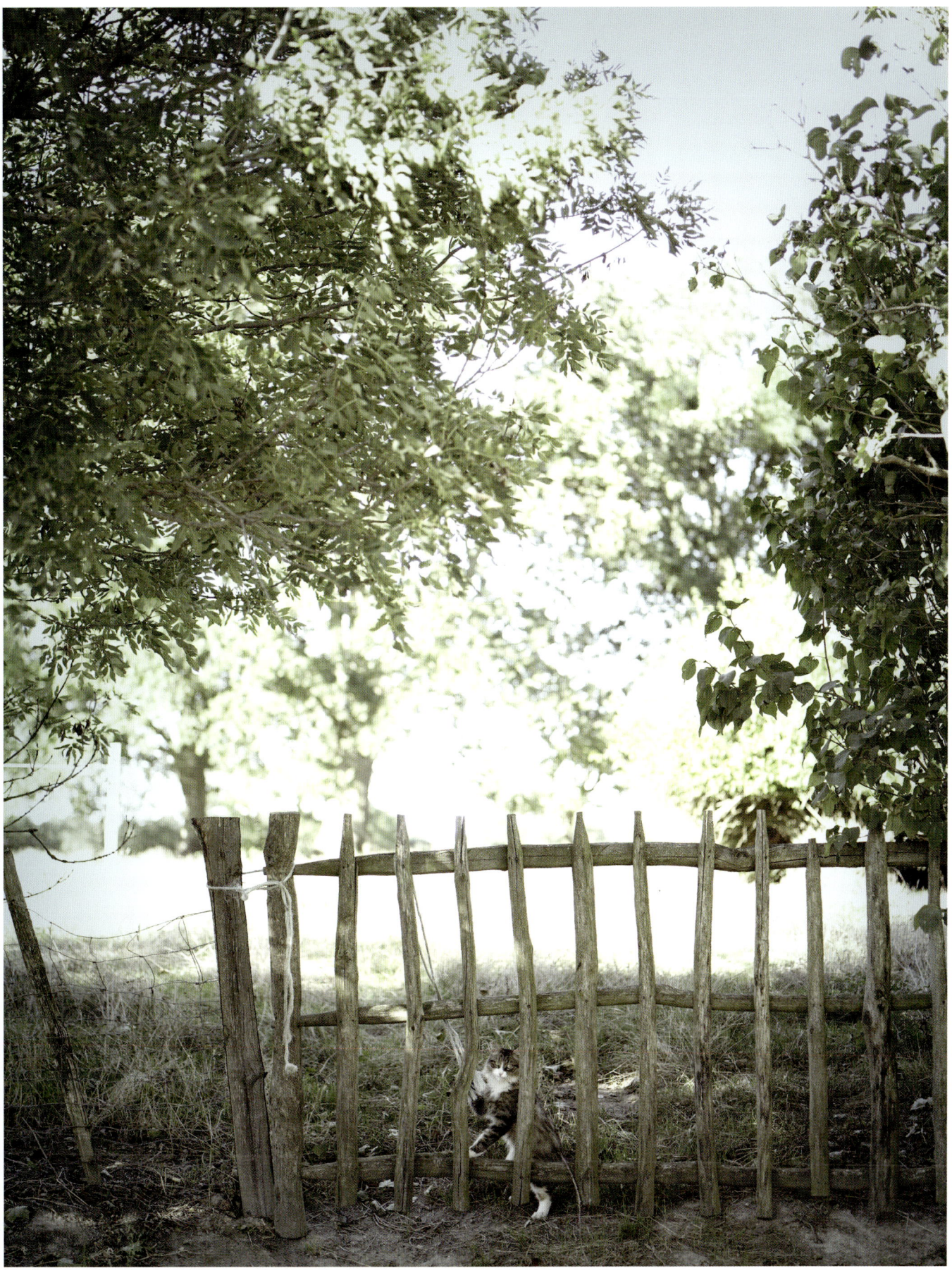

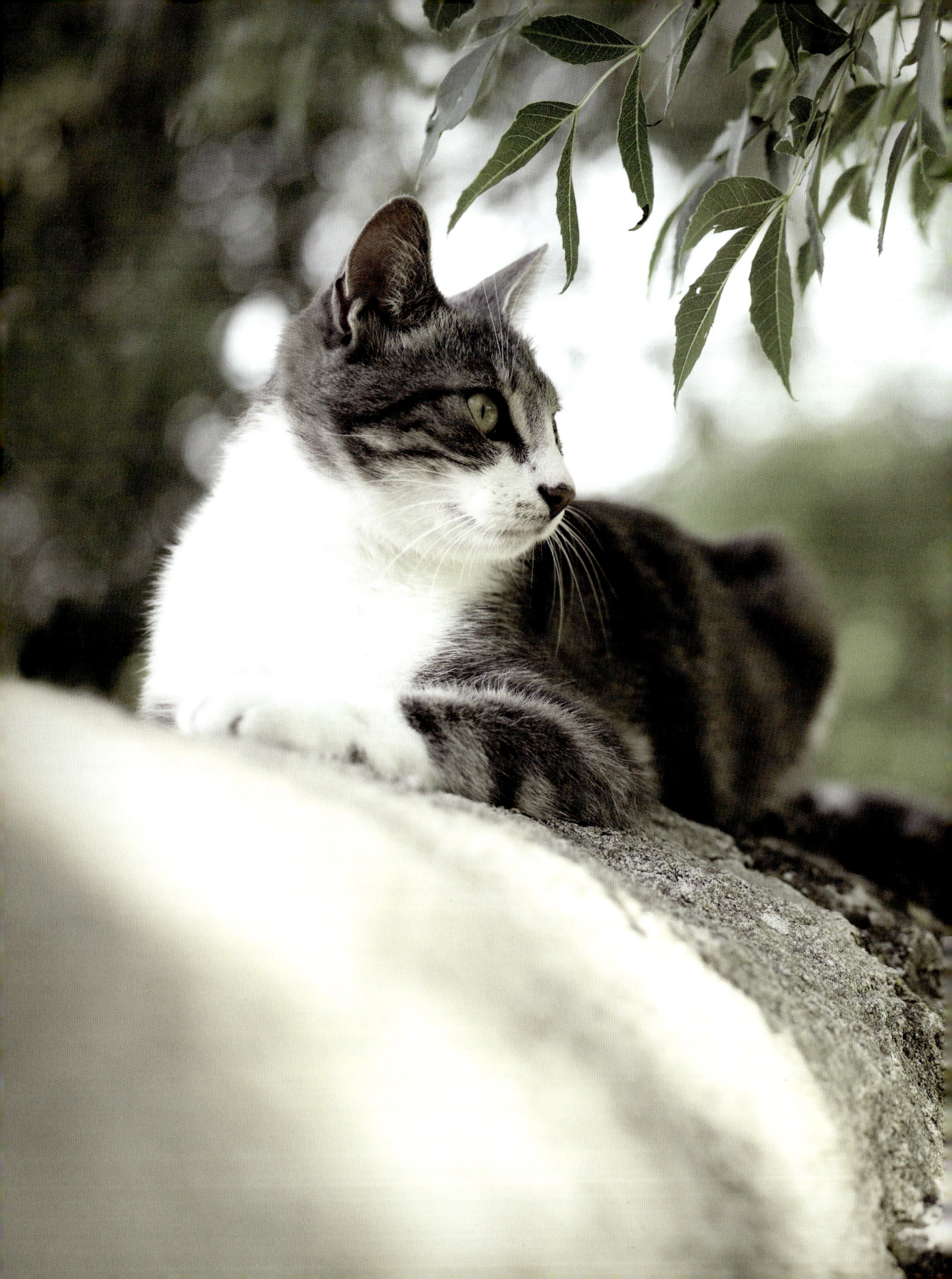

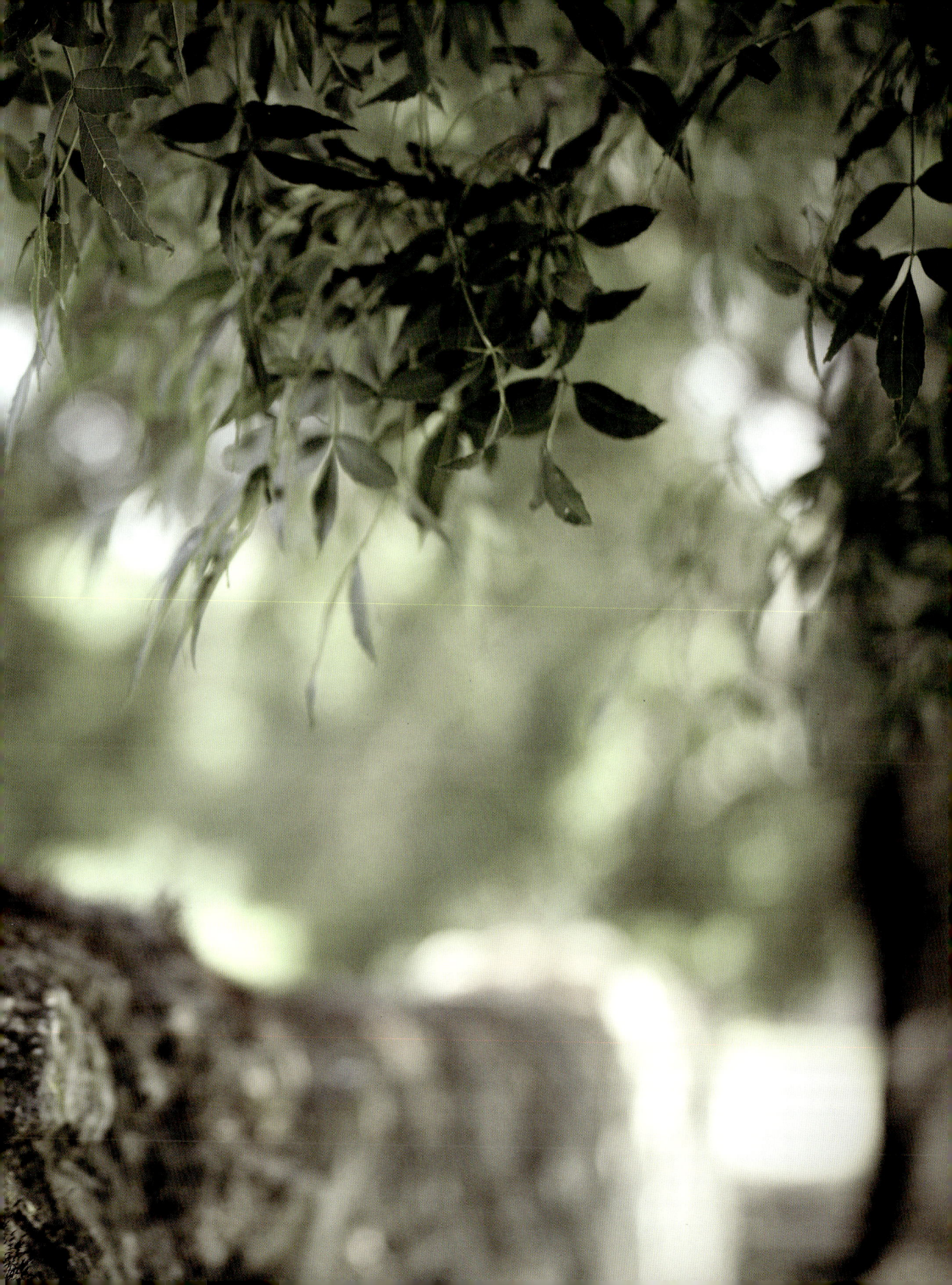

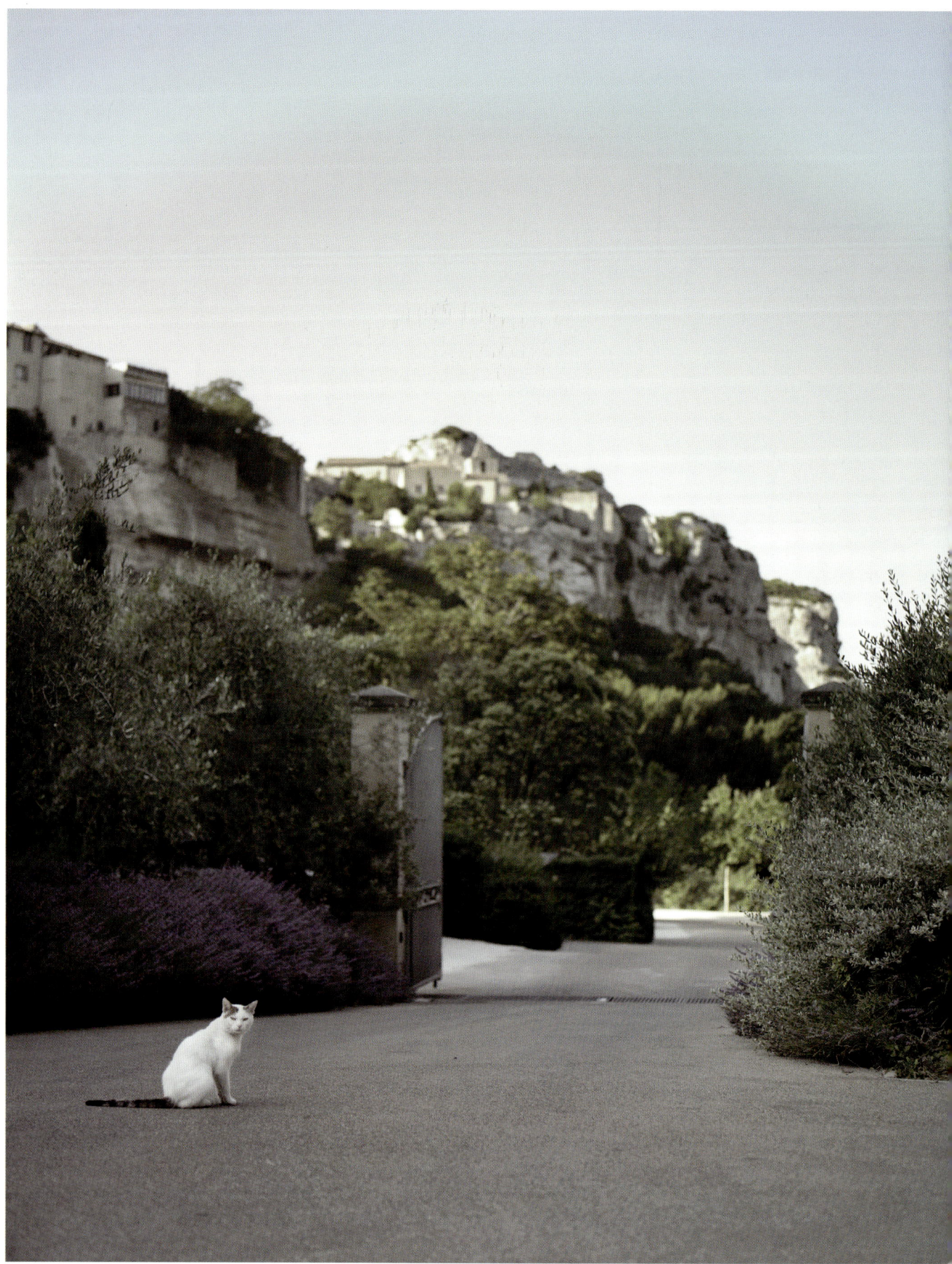

Abi 아비

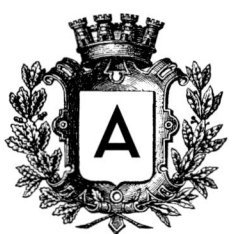

아비에게는 야생의 습성이 남아 있었다. 그래서 카메라를 들고 살며시 다가가는 내 앞에서 아비가 긴장을 풀게 하는 데에는 시간이 좀 걸렸다. 아비가 마침내 안정을 찾았을 때 햇살이 은은하게 하늘을 비췄고, 그 빛은 진입로를 따라 늘어선 라벤더를 더욱 돋보이게 하면서 레보드 프로방스Les Baux de Provence 위로 떠오르고 있었다. 그러나 이처럼 완벽해 보이는 빛도 아비에게서 눈을 떼게 하지는 못했다.

고양이는 털 애호가다.

*The cat
is a dilettante
in fur.*

———————————

테오필 고티에
(Théophile Gautier, 1811-1872, 프랑스의 시인이자 소설가이자 언론인이자 비평가)

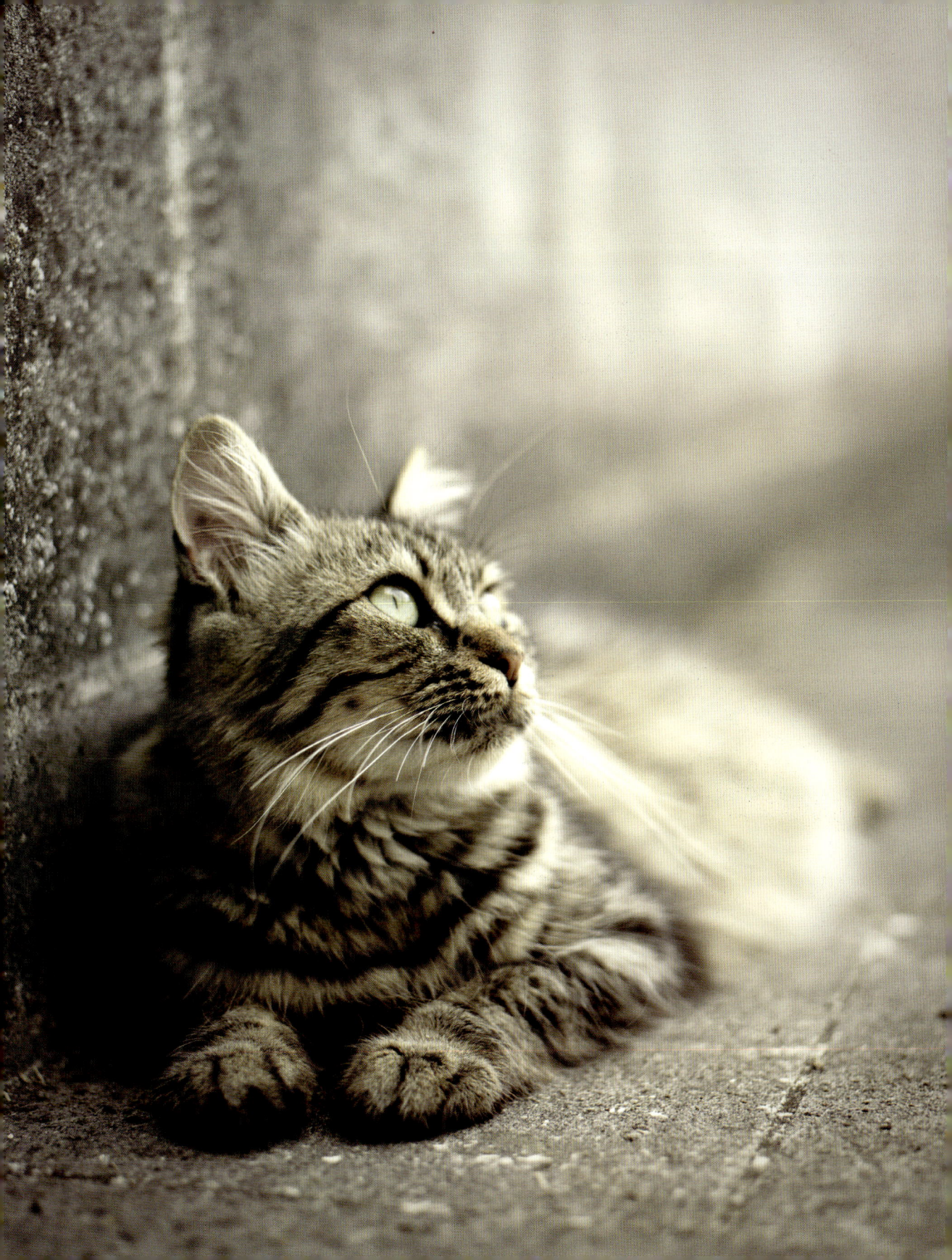

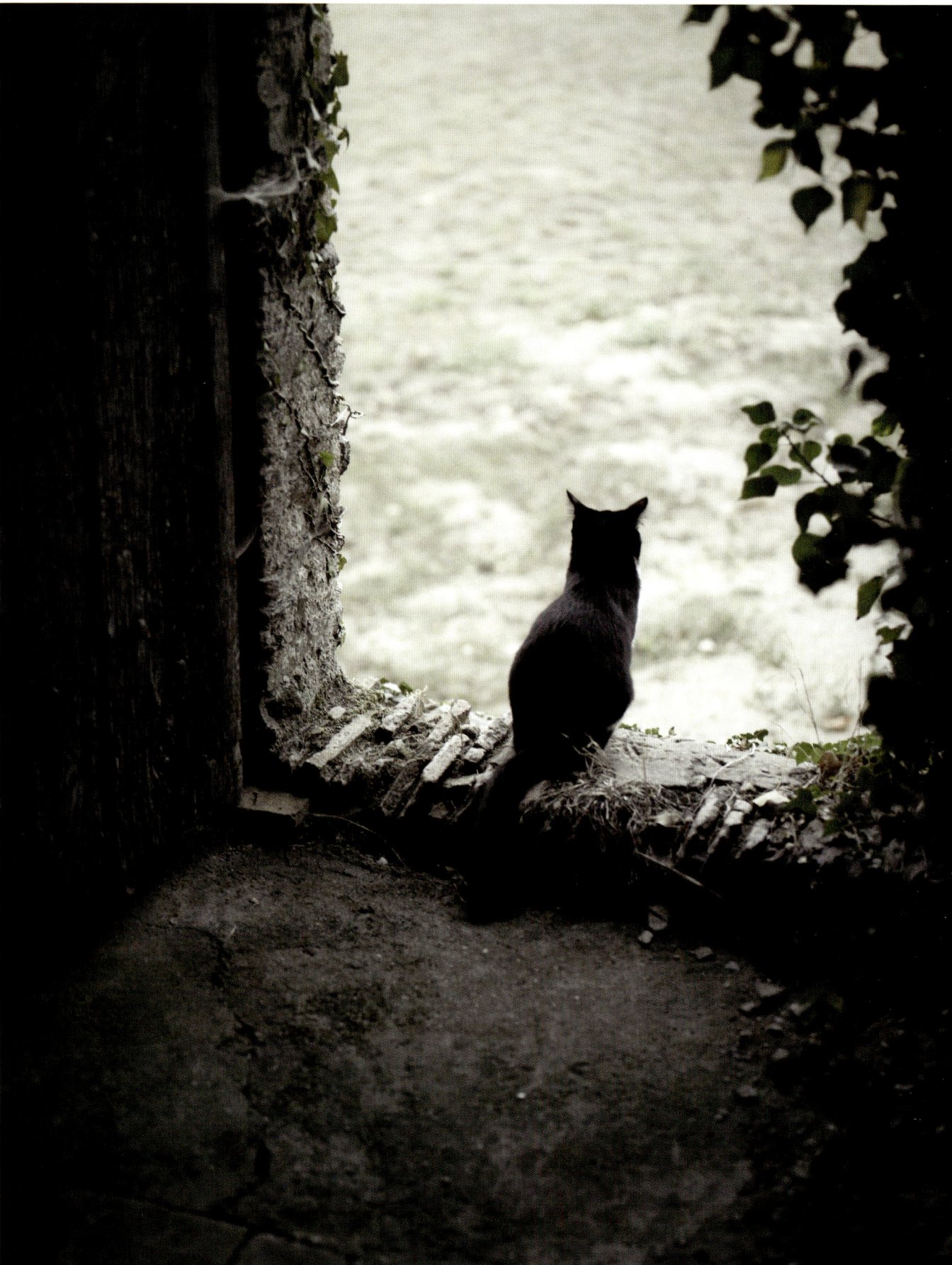

모두가 반쯤 열린 문 앞에서 고양이들이 걸음을 멈추고 어슬렁거리는
모습을 눈여겨보았다. 누군들 고양이에게 이렇게 말하지 않을까.
"대체 왜 안 들어오는 거야?"
반쯤 주어진 기회 앞에서 고양이와 비슷한 성향을 보이는
사람들이 있다. 갑자기 기회의 문을 닫아버리는 운명에 의하여
으스러질지도 모르는 위험이 도사리고 있기에,
그들은 두 가지 선택 사이에서 결정을 내리지 못한다.
지나치리만치 신중한 사람은 고양이의 품성을 갖고 있으며
그 자신이 고양이와 다름없기에
용감한 사람보다 더 큰 위험을 무릅쓰기도 한다.

———————————

빅토르 위고
(Victor Hugo, 1802-1885, 프랑스 시인이자 소설가이자 극작가이자 정치인)
《레미제라블》에서 발췌, 1862

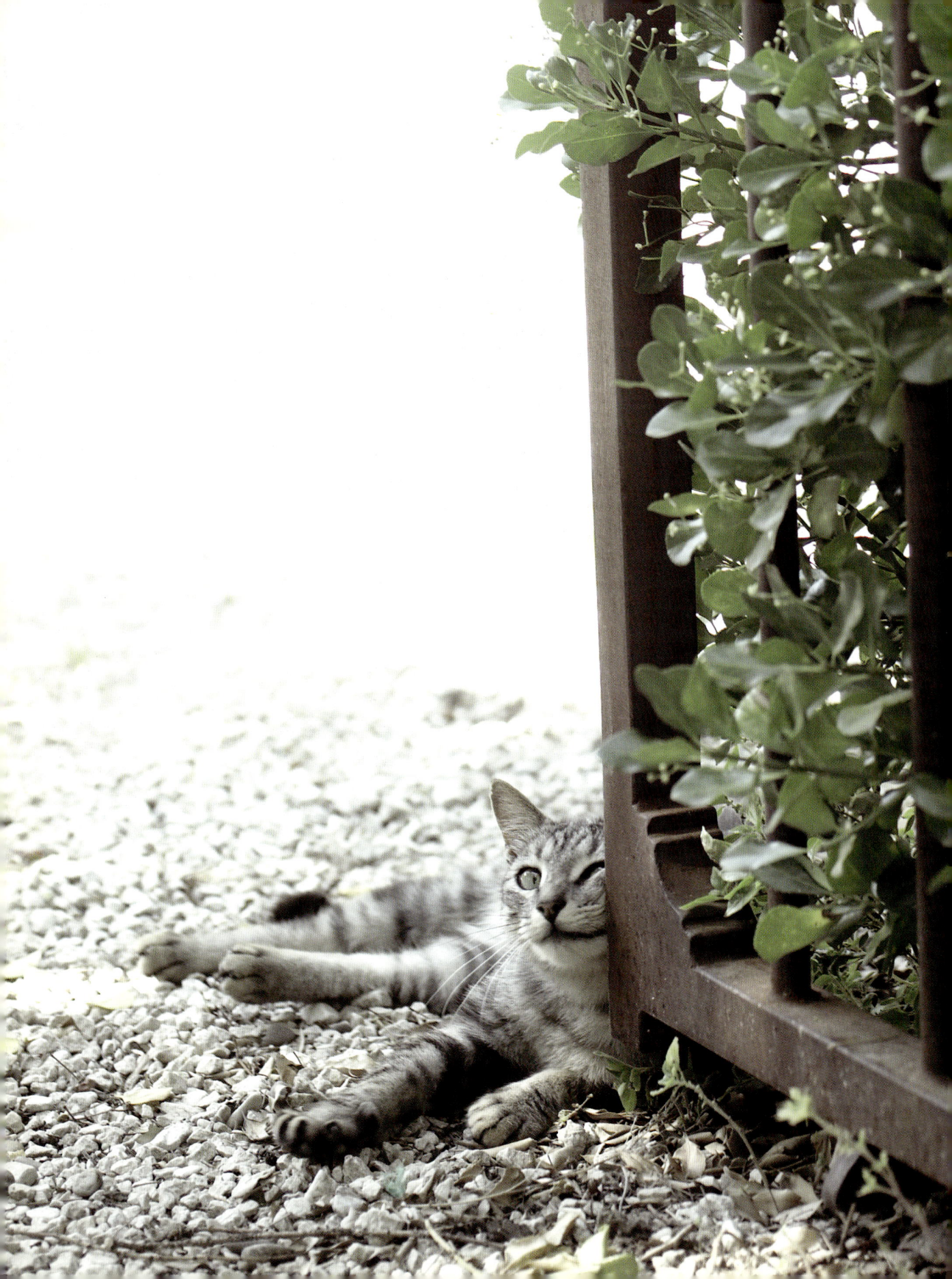

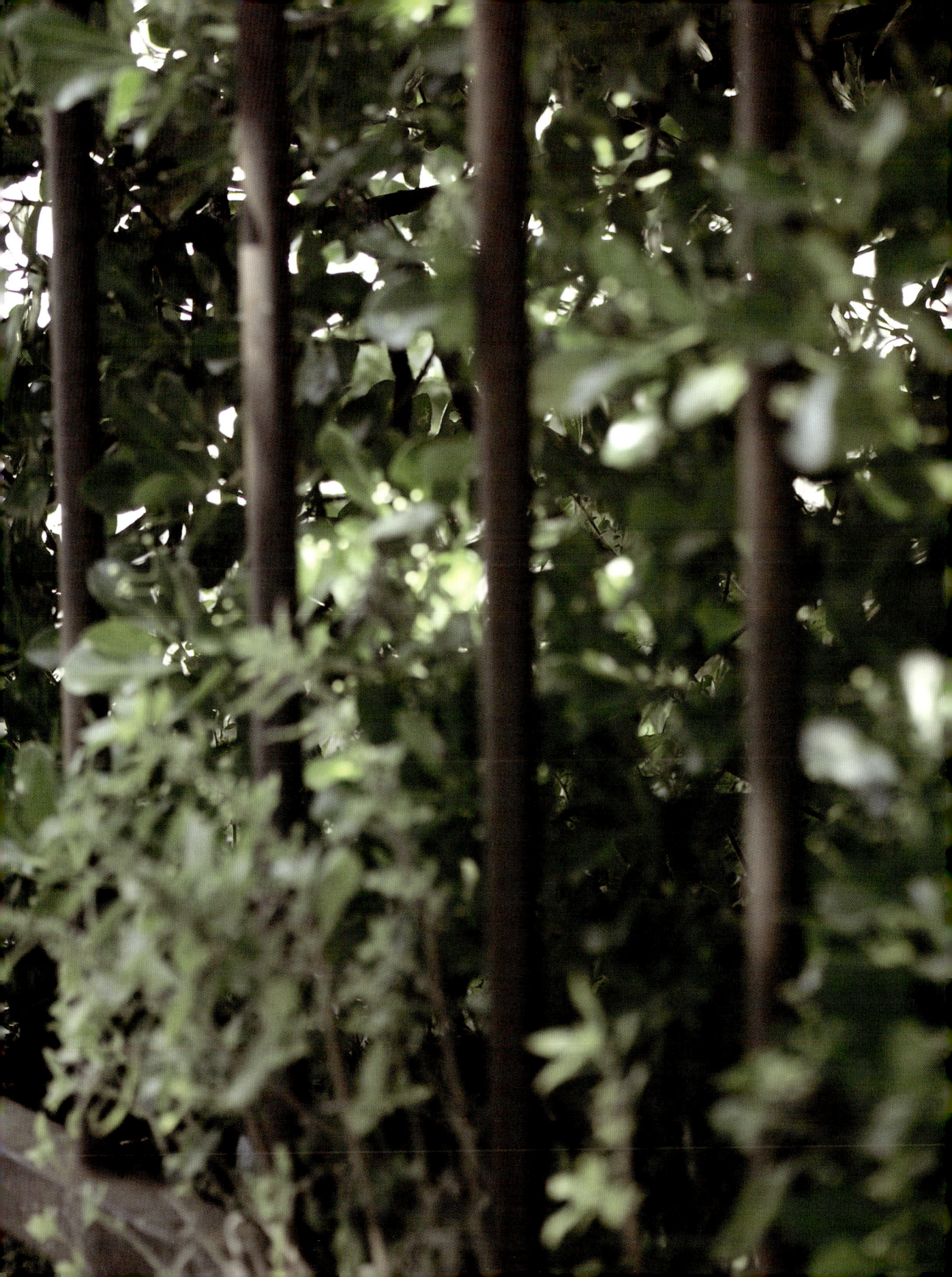

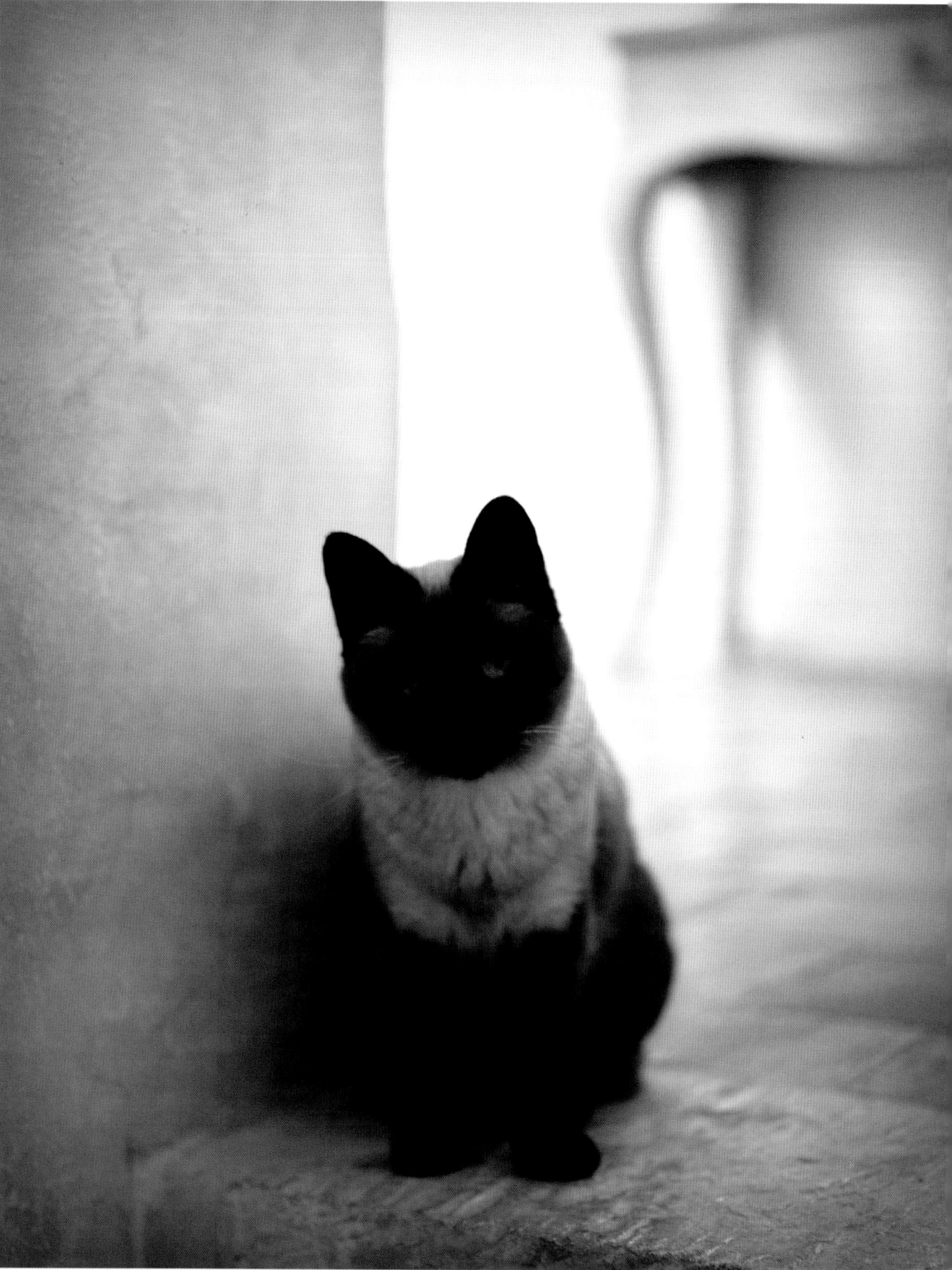

Craquette 크라케트

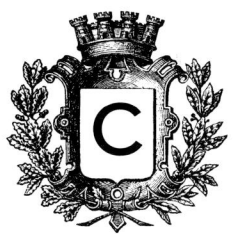

오르공에 위치한 르 마스 드 라 로즈Le Mas de la Rose 호텔에서 사랑을 듬뿍 받으며 살고 있는 '크라케트'는 옥상 테라스에 놓인 일광욕용 의자 밑에서 쉬는 것을 무척 좋아했다. 크라케트는 나이가 많은 고양이였다. 나는 옥상 테라스로 올라가 크라케트의 옆에 누워서 촬영하기 위해 좀 더 편한 곳으로 유인하려고 했다. 나는 크라케트가 이런 나의 행동을 귀찮아하는지, 아니면 흥미나 재미를 느끼는지 좀처럼 알 수 없었다. 하지만 마침내 나를 좋아하게 된 크라케트는 뜨거운 옥상을 떠나 시원한 타일이 깔린 건물 안으로 들어왔다. 나는 아래층으로 이어진 계단에 앉아서 계속 크라케트를 쓰다듬었고, 크라케트는 내게 대답하듯 가르랑거렸다. 이렇게 해서 크라케트의 사랑스런 성격을 카메라에 담을 수 있었다.

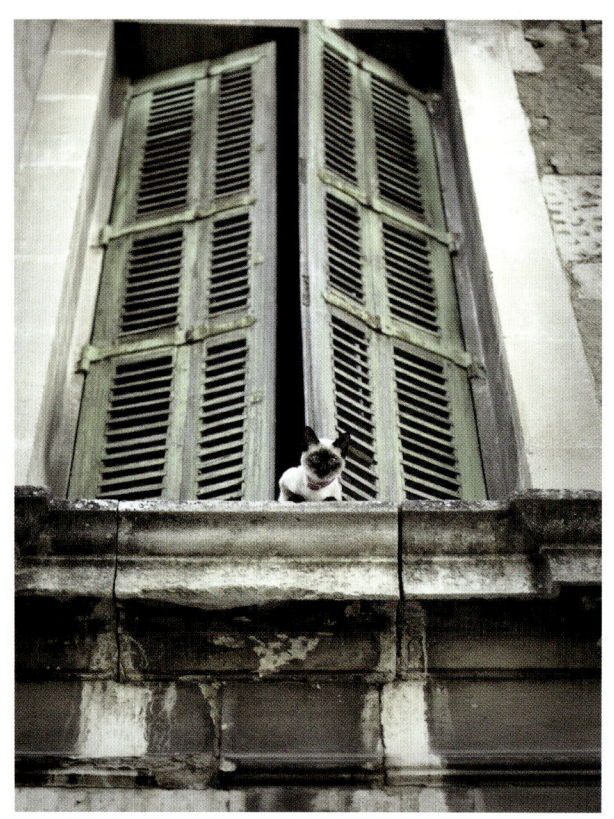 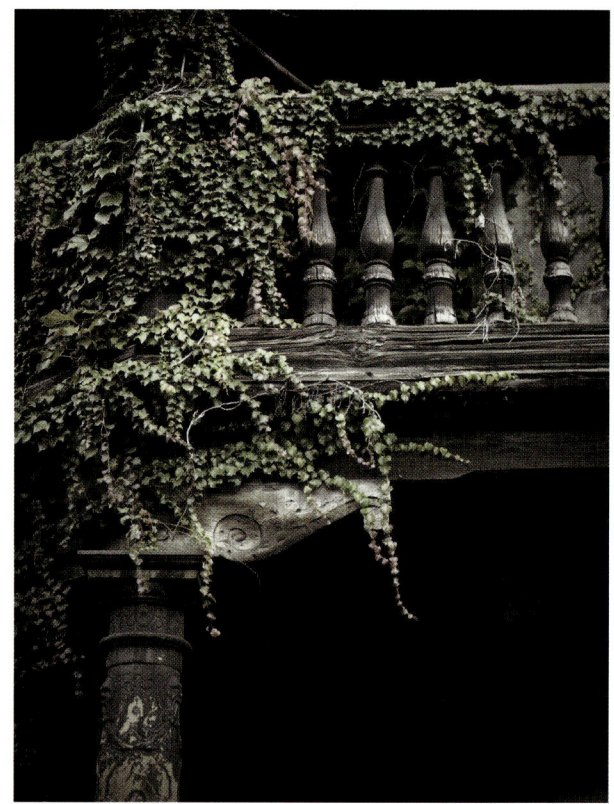

나는 이 사진이 프랑스식 삶에 대해서 많은 것을 보여준다고 생각한다. 처음 내 눈을 사로잡은 것은 이 집에서 풍기는 소박한 매력이었다. 곧이어 나는 보석 하나를 발견했다. 그것은 현관문 위 창문턱에서 우리를 지켜보는 장난스런 작은 고양이였다. 집주인은 이 지역 사람들이 습관처럼 그러하듯 길에 나와 앉아 있었다. 나는 내 소개를 하고 준비 중인 고양이 책에 대해서 설명한 뒤 그의 고양이를 촬영해도 좋은지 물었다. 집주인은 "물론이죠!"라고 대답했다. '세포라Sephora'는 집주인의 딸이 키우는 고양이였지만 그는 자신의 딸도 흔쾌히 허락할 거라고 말했다. 내가 촬영을 하는 동안, 이 집에서 기르는 또 다른 고양이인 '팡팡라메르'는 주위를 맴돌다가 카메라의 시야 안으로 살며시 들어오더니 완벽한 포즈를 취해주었다.

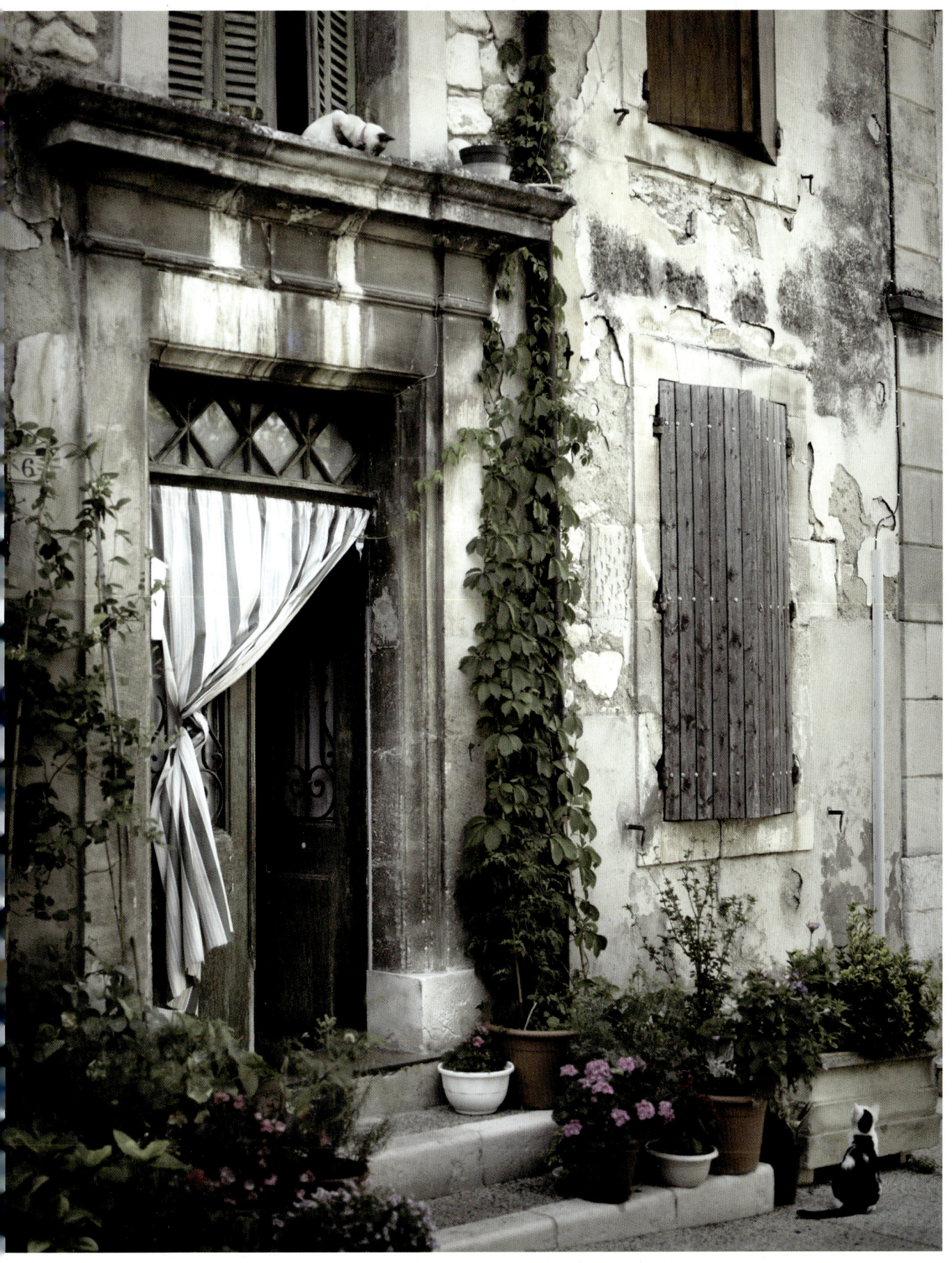

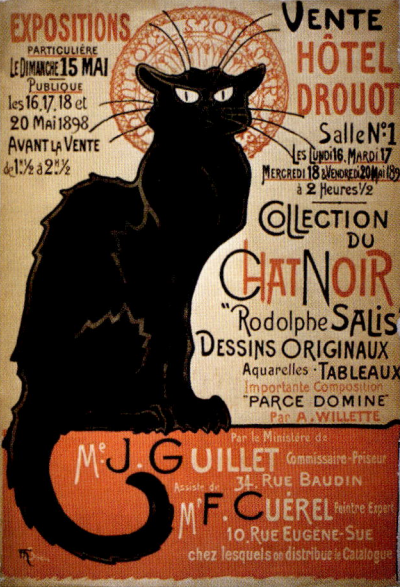

테오필-알렉상드르 스타인렌(Théophile-Alexandre Steinlen, 1859-1923)
샤누와르(Le Chat Noir, 검은 고양이) 순회공연, 1896

'샤누와르'는 프랑스 최초의 카바레로 추정된다. 1881년 로돌프 살리(Rodolphe Salis)가 보헤미안 정서로 가득 찬 파리 몽마르트르에 문을 연 이 작은 술집은 화가와 작가 그리고 음악가들이 모이는 유명한 회합 장소가 되었다. 또한 샤누와르는 그림과 글이 담긴 동명의 잡지를 발행하기도 했다. 스위스 출신의 아르누보 화가인 테오필-알렉상드르 스타인렌은 살리로부터 카바레를 장식할 고양이 그림 제작을 의뢰받은 뒤 샤누와르의 순회공연을 위한 이 작품을 탄생시켰는데, 이것은 샤누와르를 상징하는 그림이 되었다.

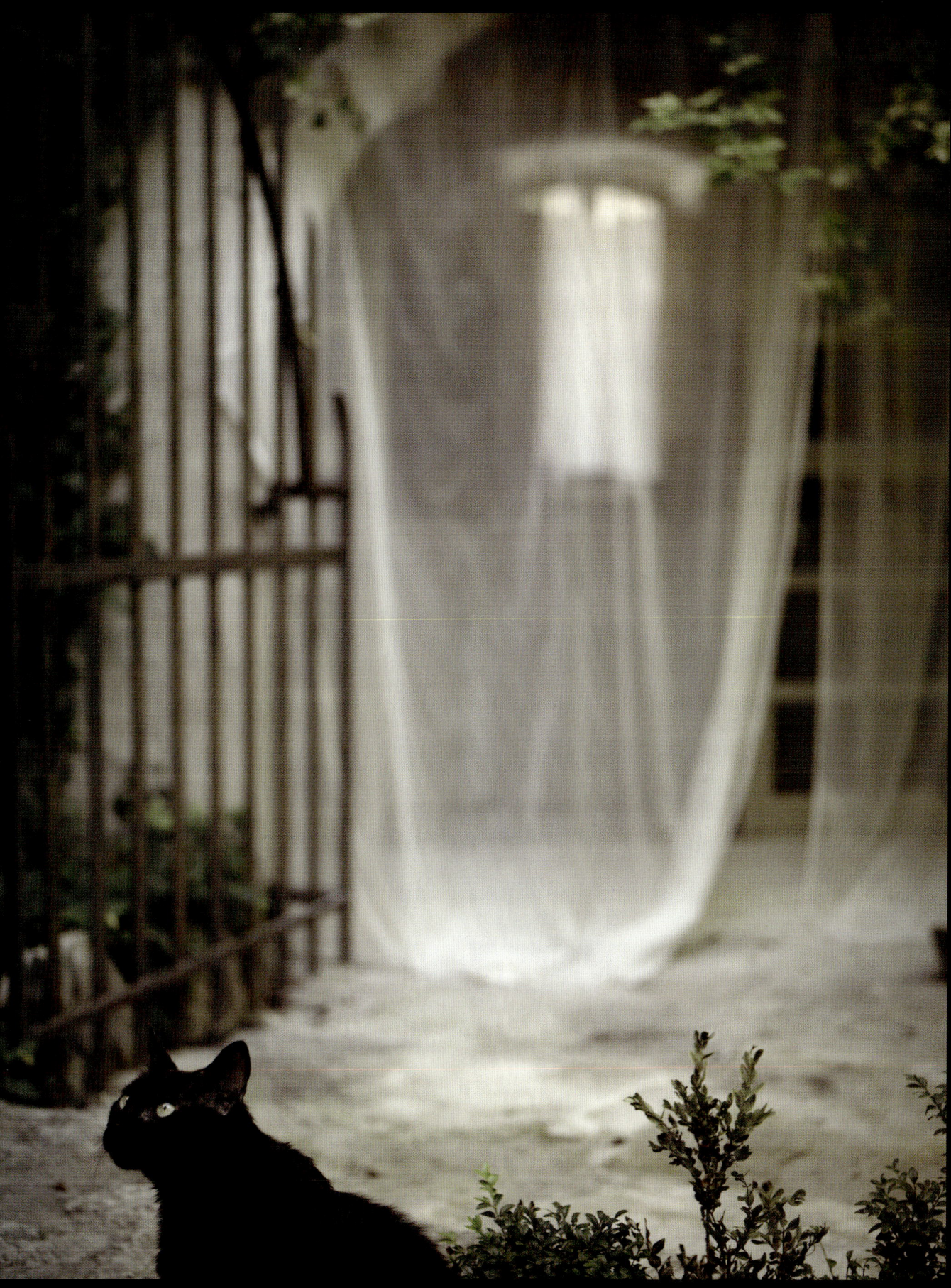

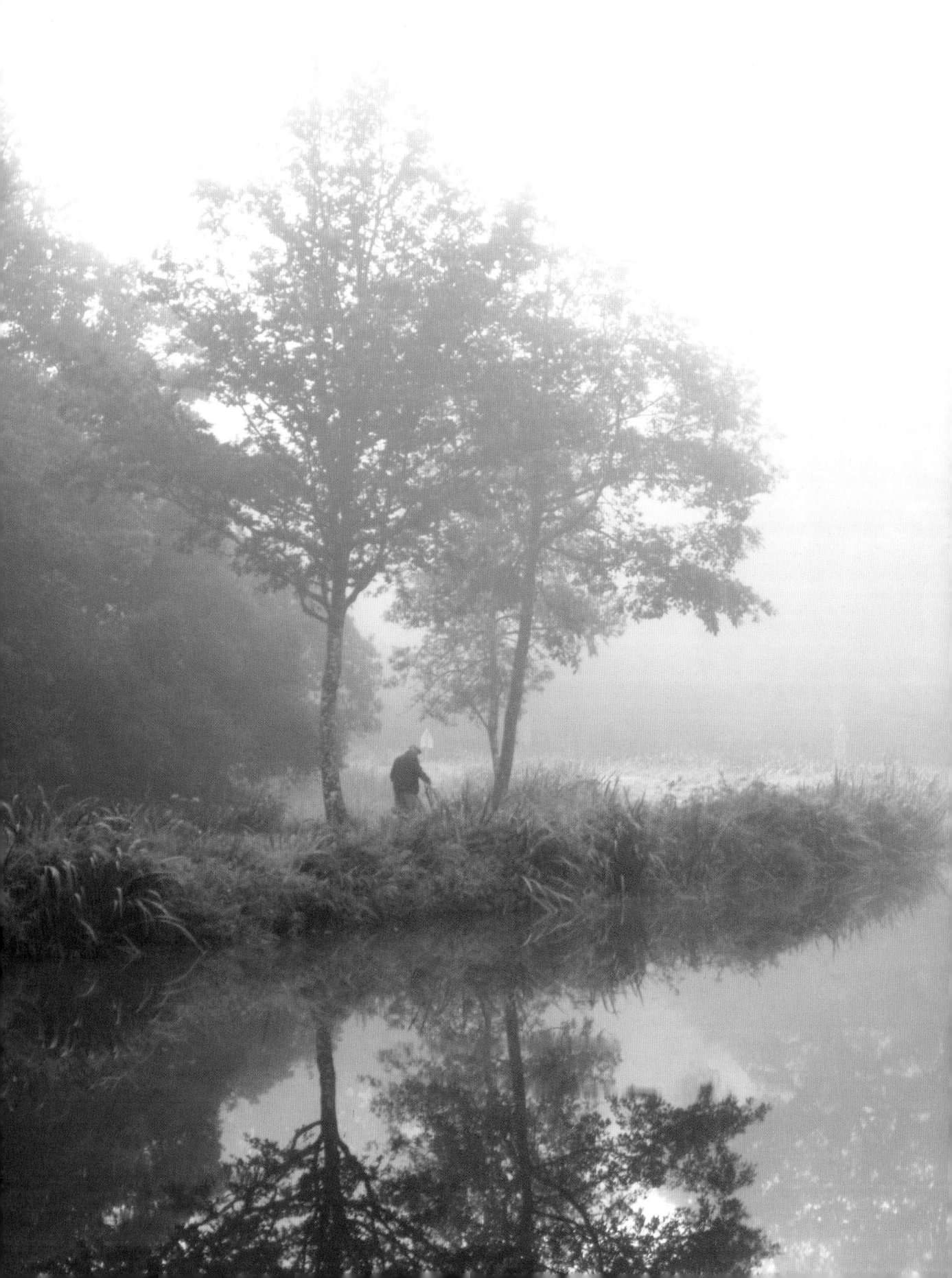

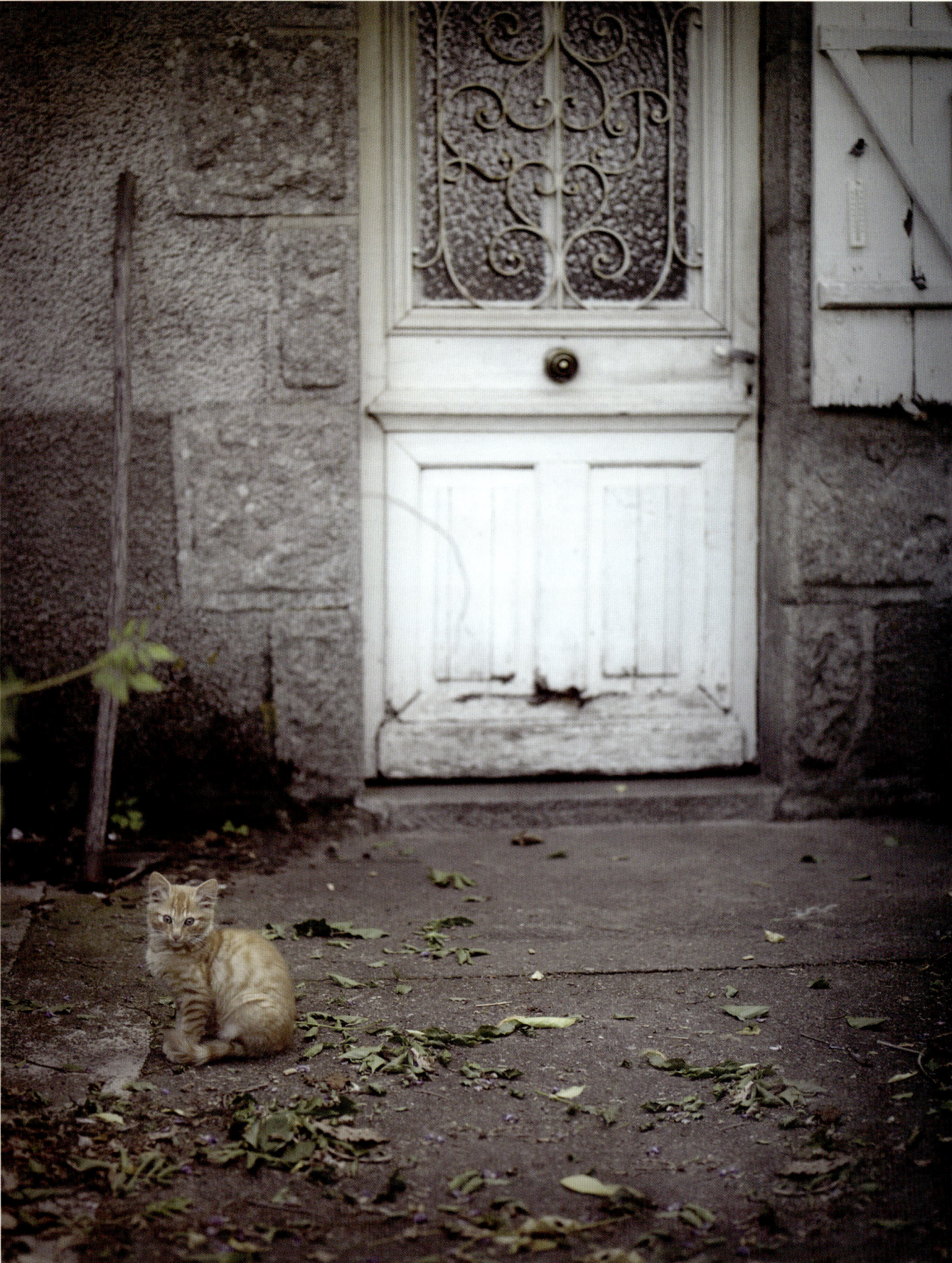

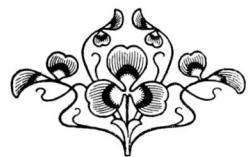

이 사진을 촬영하던 날 저녁, 나는 이 마을의 거리를 헤매고 다니다 어느 집 정원에 몸을 거의 숨긴 채 몹시 불안해하는 고양이 한 마리를 발견했다. 안으로 들어가려고 했지만 문은 굳게 잠겨 있었다. 마침 지나가던 마을 사람이 이 집에 사는 노인은 아파서 병원에 입원해 있다고 말해주었다. 내 시선을 사로잡은 것은 새끼들과 함께 정원에서 살고 있는 길고양이였다. 다음 날 나는 고양이가 좋아하는 먹이를 잔뜩 갖고서 다시 그 집을 찾았다. 대문 틈으로 먹이를 던져서 현관 앞에 떨어뜨려주었다. 새끼 고양이 세 마리가 모습을 드러냈지만 내가 몸을 살짝 움직이기만 해도, 심지어 카메라의 초점을 맞추는 아주 작은 동작에도 날쌔게 달아나버렸다. 나는 대문 틈으로 무거운 카메라를 흔들리지 않게 든 채로 마치 영원처럼 길게 느껴지는 시간을 흘려보냈다. 드디어 쓸쓸해 보이는 연한 적갈색 새끼 고양이 한 마리가 내가 이 순간을 포착할 수 있도록 긴장을 풀고 포즈를 취해주었다.

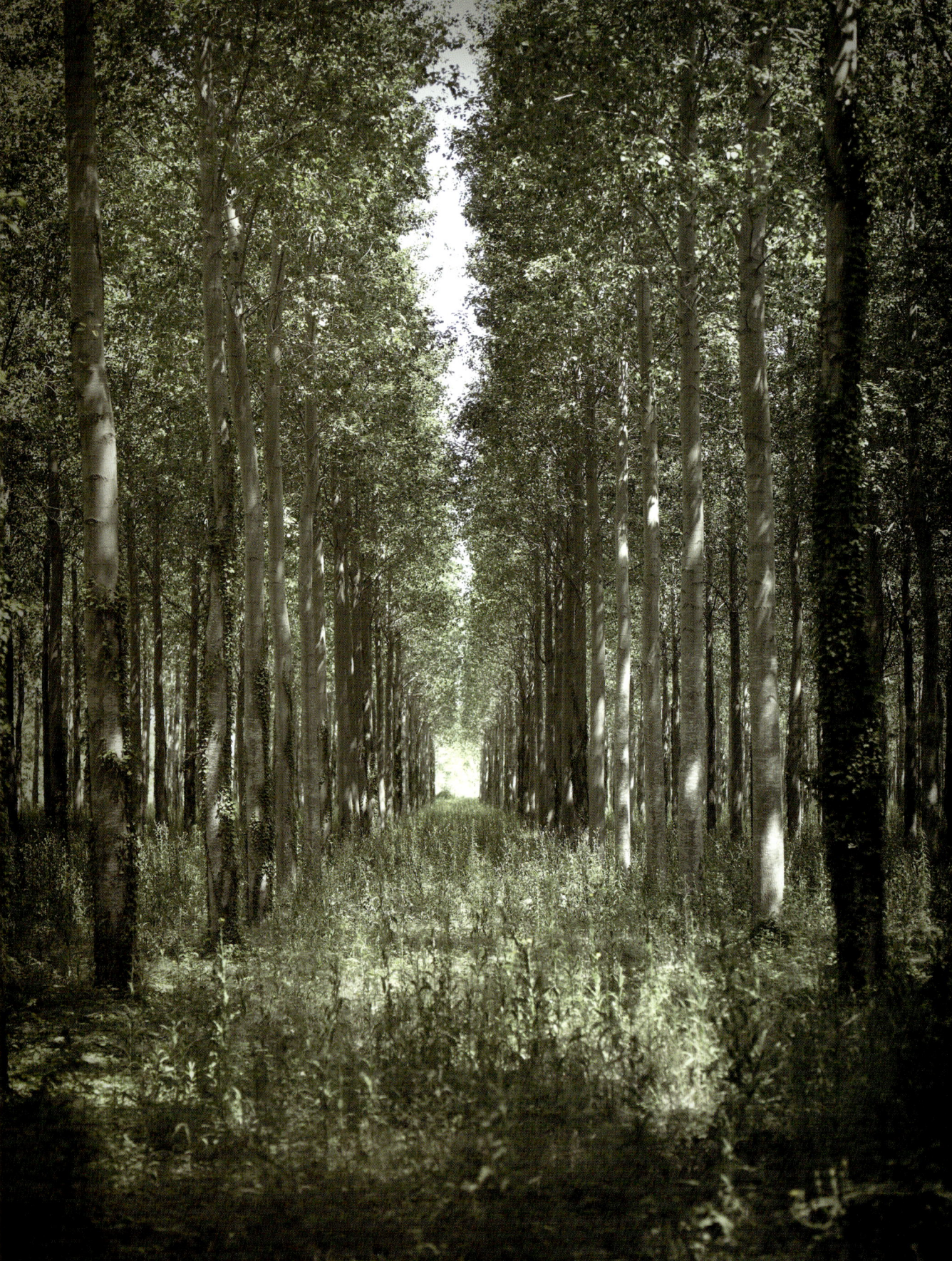

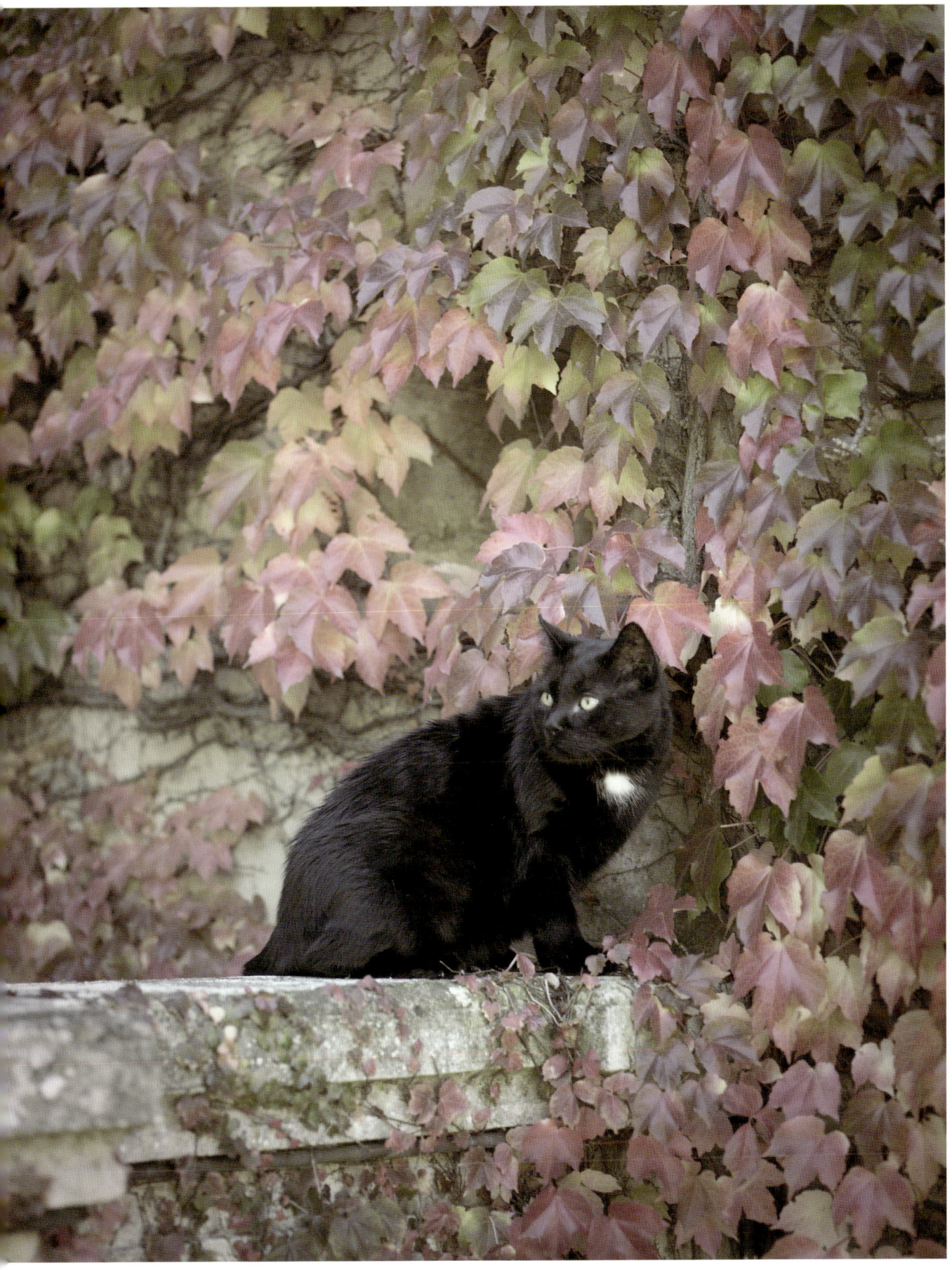

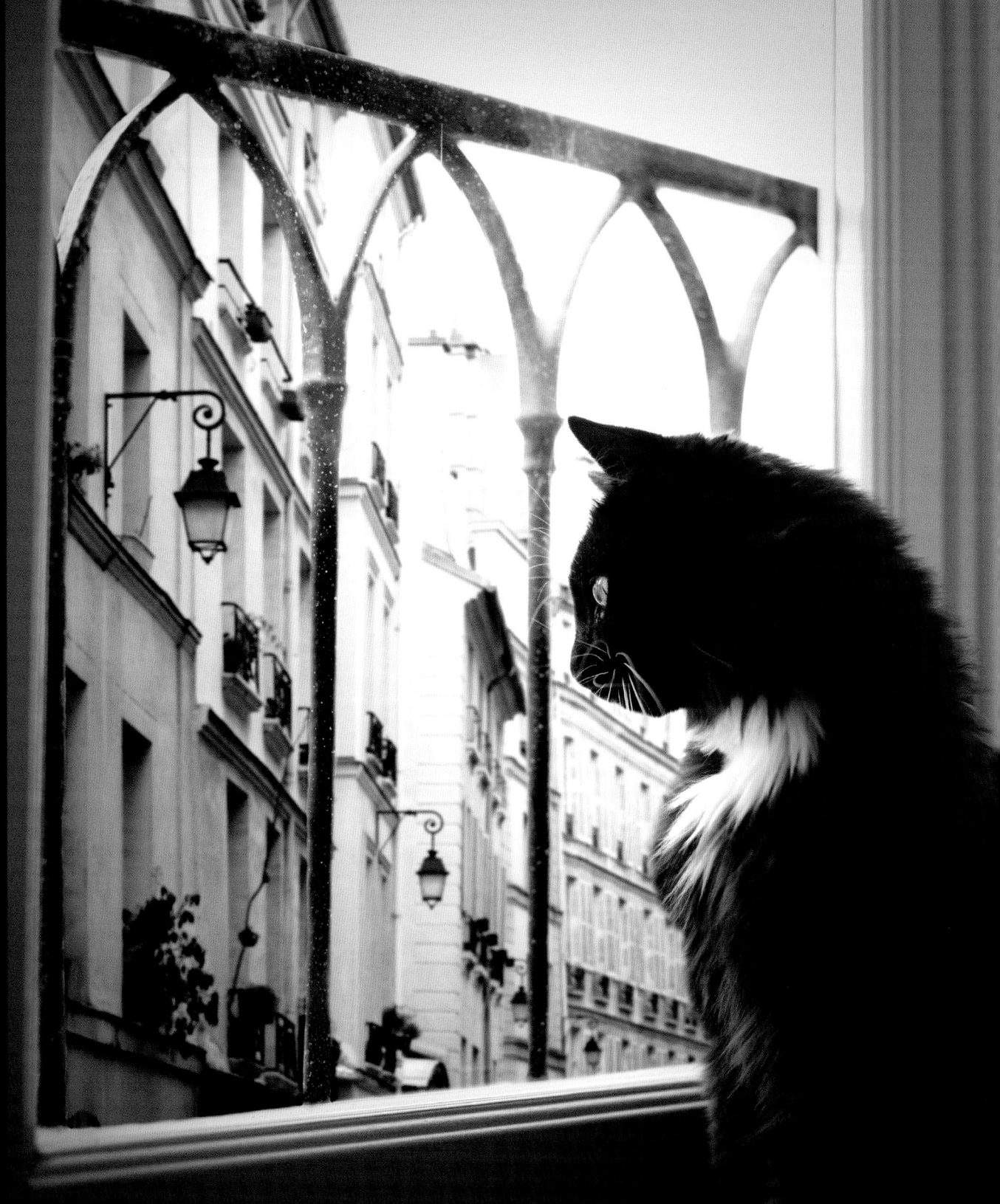

고양이는 장소의 혼령처럼 부드러운 걸음걸이로 집 안을 헤매고 다닌다.
혹은 작가의 탁자 옆에 앉아서
그의 사색에 동반자가 되어 주기도 하고,
깊은 황금빛 눈으로 그를 응시하기도 한다.
총기 어린 애정과 직관적인 통찰력을 내뿜으면서……

They stray about the house with
velvety tread, like the genius loci;
or sit beside the writer's table
companioning his thought, gazing at
him from the depths of their golden eyes,
with intelligent tenderness and intuitive penetration …

———————————

테오필 고티에
(Théophile Gautier, 1811-1872, 프랑스의 시인이자 소설가이자 언론인이자 비평가)

질감은 감탄을 자아낸다. 마을 사람들은 그늘을 만들어주는 것 말고는 아무런 쓸모없는 울퉁불퉁하고 비틀린 올리브 나무를 아이들과 고양이가 올라탈 수 있도록 그대로 내버려둔다. 바닥에 깔린 타일은 색이 다 벗겨지도록 닳았고, 아무도 손대지 않은 고대의 물항아리는 이끼로 뒤덮여 있다.

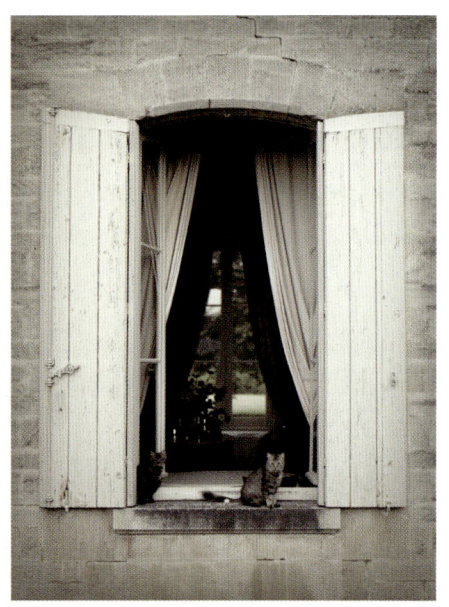
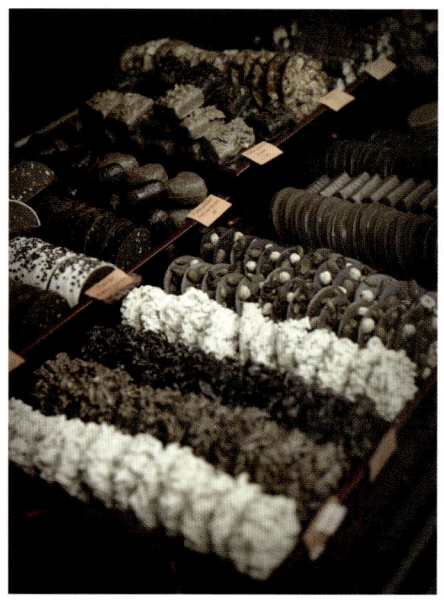
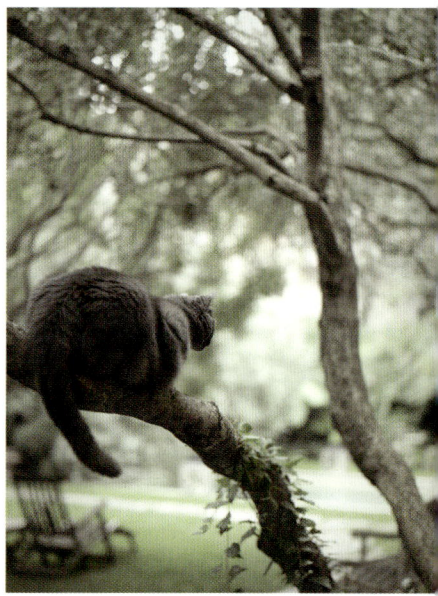
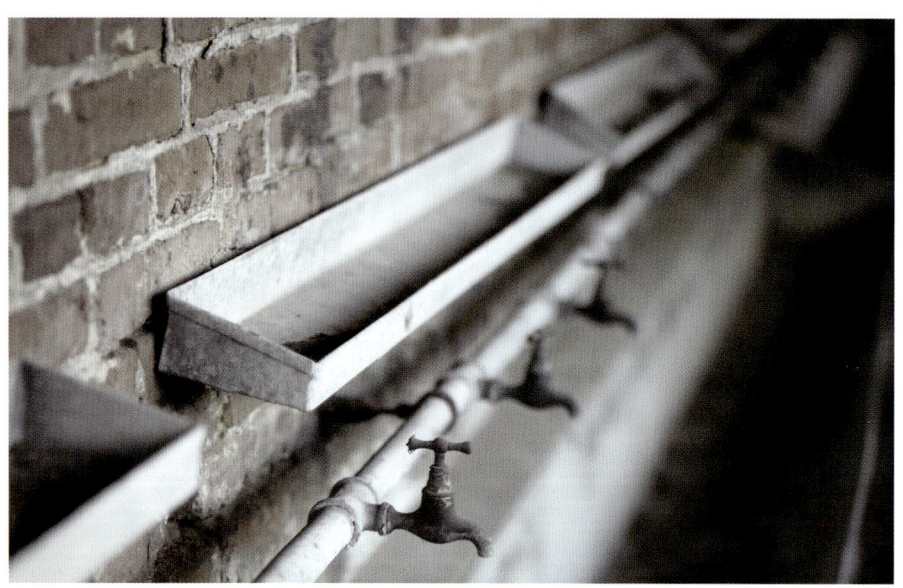
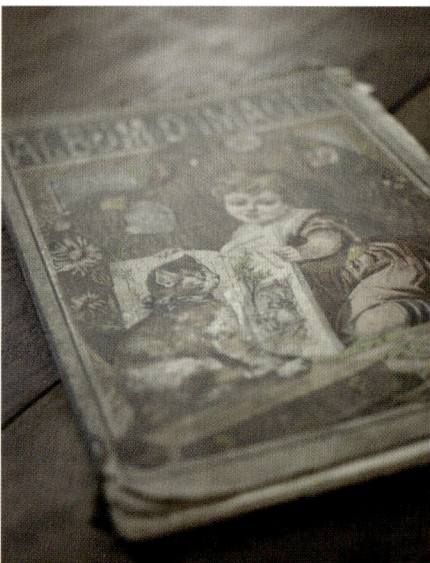

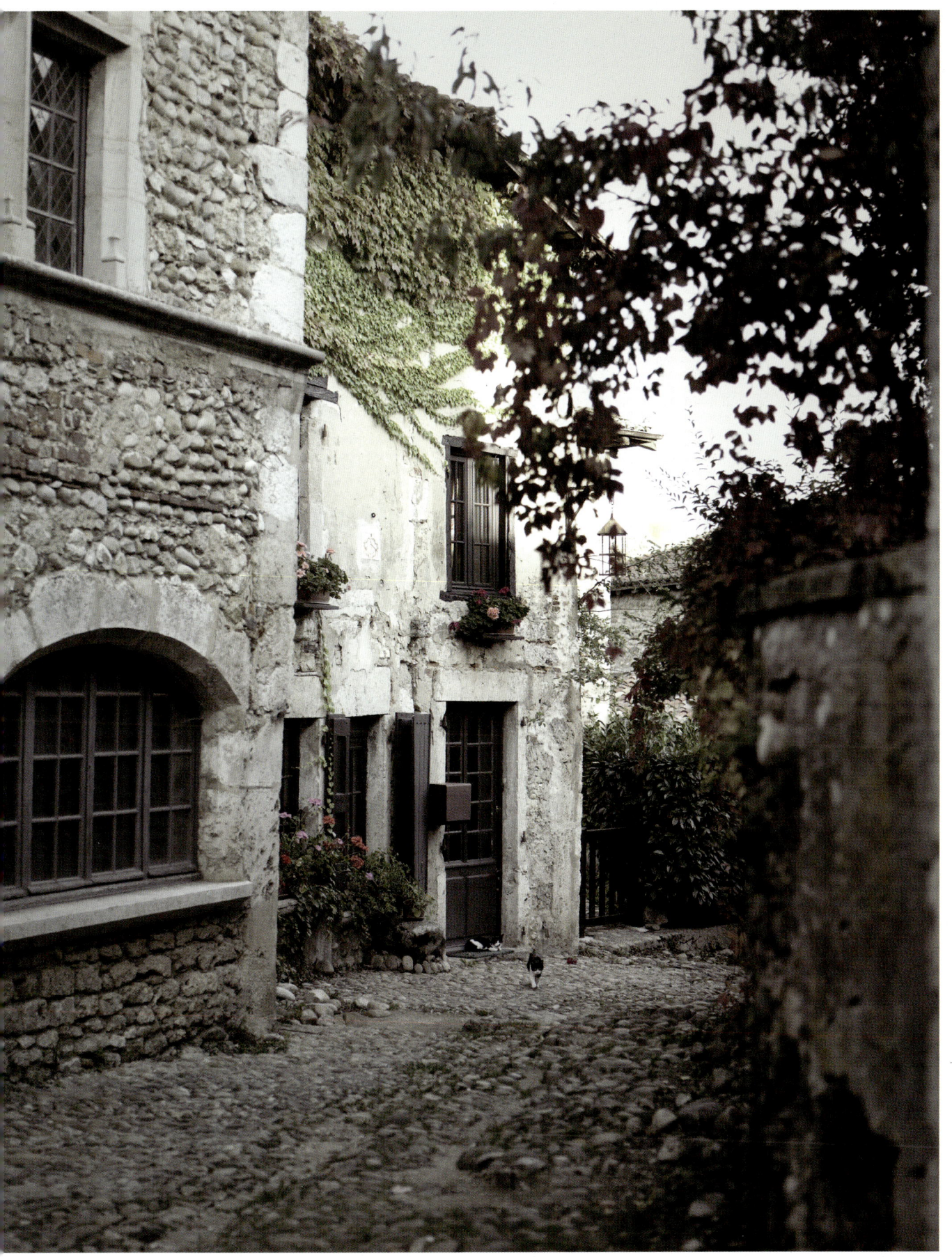

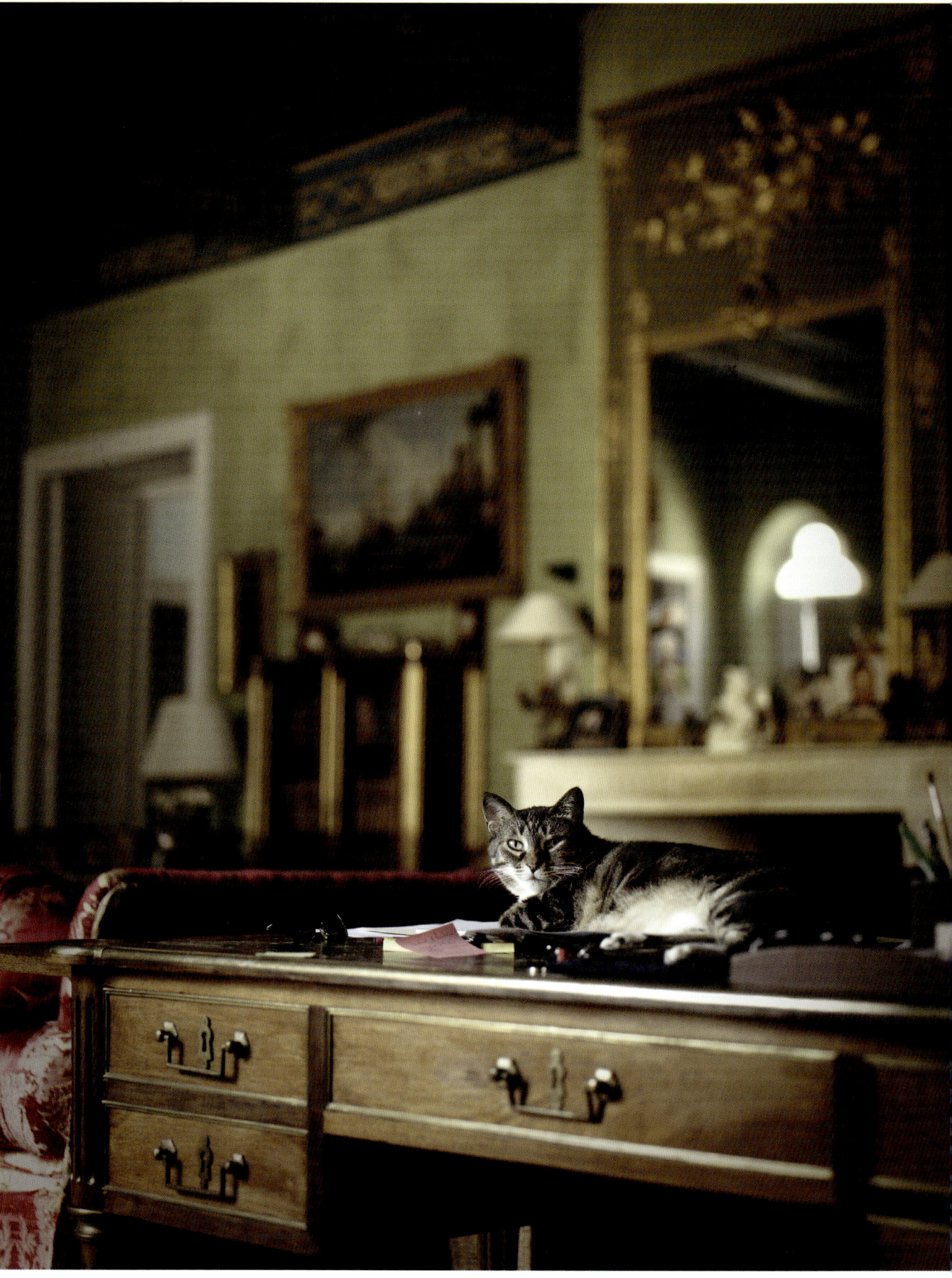

Miss France 미스프랑스

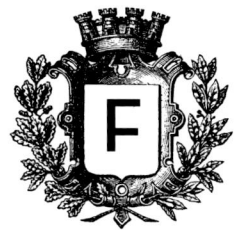

나는 머릿속으로 그림을 그리면서 생각한다. 보르갸르 성Château de Beauregard에 사는 '미스 프랑스'에 대해서 듣는 순간, 나는 수줍음을 많이 타는 작은 고양이 한 마리가 멋진 나무 상자 뒤에서 몸을 동그랗게 말고 있는 모습을 떠올렸다. 내 상상 속에서 나무 상자는 고풍스러운 책상 위에 놓여 있었는데 이 성의 고풍스러운 책상은 어두운 방 안에 자리 잡고 있었고, 마침 창문을 통해서 빛이 스며들고 있었다. 그러나 미스 프랑스는 그다지 몸집이 작지 않았고, 상자 또한 나무로 만들어진 것이 아니었다. 어쨌든 미스 프랑스는 정말로 수줍음을 많이 타는 고양이었다. 어떤 상황에서도 인내심을 잃지 않는 미스 프랑스의 주인 델타의 도움이 있었기에 나는 원하는 사진을 얻을 수 있었다. 이 사진 속에서 미스 프랑스는 더할 수 없이 아름다운 방에 놓여 있는 자기가 가장 좋아하는 골동품 책상 위에서 포즈를 취하고 있다.

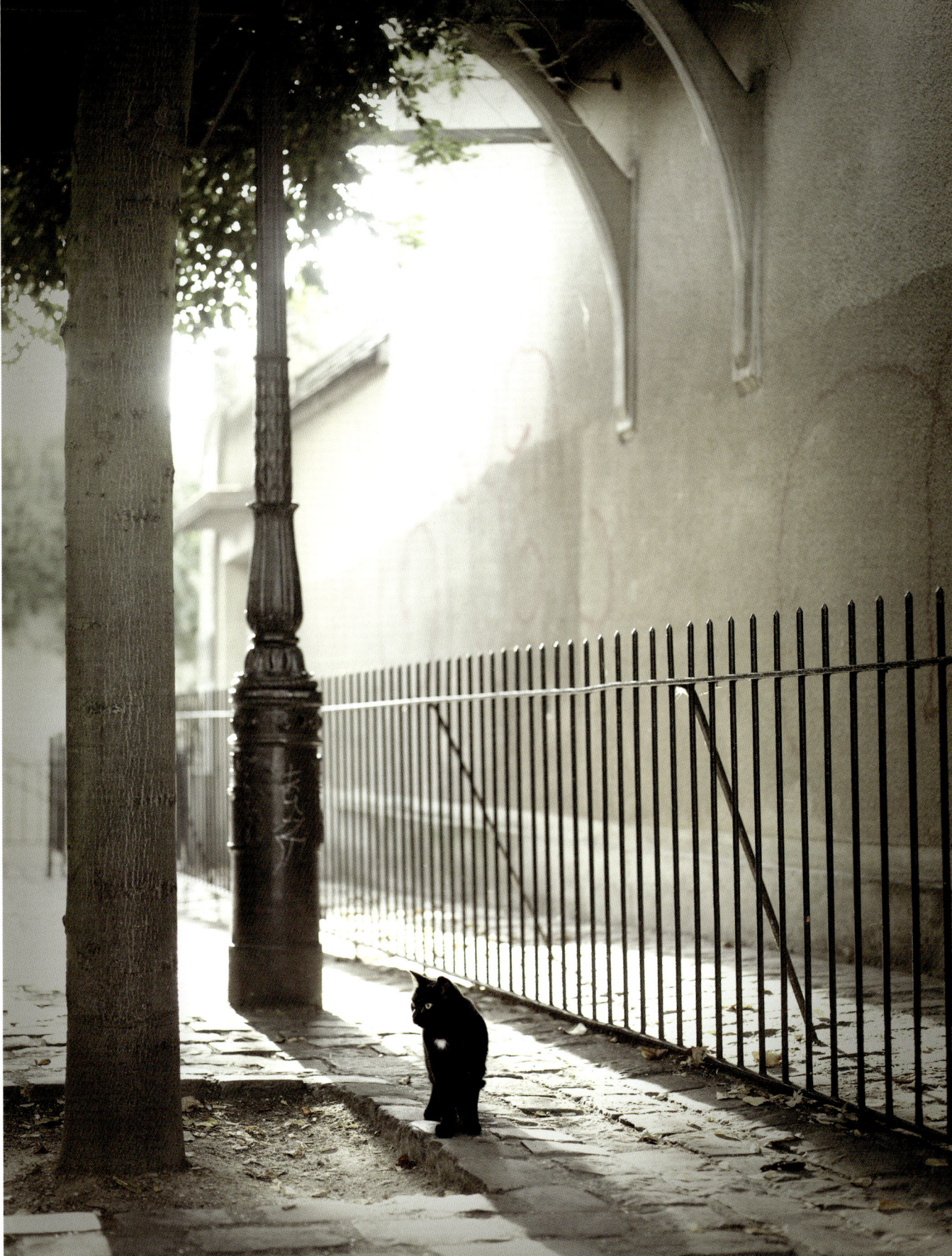

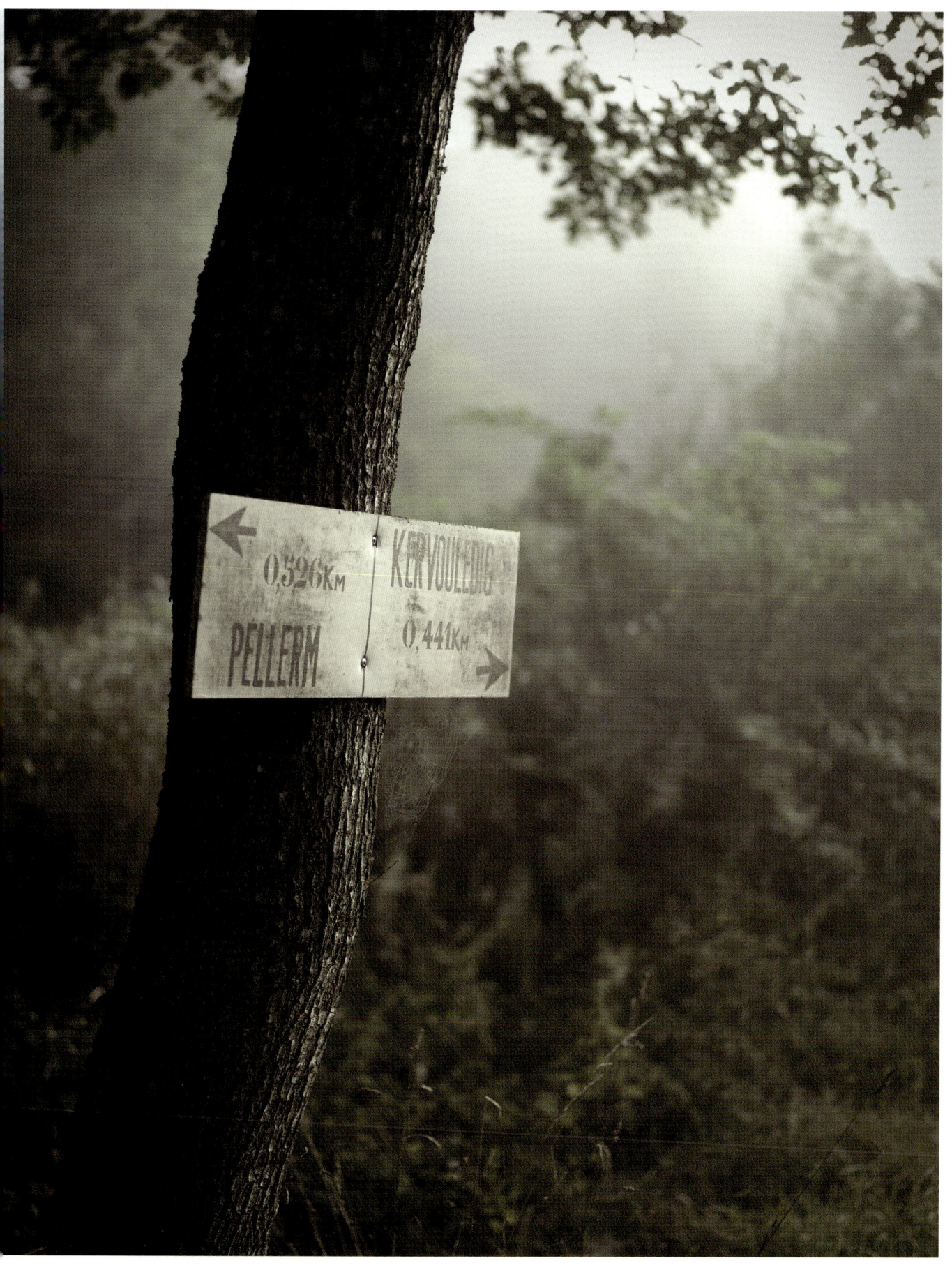

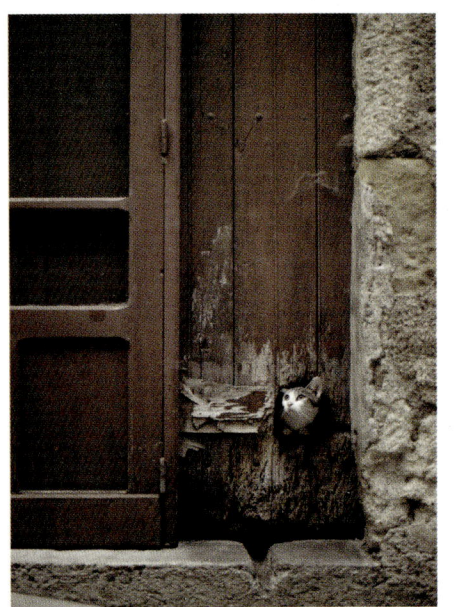 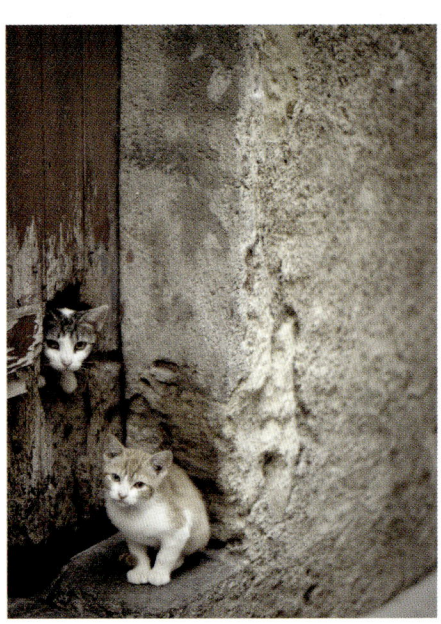 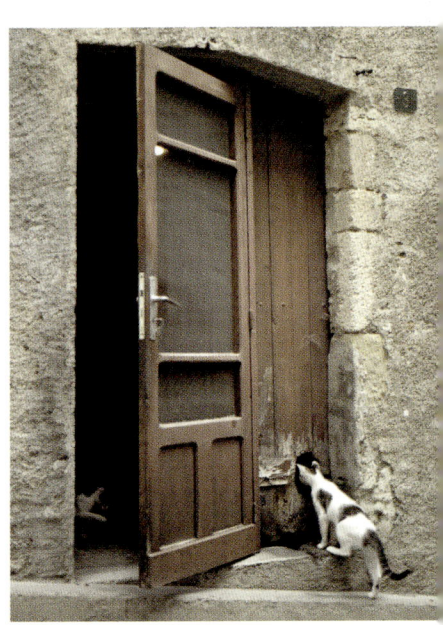

Maurice Ravel 모리스 라벨(1875-1937, 프랑스 고전음악 작곡가)

라벨은 고양이를 사랑했으며 파리 근교에 위치한 그의 저택 르벨베데르Le Belvédère에서 샴고양이 몇 마리를 길렀다. 1925년, 그는 시도니-가브리엘르Sidonie-Gabrielle가 대본을 쓴 오페라 '어린이와 마법'을 완성했다. 이 오페라에는 특히 수고양이와 암고양이가 인간의 말로 표현할 수 없는 고양이들의 언어로 노래하는 '고양이 이중창'이 등장한다.

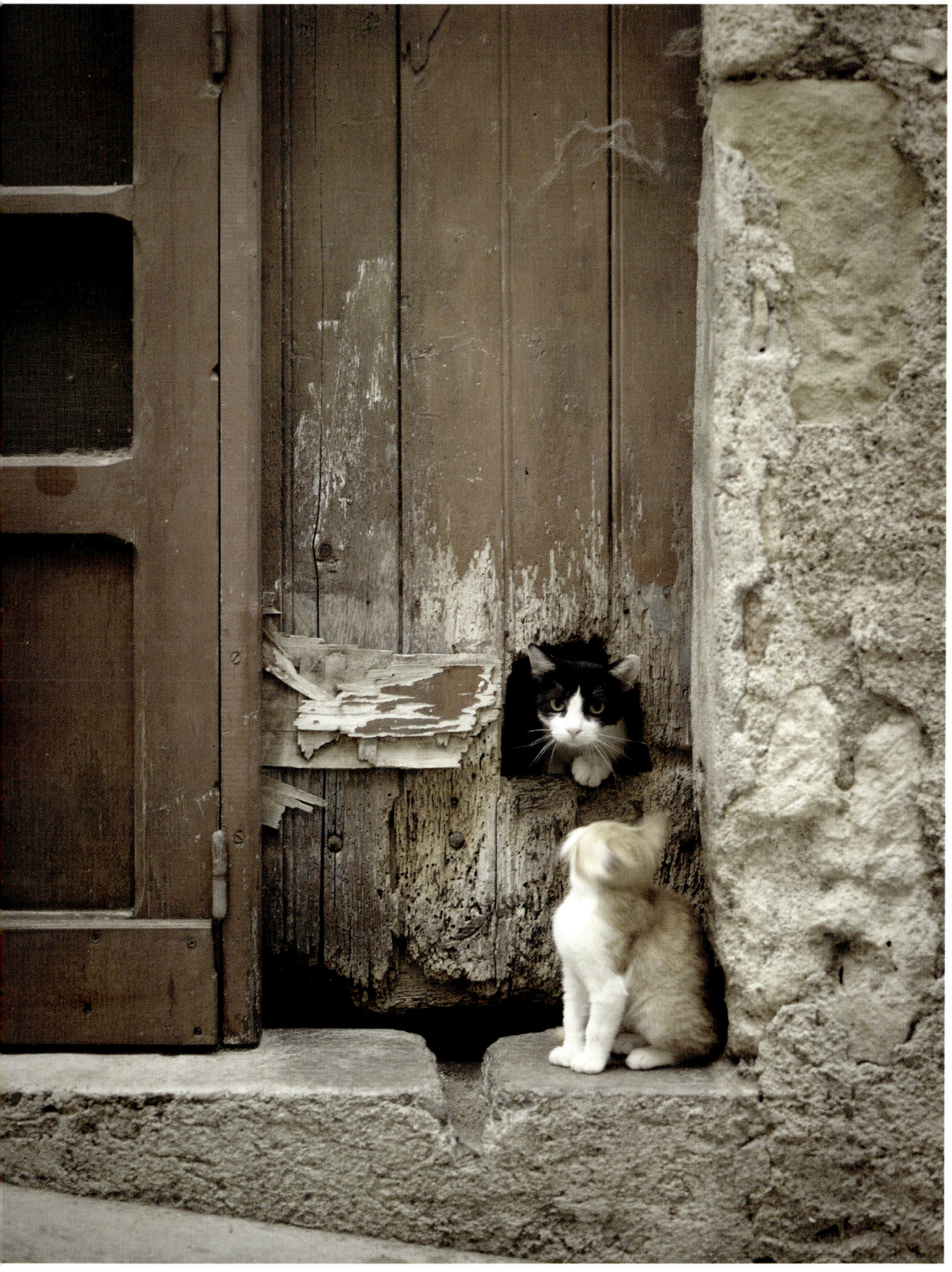

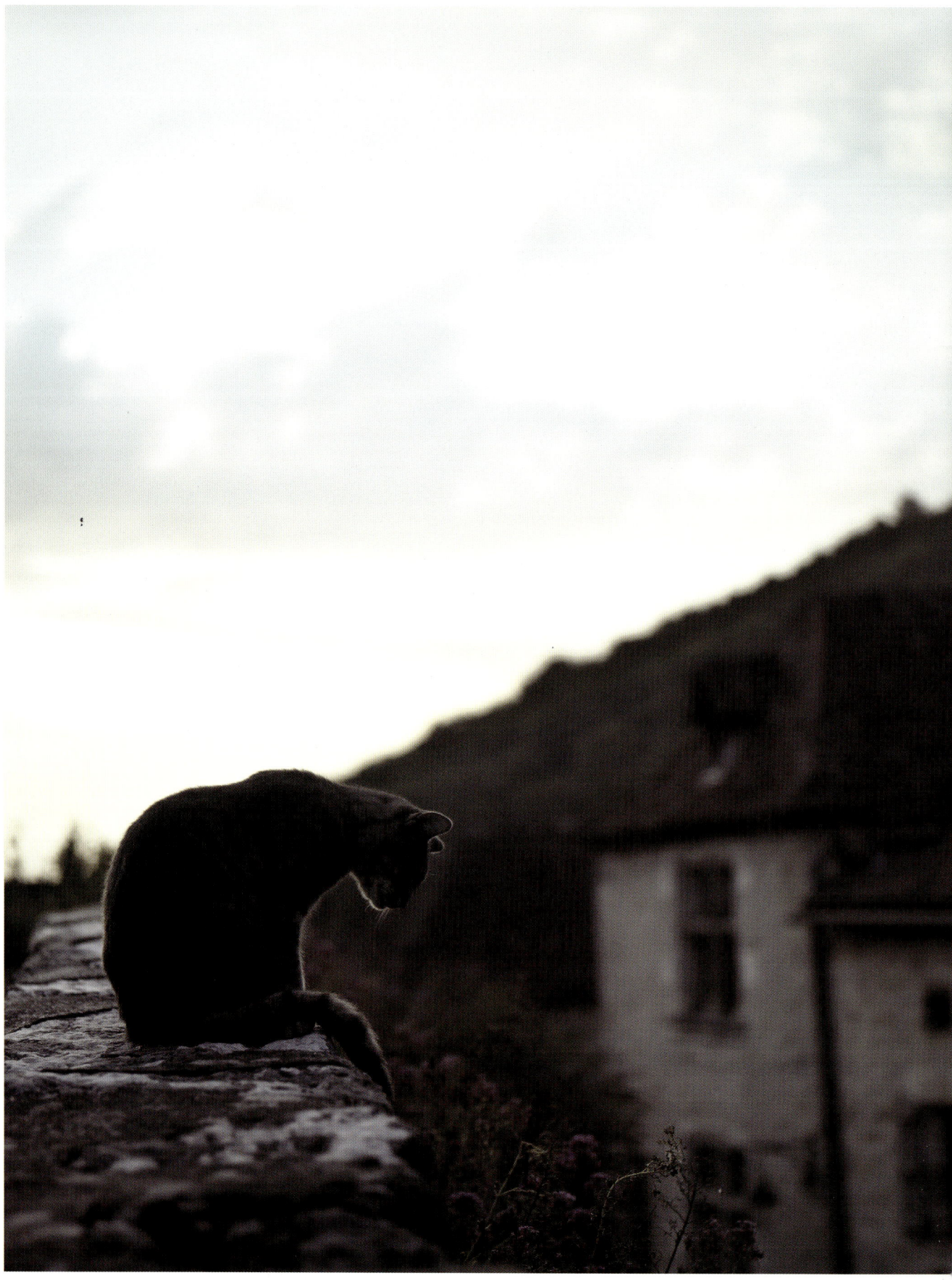

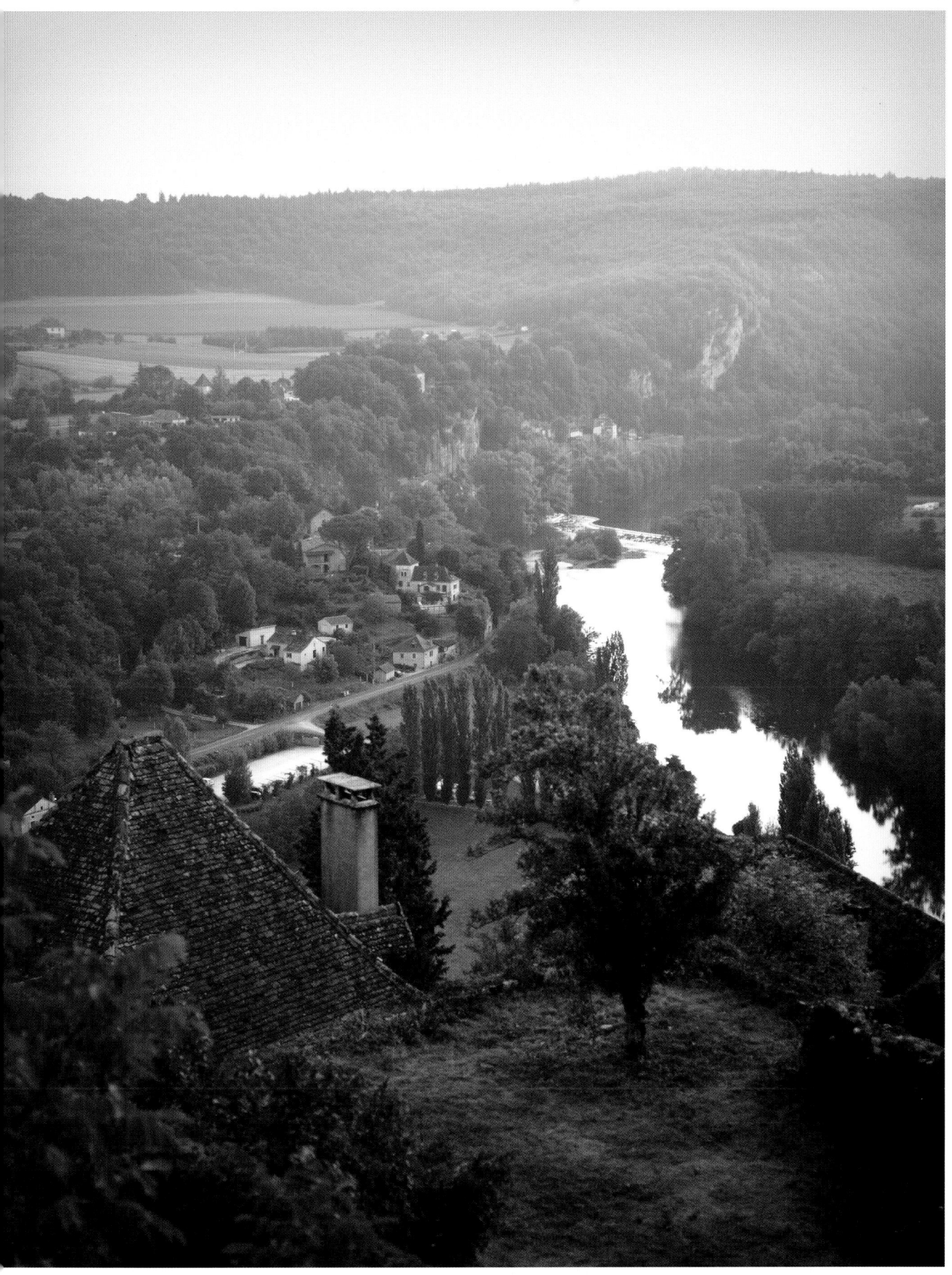

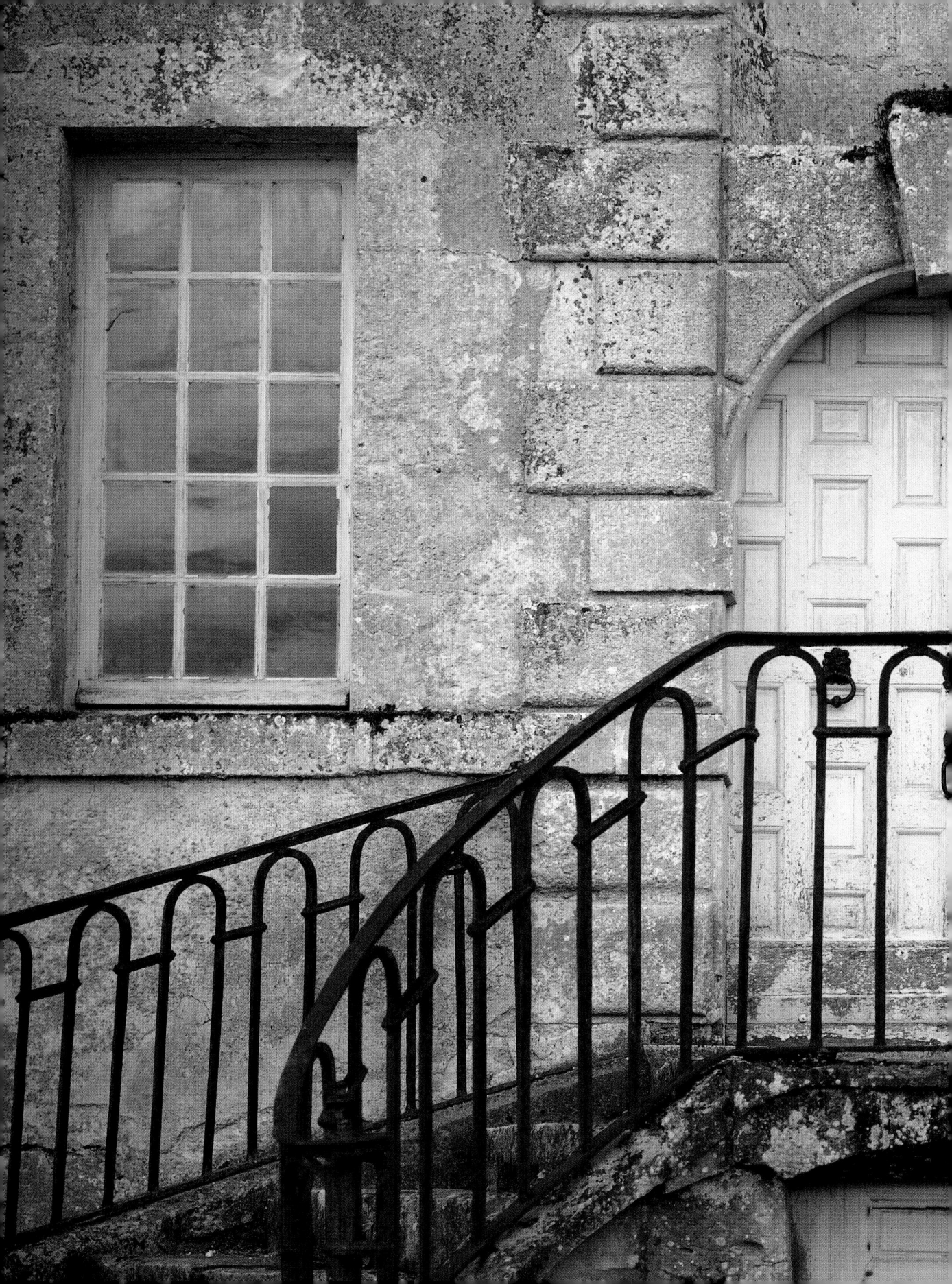

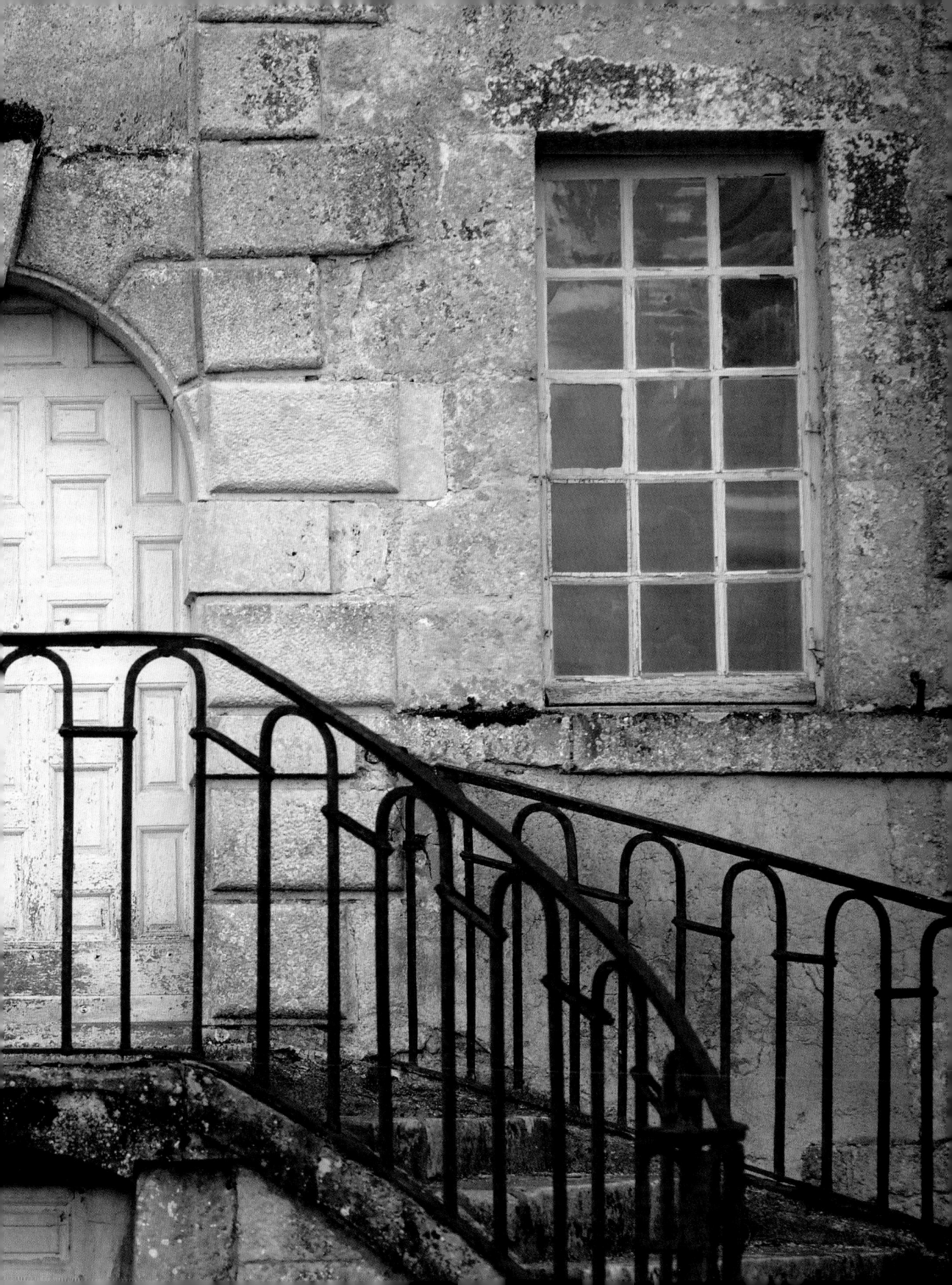

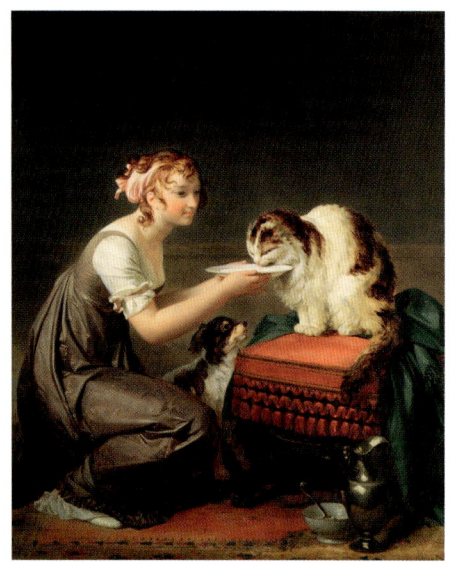

마르그리트 제라르(Marguerite Géard, 1761-1837)
고양이의 점심 식사(*The Cat's Lunch*)

옛 모습을 고스란히 간직하고 있는 17세기 성의 서재에서 이리저리 뛰어다니는 '카라멜caramel'을 촬영하는 것은 현실적으로 거의 불가능해 보였다. 카라멜은 아마도 값을 매길 수 없을 만큼 귀할 골동품 의자의 천이 자기 발톱에 뜯기고 있는 것을 전혀 의식하지 않았다. 나는 과거에 이 사다리를 오르고 이 의자에 앉아서 움푹 꺼진 자국을 만들었을 사람들을 나도 모르게 상상하고 있었다. 놀랍게도 카라멜은 충분히 긴 시간 동안 가만히 앉아 있어 주었고, 나는 선명한 영상을 카메라에 담을 수 있었다.

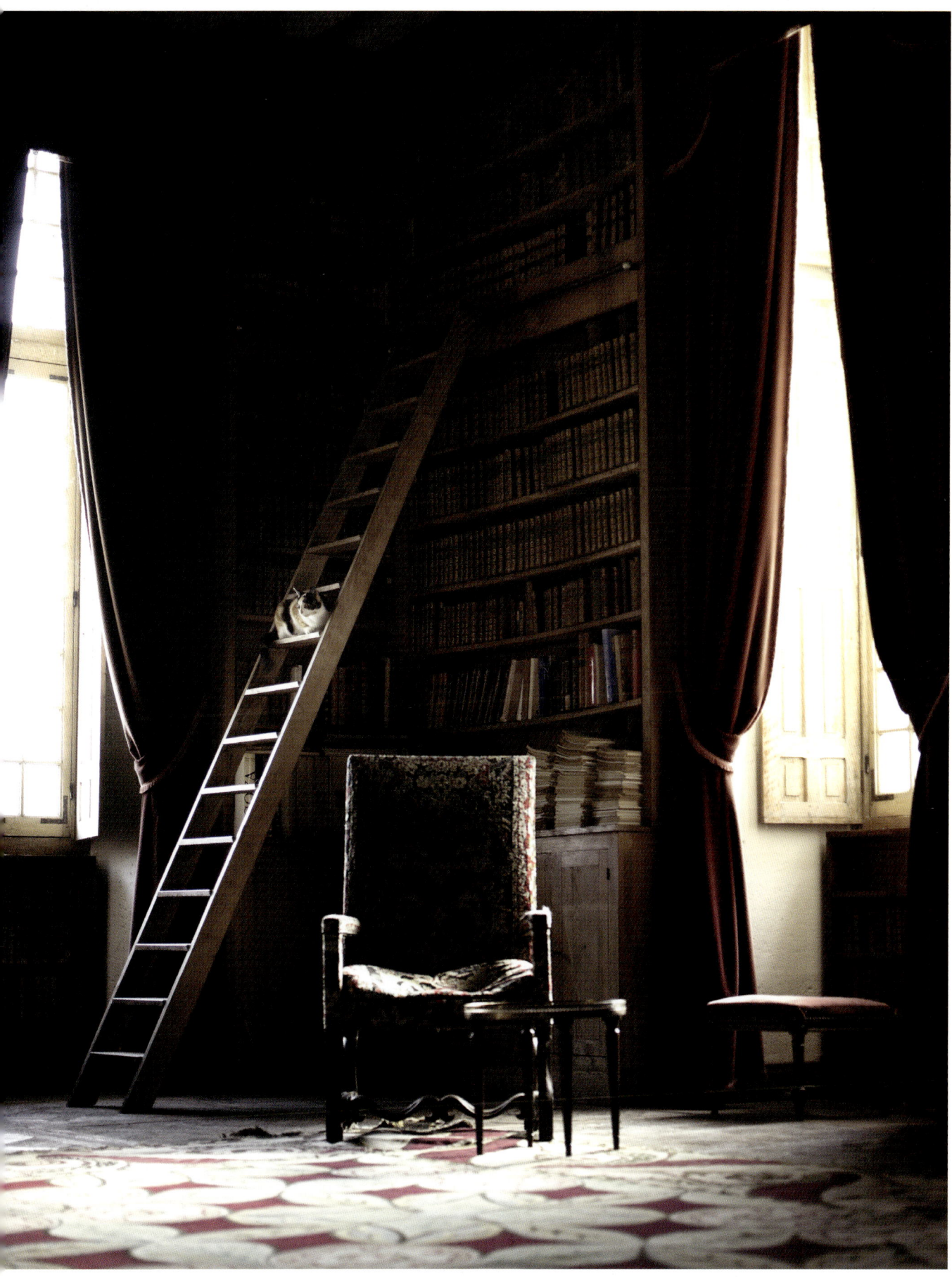

고양이는 거실을 차지한 호랑이다.

The cat is a drawing-room tiger.

빅토르 위고

(Victor Hugo, 1802-1885, 프랑스 시인이자 소설가이자 극작가이자 정치인)

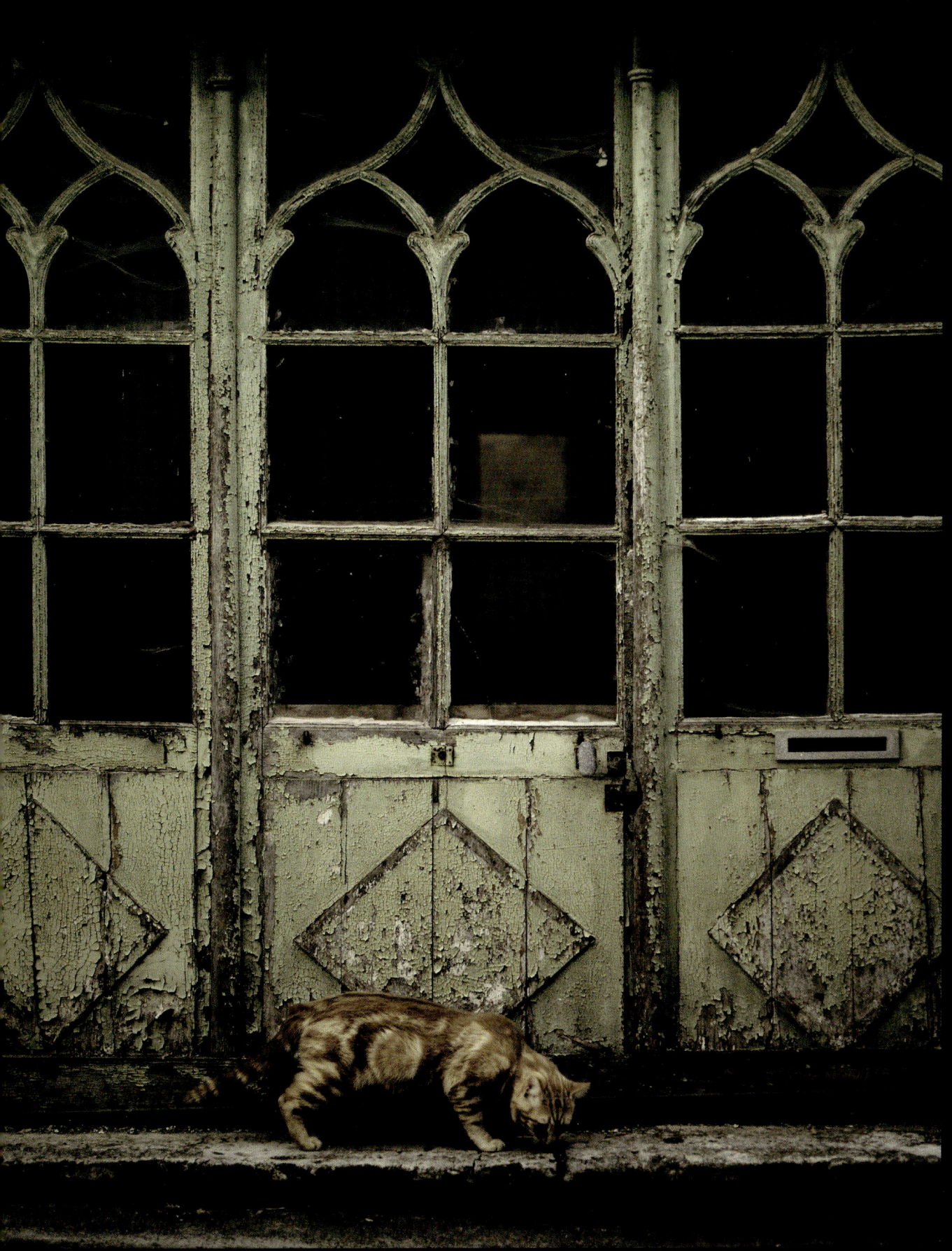

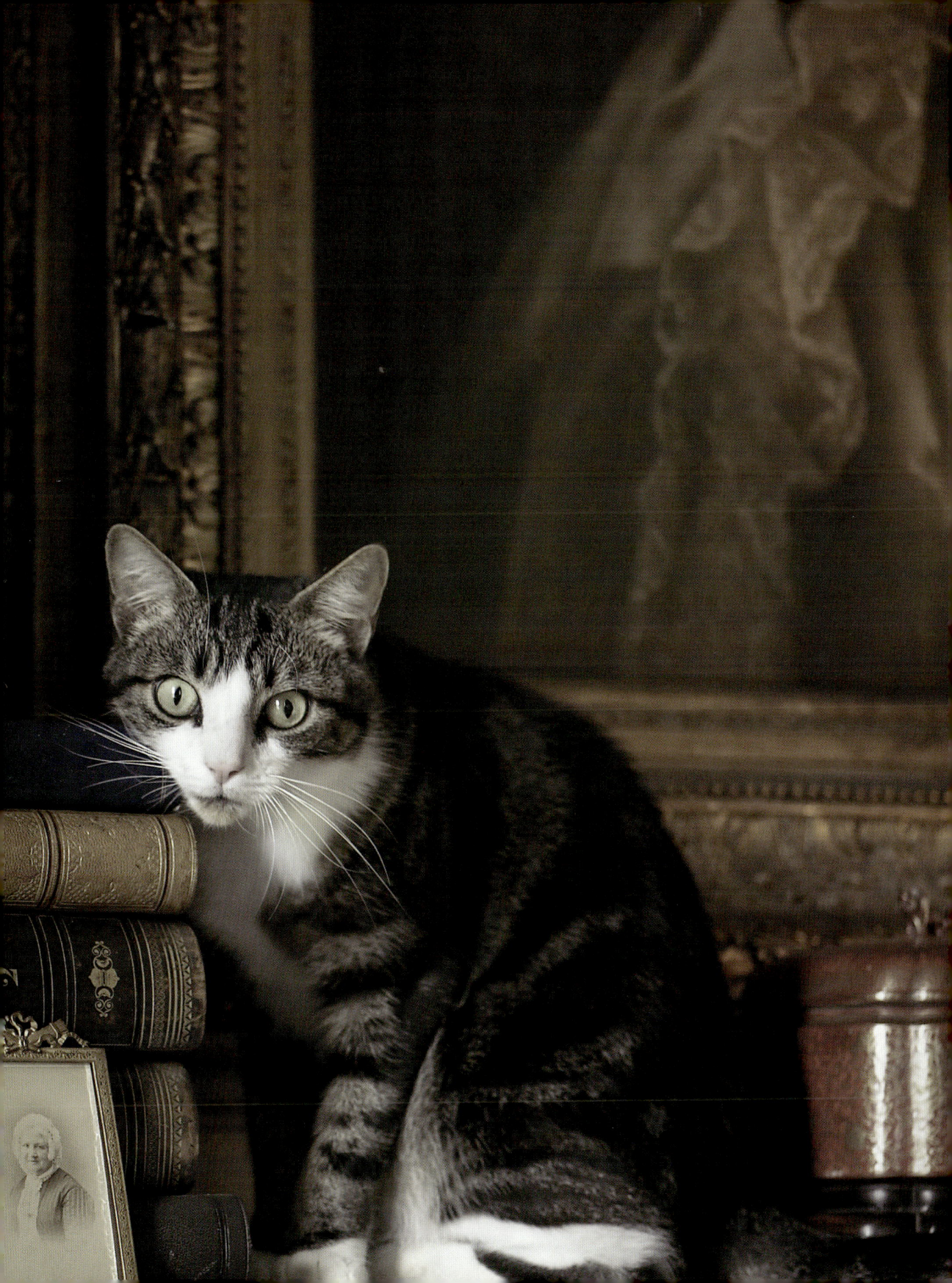

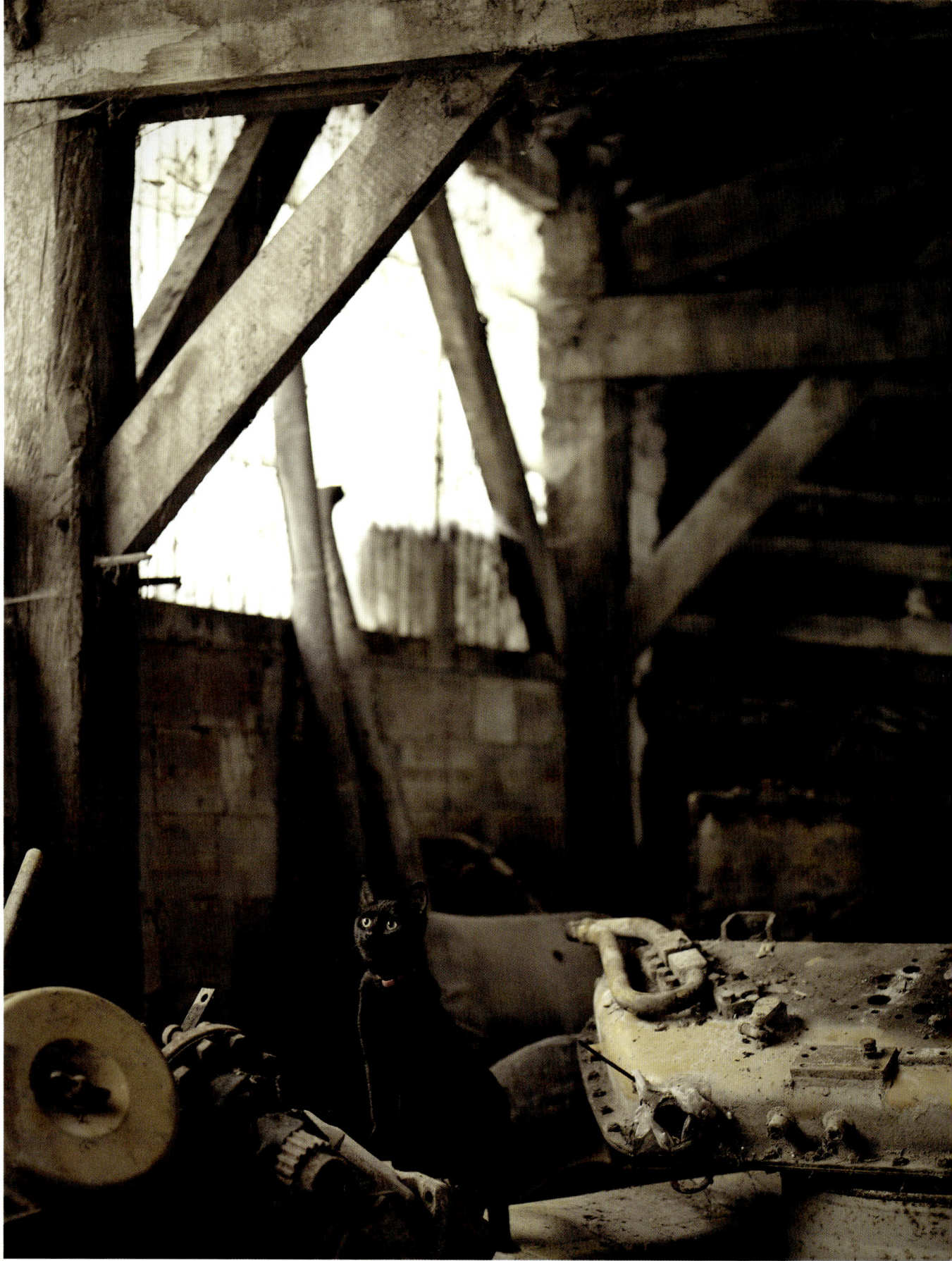

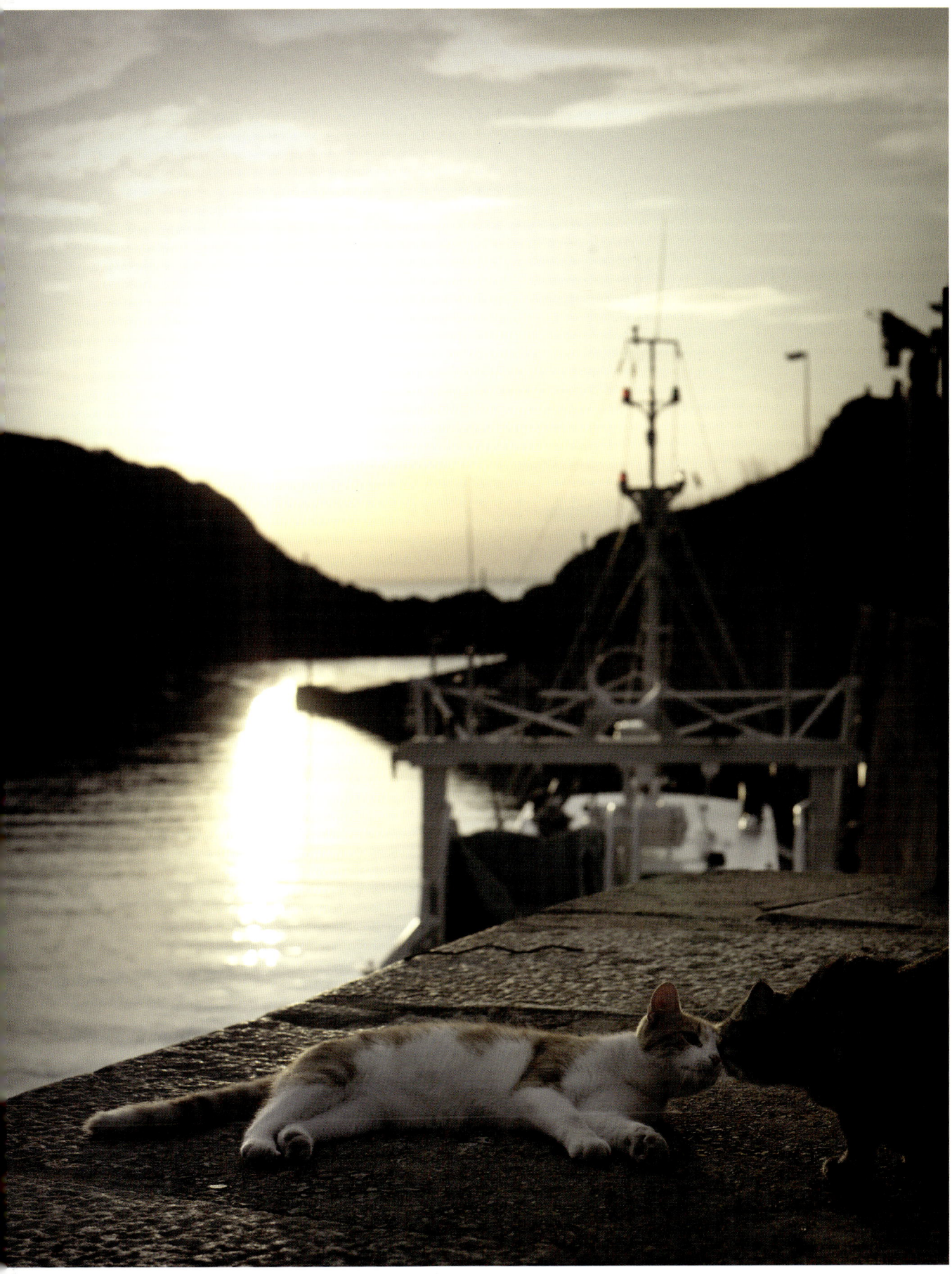

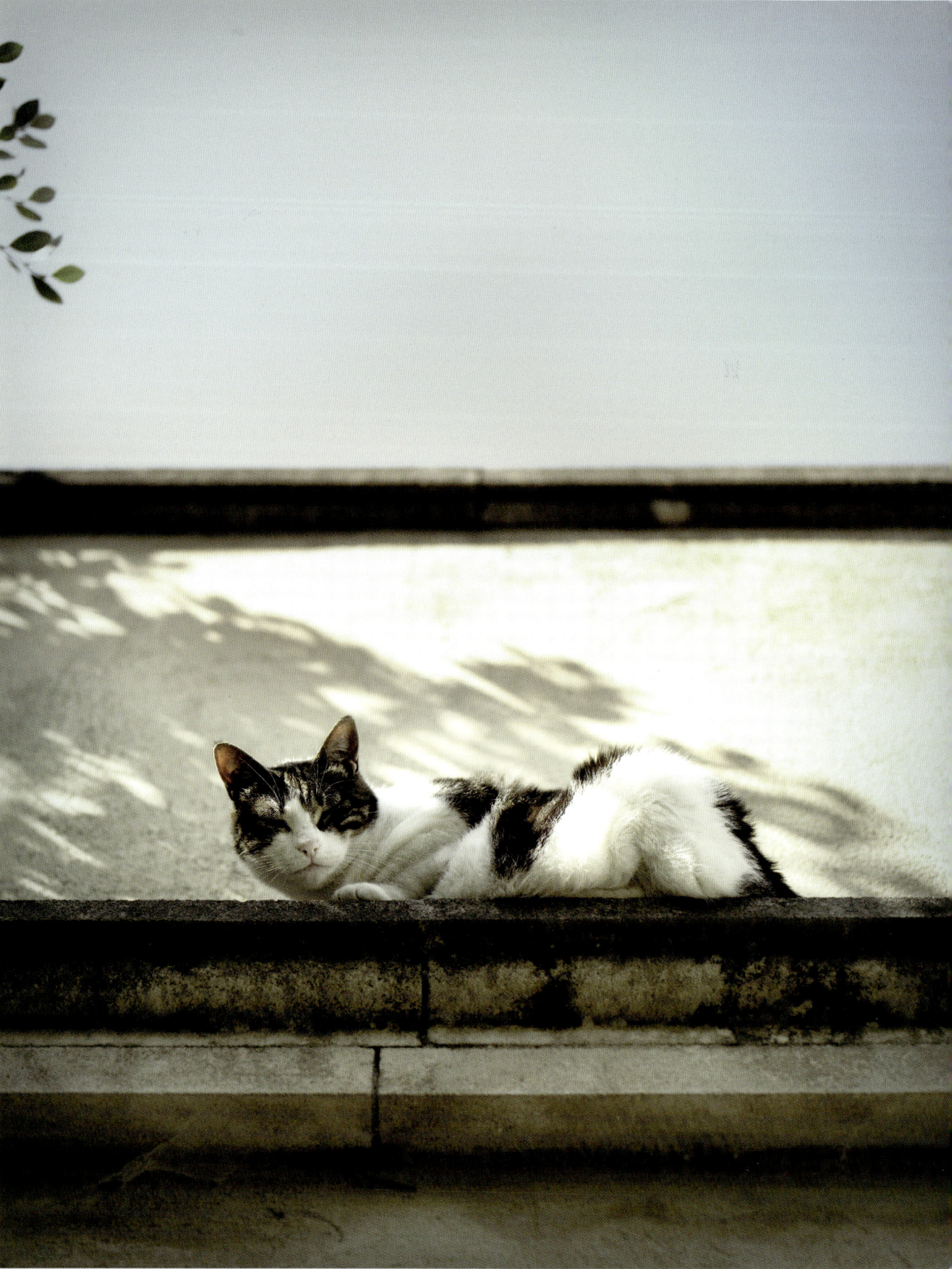

Marilou 마릴루

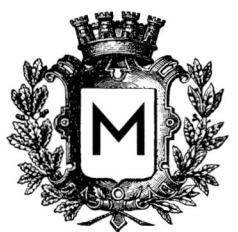

프랑스에서는 전혀 예상하지 못한 높은 곳에 고양이가 올라가 있는 모습을 발견하게 된다. 창은 물론이고 발코니와 창문 아래 선반이 갖추어진 오래된 건물들은 개들과 혼잡한 거리로부터 벗어나는 동시에 모든 것을 한눈에 내려다볼 수 있어 고양이들에게는 완벽한 장소를 제공한다. 나는 고양이를 찾아 헤매기 시작한 지 얼마 안 되어 위를 올려다보는 습관을 갖게 되었다. 그리고 우스토 드 보마니에르^{Oustau de Baumanière} 호텔의 창문 아래 선반에 앉아 있는 '마릴루'를 발견했다. 마릴루는 안전한 피난처에서 손님들이 호텔에 드나드는 모습을 지켜보고 있었다.

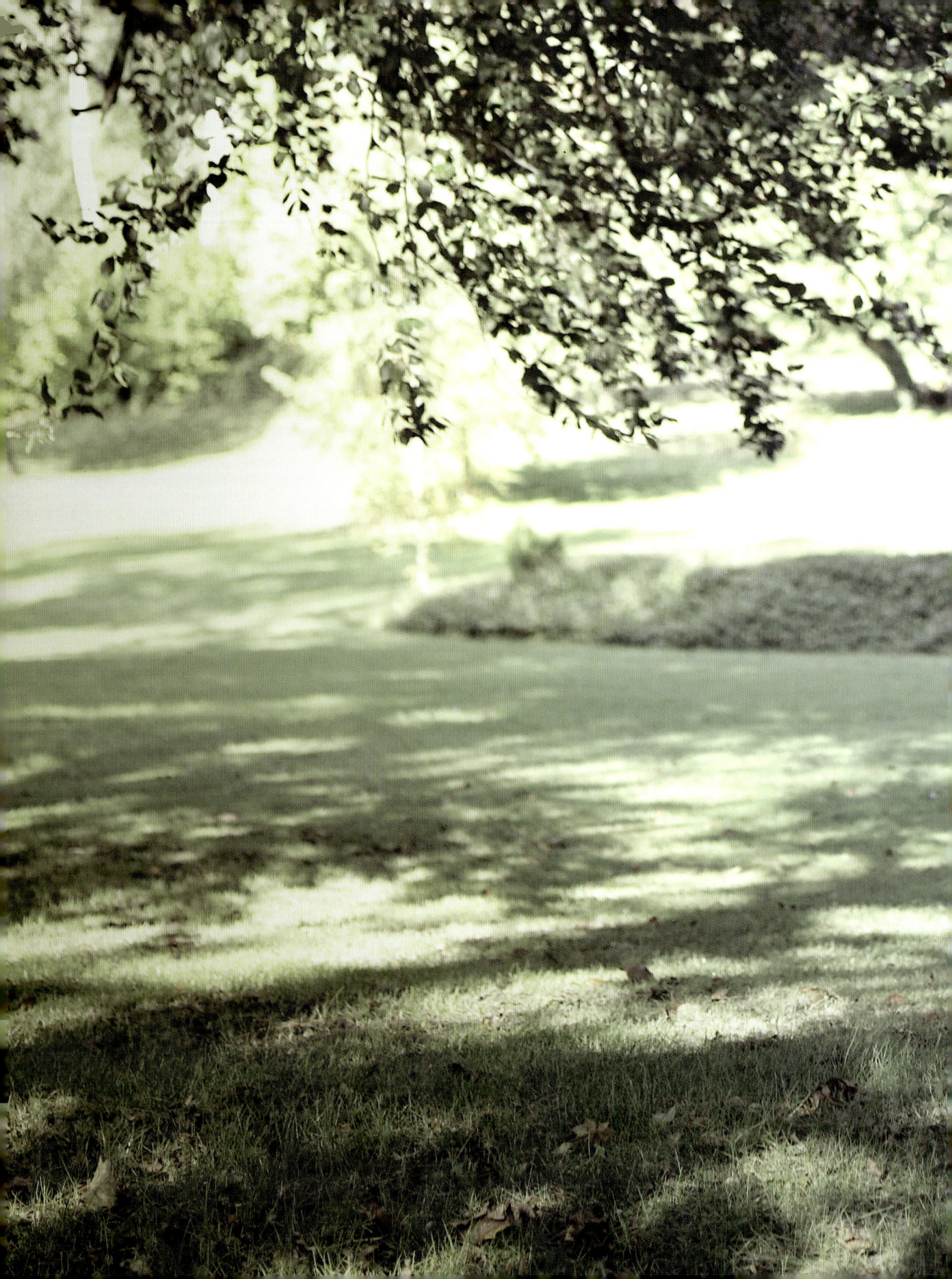

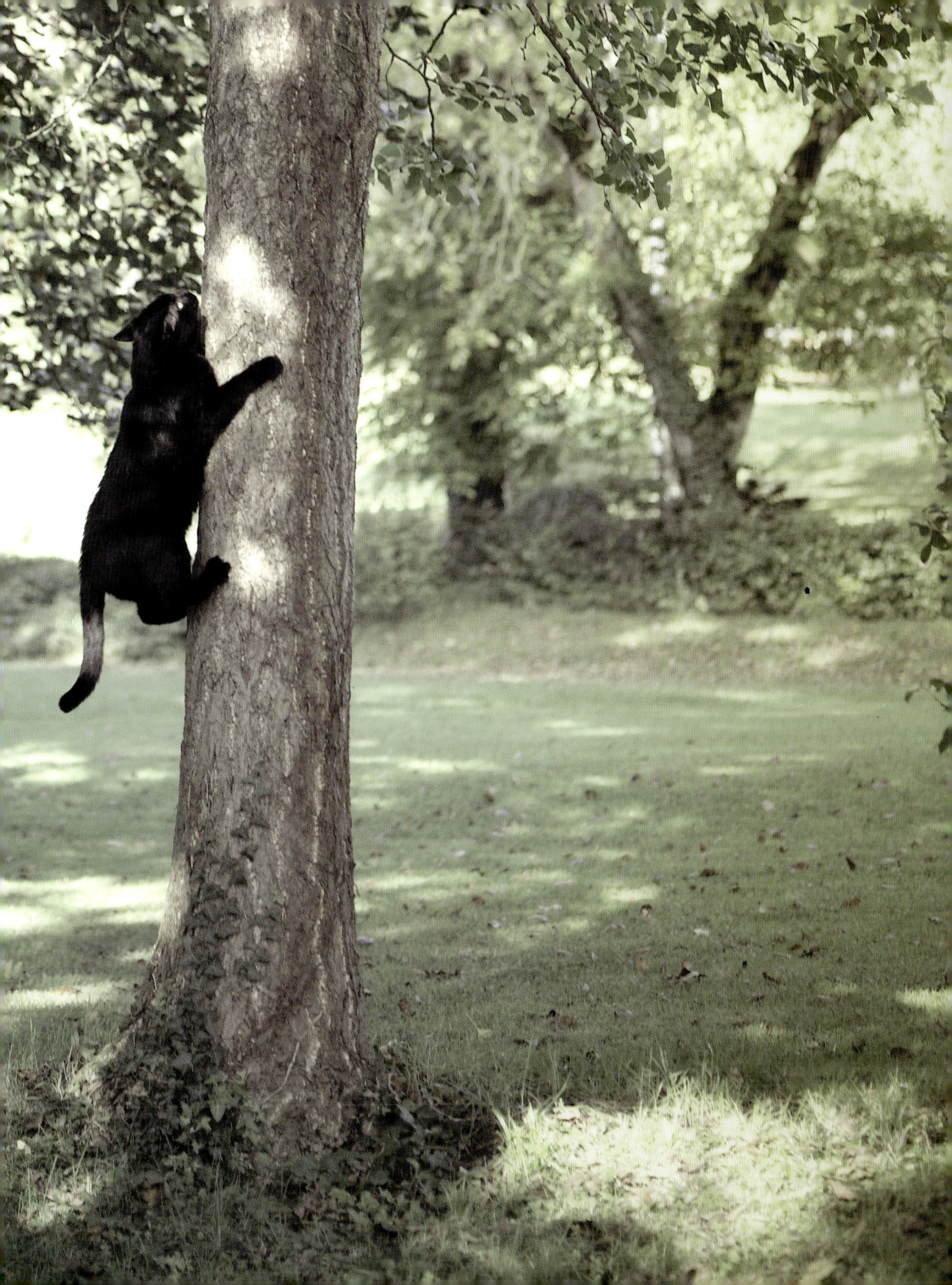

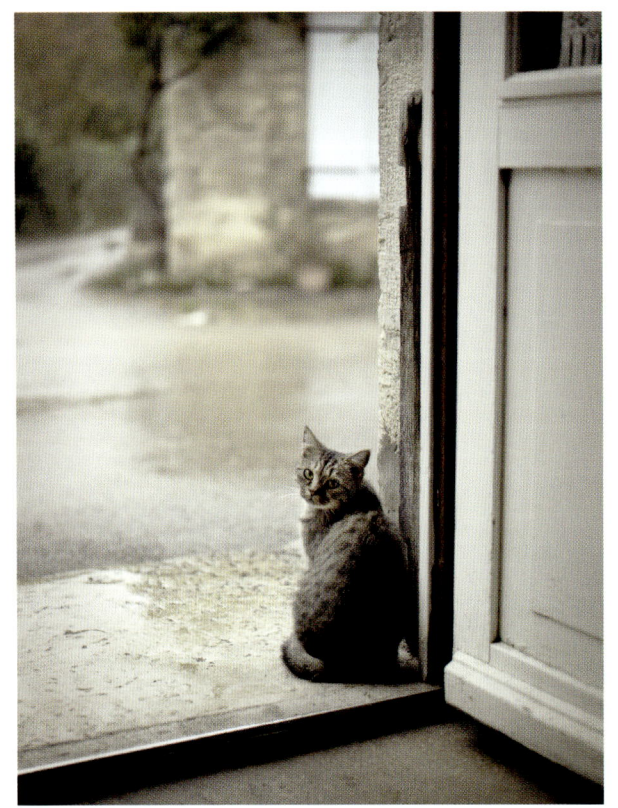
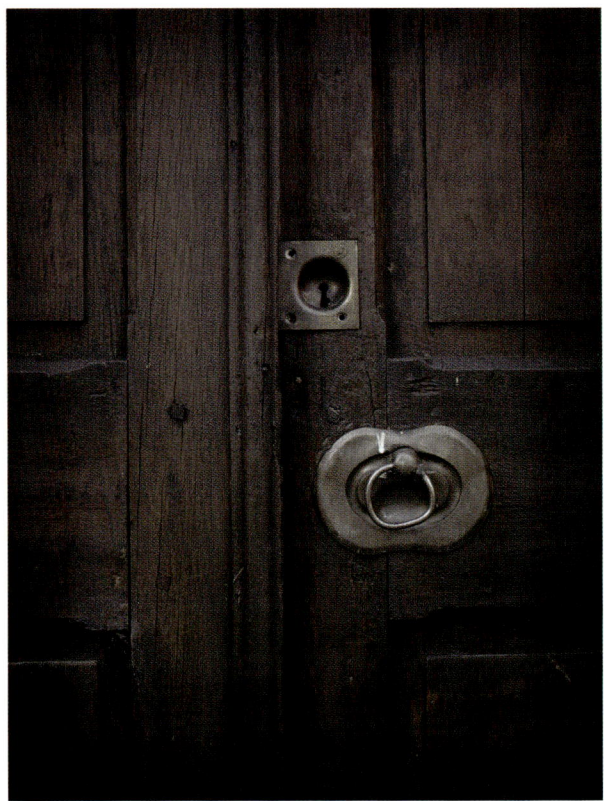

Alexander Dumas
알렉상드르 뒤마(1802-1870, 프랑스의 소설가이자 극작가이자 수필가)

뒤마에게는 미주프 I Myouff I, 미주프 II 그리고 박사님, 이렇게 세 마리의 고양이가 있었다. 미주프 I은 주인이 언제 돌아올지를 늘 예견했다. 뒤마가 평소보다 늦게 돌아올 때에도 마찬가지였다. 미주프 I은 높은 곳에 앉아 쉬고 있다가도 펄쩍 내려와서 주인을 맞이하기 위해 대문 앞으로 나갔다. 미주프 II는 뒤마가 기르던 외래종 새들을 다 먹어치워 버려 그가 키우던 애완용 원숭이와 함께 우리에 갇힌 채 5년을 보내야 하는 벌을 받았다. 다행히 미주프 II는 뒤마가 원숭이를 팔게 된 덕에 자유를 되찾았다.

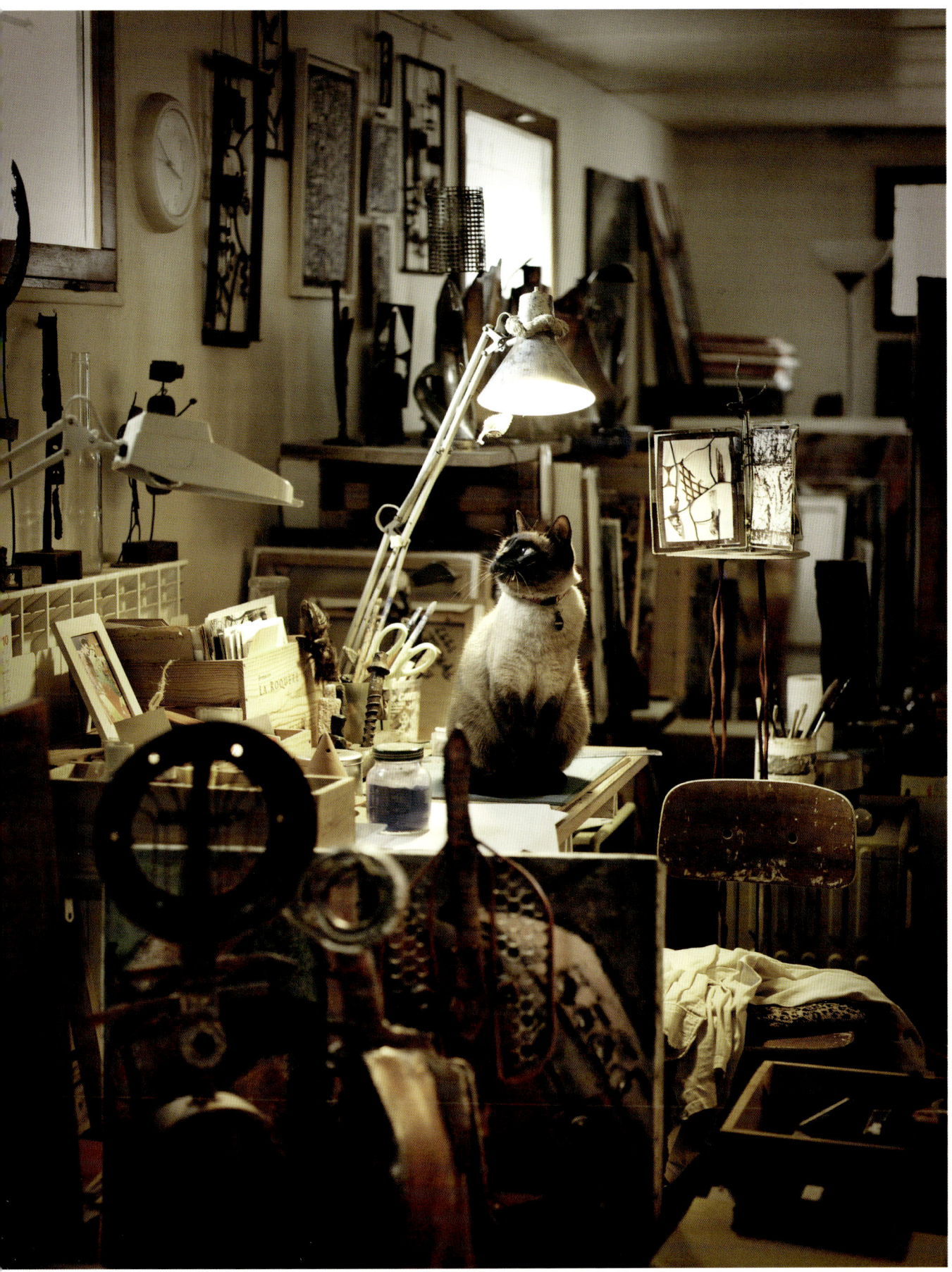

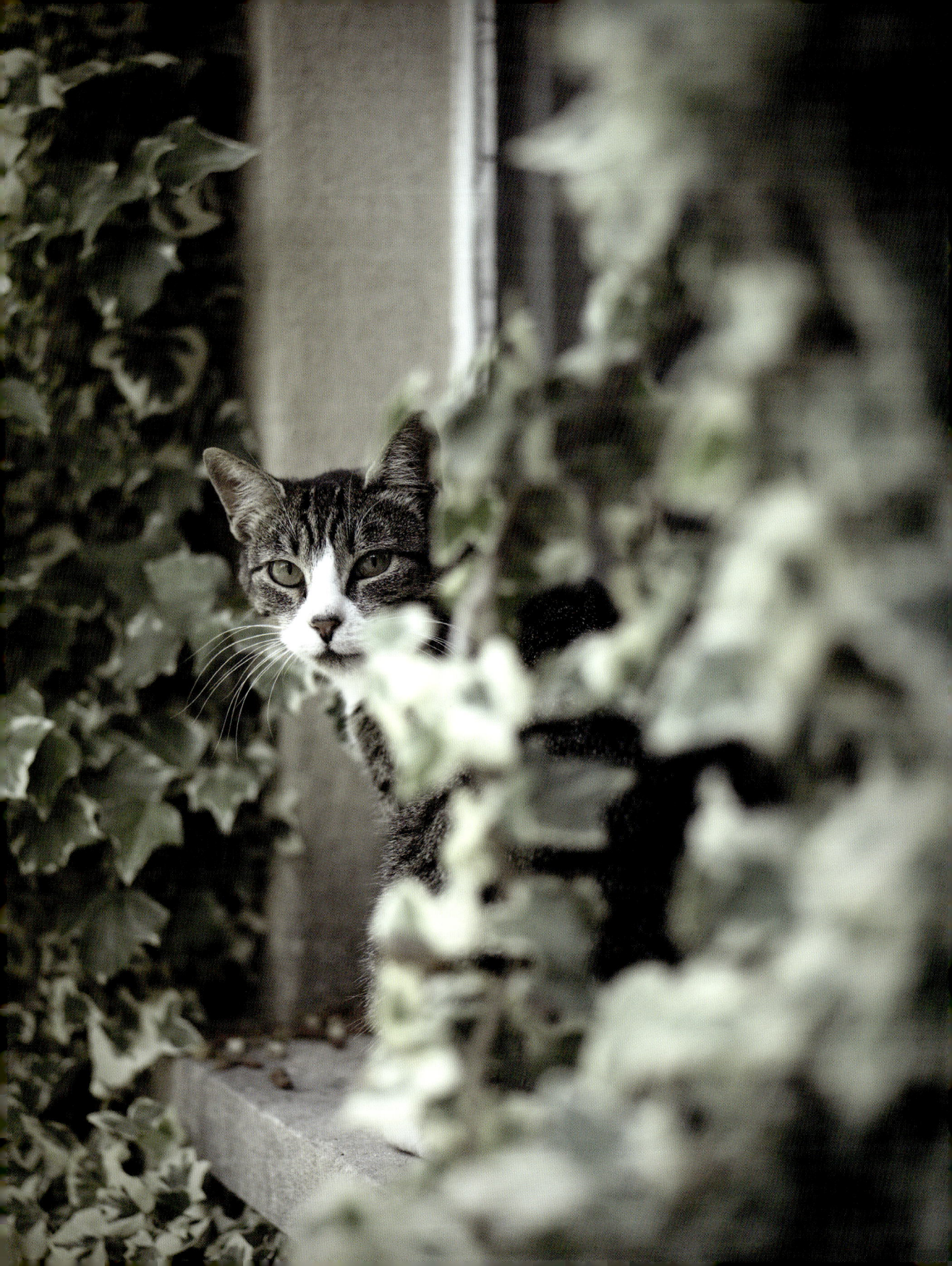

나는 우스토 드 보마니에르 호텔에서 살고 있는 수줍음 많은 고양이들 중 한 마리인 '무셰트'가 아침밥도 먹지 않은 채 슬그머니 어디론가 사라지는 것을 보았다. 나는 특별한 장소인 건물 뒷면의 창턱에서 식사 중인 무셰트를 찾아냈다. 하지만 카메라를 들고 무셰트 앞으로 살금살금 다가가는 데 정신이 팔린 나머지, 내가 몸을 숨기고 있던 덤불에 말벌 떼가 있는 것을 미처 깨닫지 못 했다. 어쨌든 벌에 쏘이는 바람에 내 입에서 새어 나온 신음 소리는 아침 식사에 몰두해 있던 무셰트의 주의를 끌었고, 나는 무셰트의 모습을 카메라에 담을 수 있었다. 비록 촬영을 하는 동안 말벌 다섯 마리에게 쏘이기는 했지만!

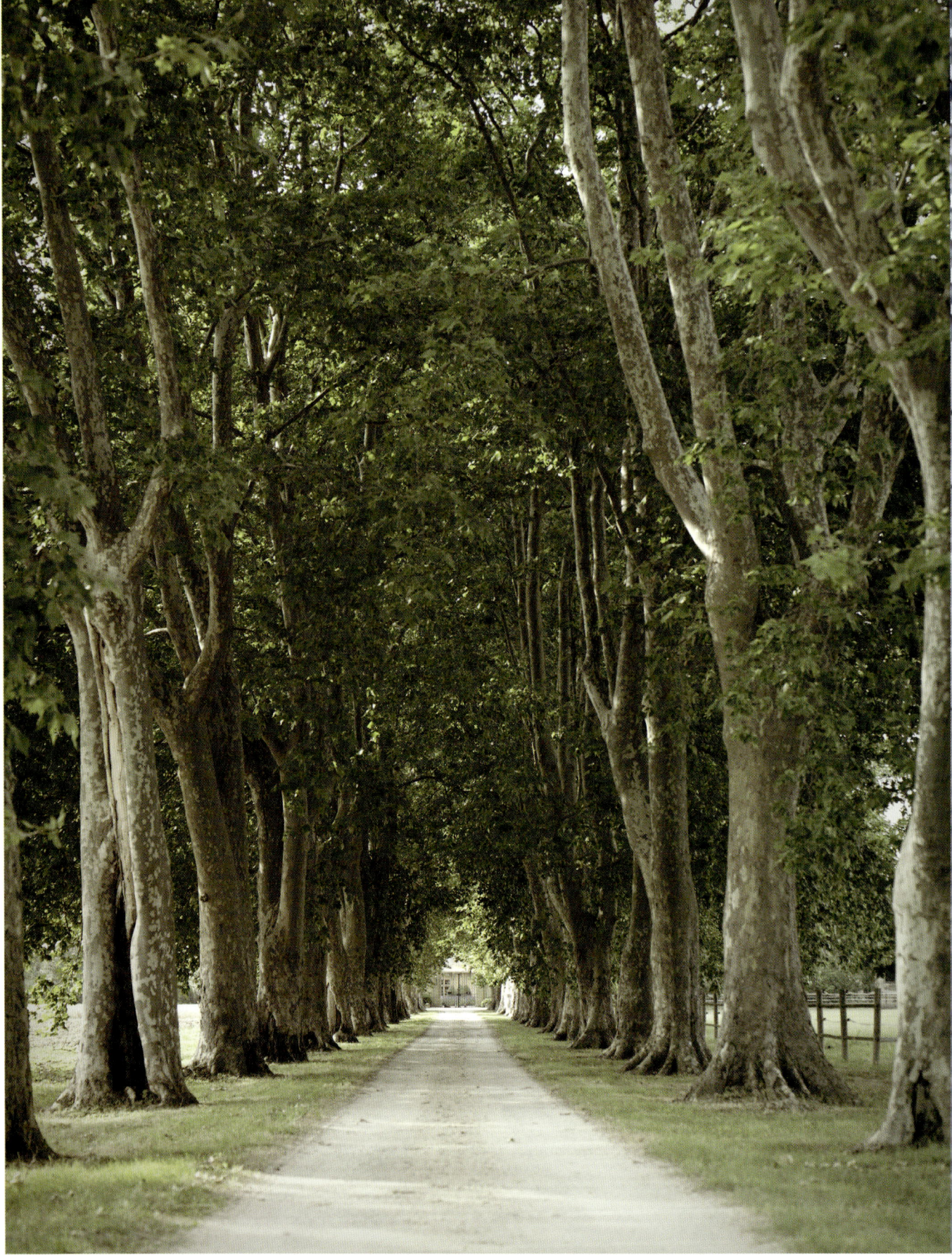

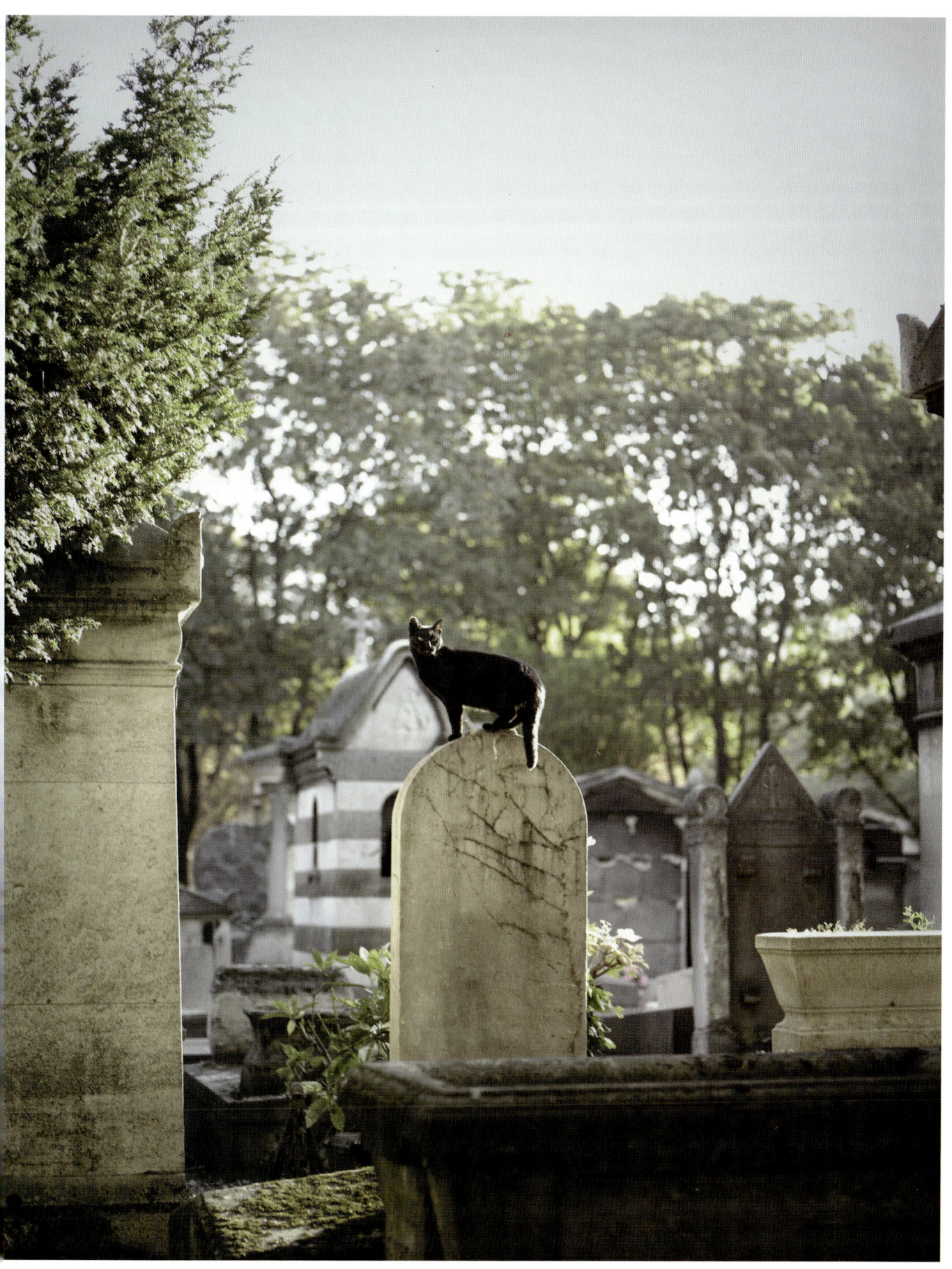

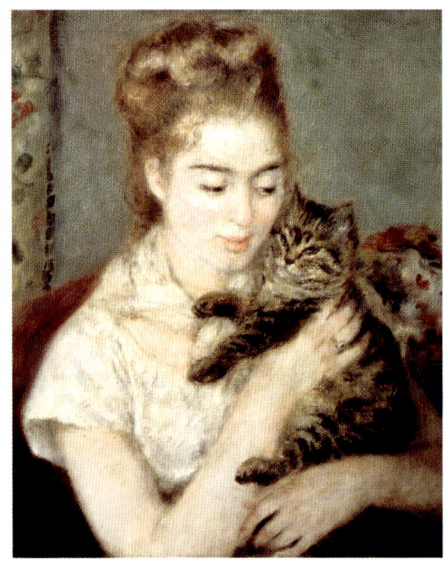

피에르-오귀스트 르누아르(Pierre-Auguste Renoir)
고양이를 안은 여인(Woman with a Cat)
1875

Pierre-Auguste Renoir

피에르-오귀스트 르누아르(1841-1919, 프랑스 인상파 화가)

르누아르는 '고양이를 안은 여인', '소년과 고양이', '고양이와 잠든 소녀', '제라늄과 고양이' 등을 비롯해 많은 작품 속에 고양이의 모습을 담았다. 프랑스 화가 에드가르 드가는 르누아르의 기교를 찬양하면서 "모두들 고양이가 그린 줄로만 알 겁니다!"라고 감탄하기도 했다.

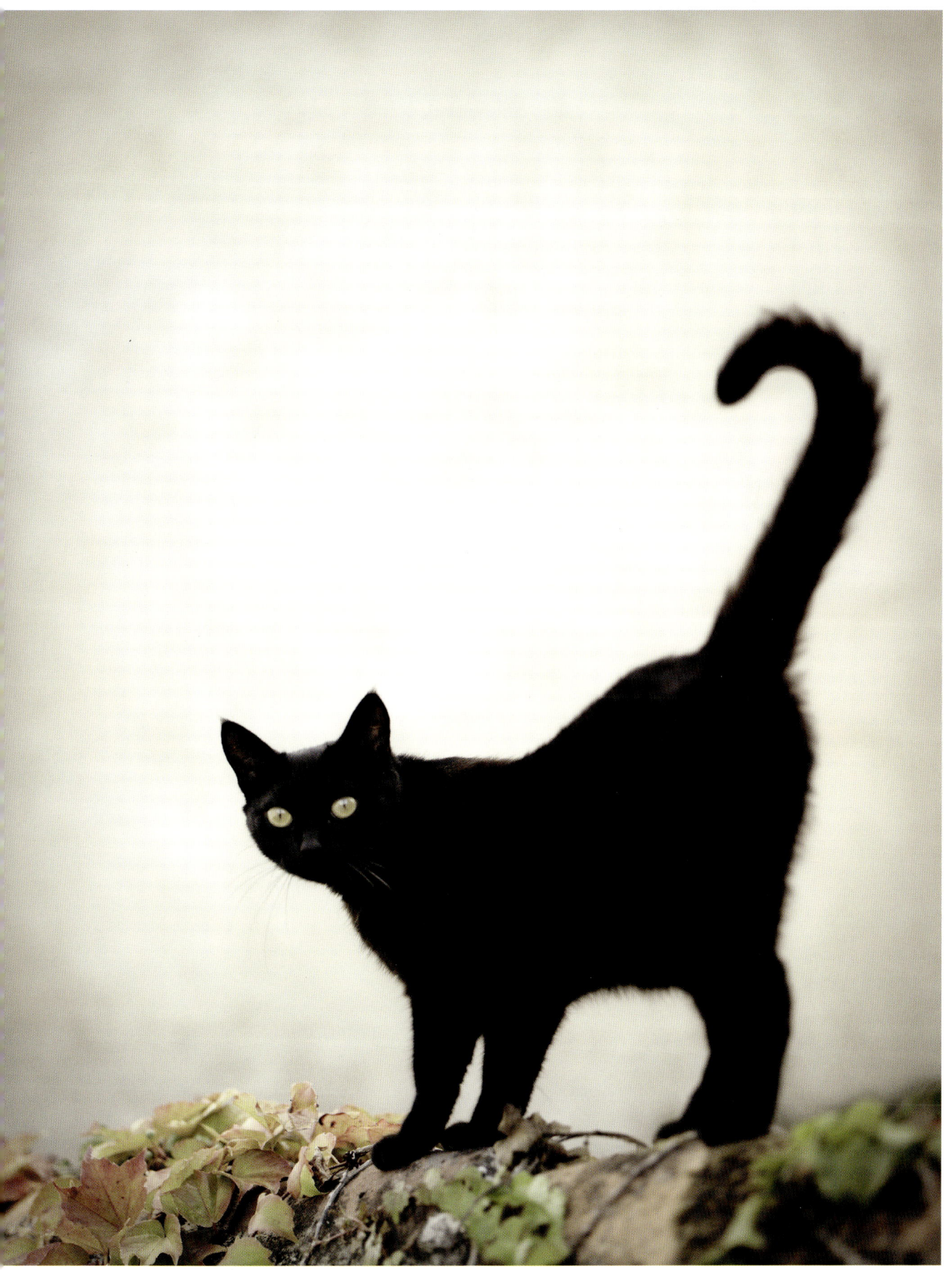

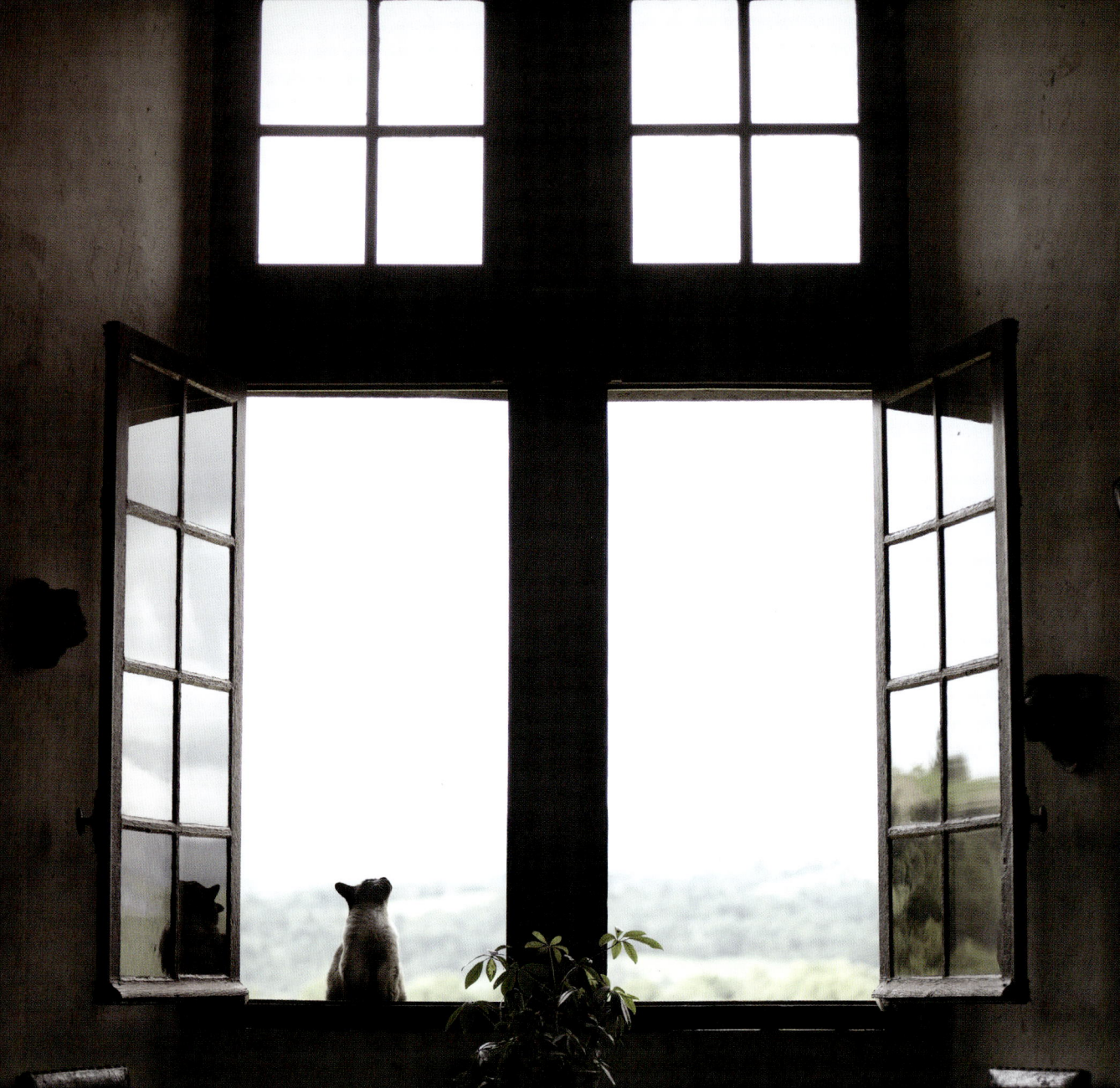

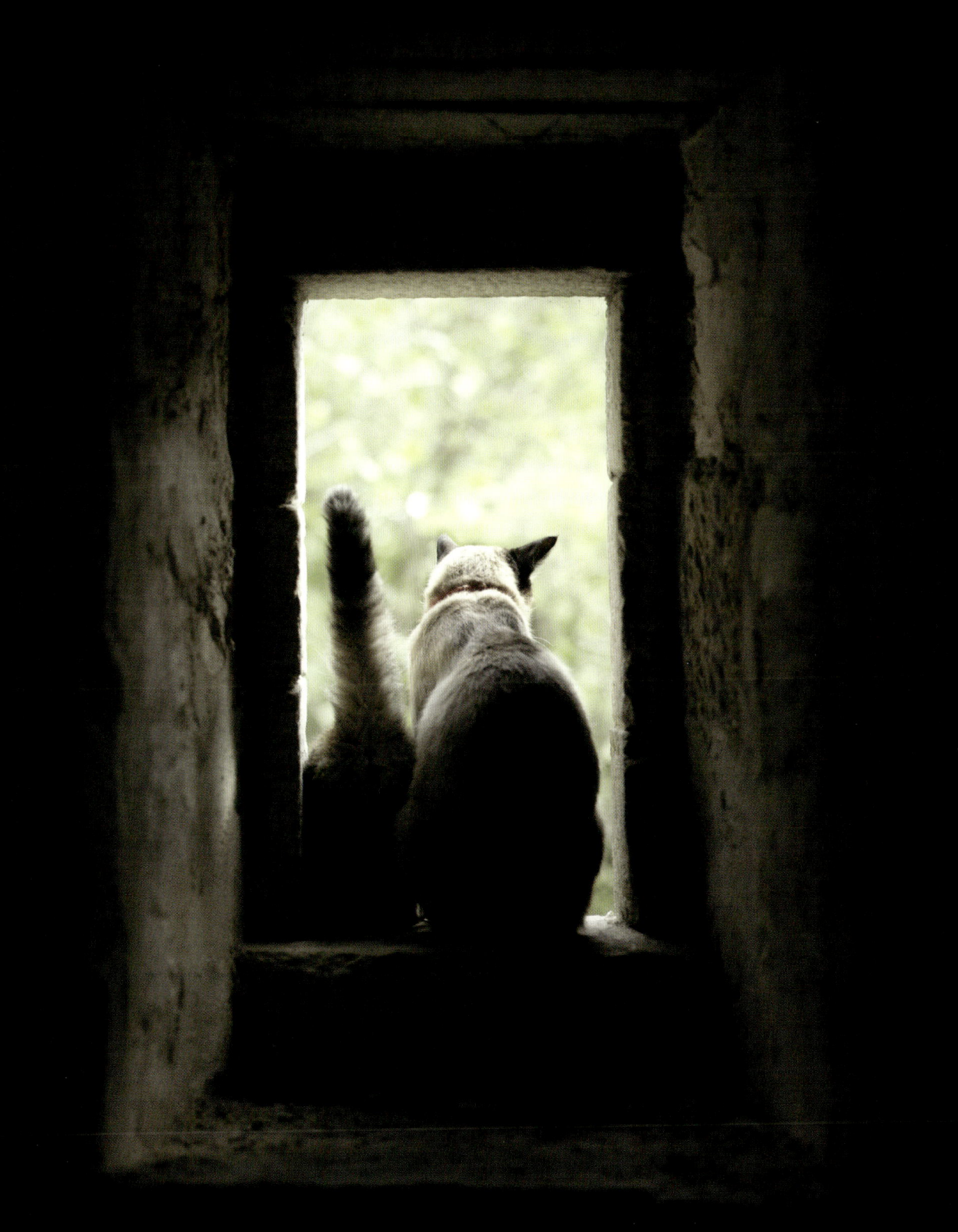

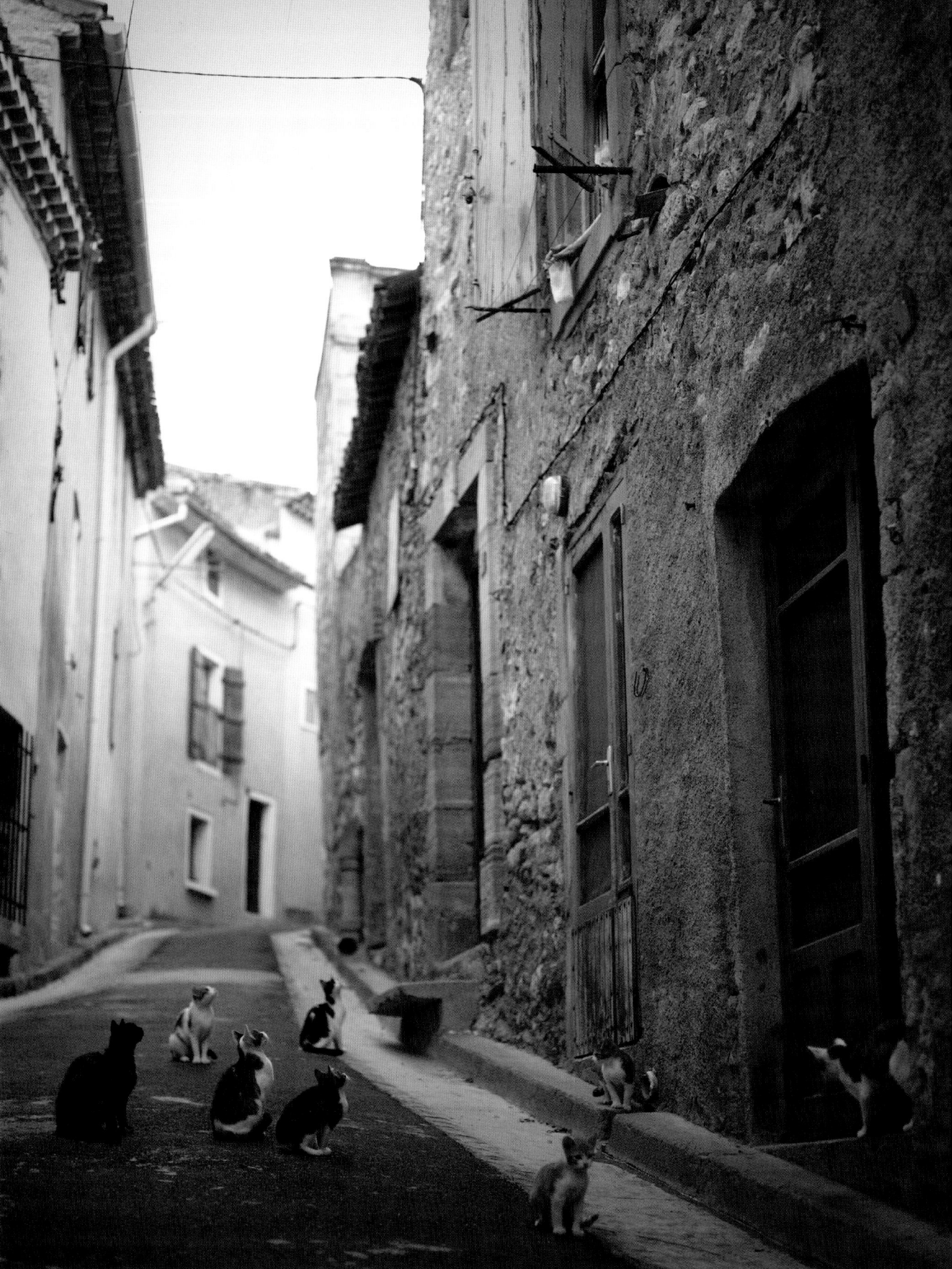

Cardinal Richelieu 리슐리외 추기경(1585-1642, 프랑스 성직자이자 총리)

루이 13세 치하에서 사실상 세계 최초의 총리를 지낸 리슐리외는 열정적인 고양이 애호가였다. 리슐리외는 루브르 궁에 수십 마리의 고양이를 수용하기 위한 사육장을 설치했으며, 그곳에서 지내는 고양이들이 심지어 그의 사후에도 부족함이 없는 보살핌을 받도록 했다.

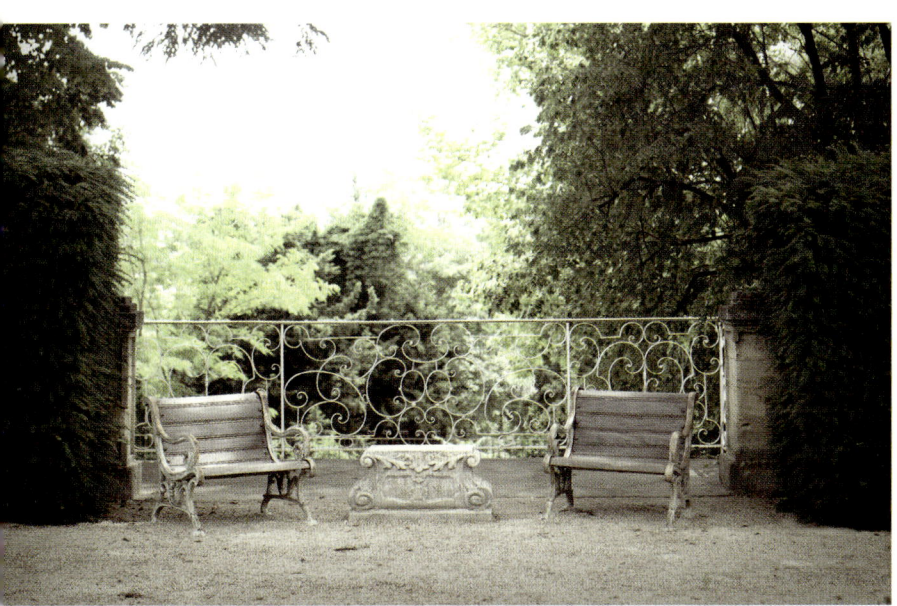
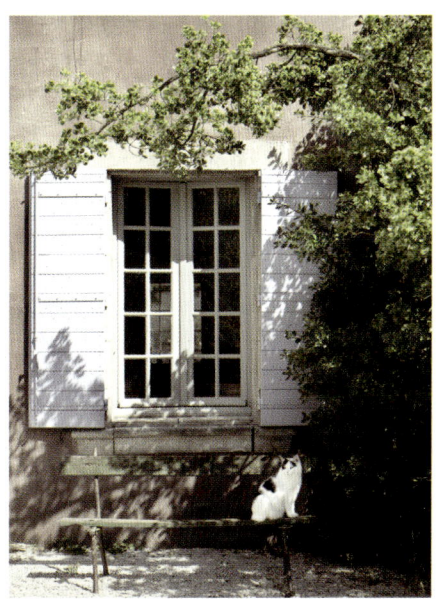
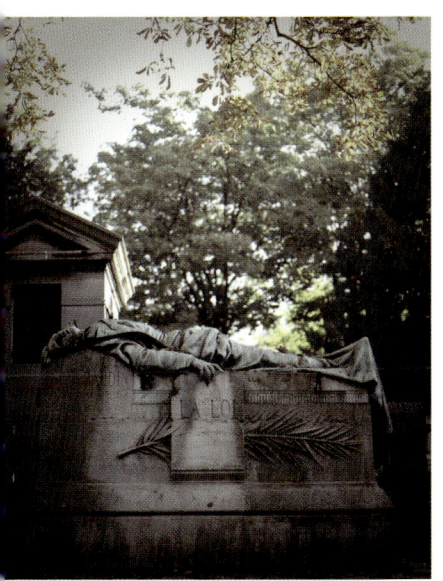
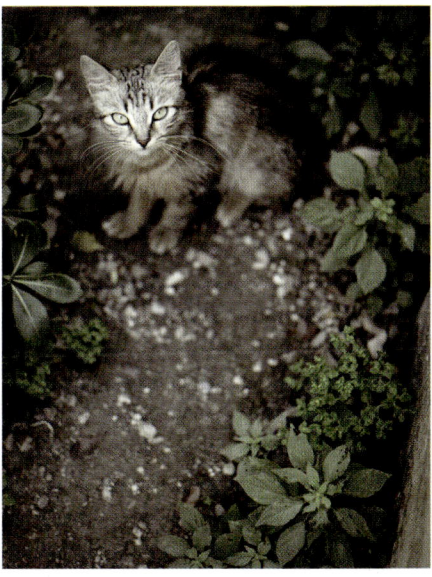
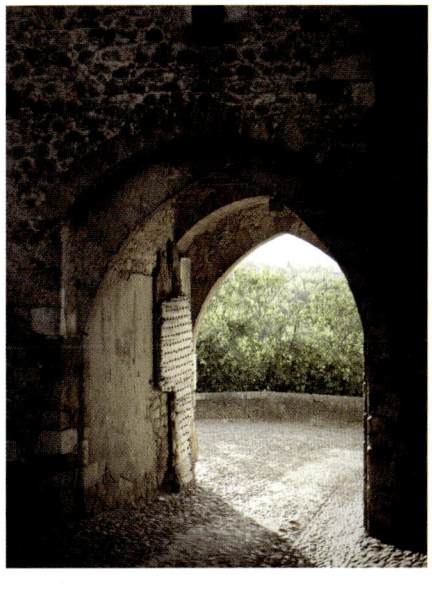

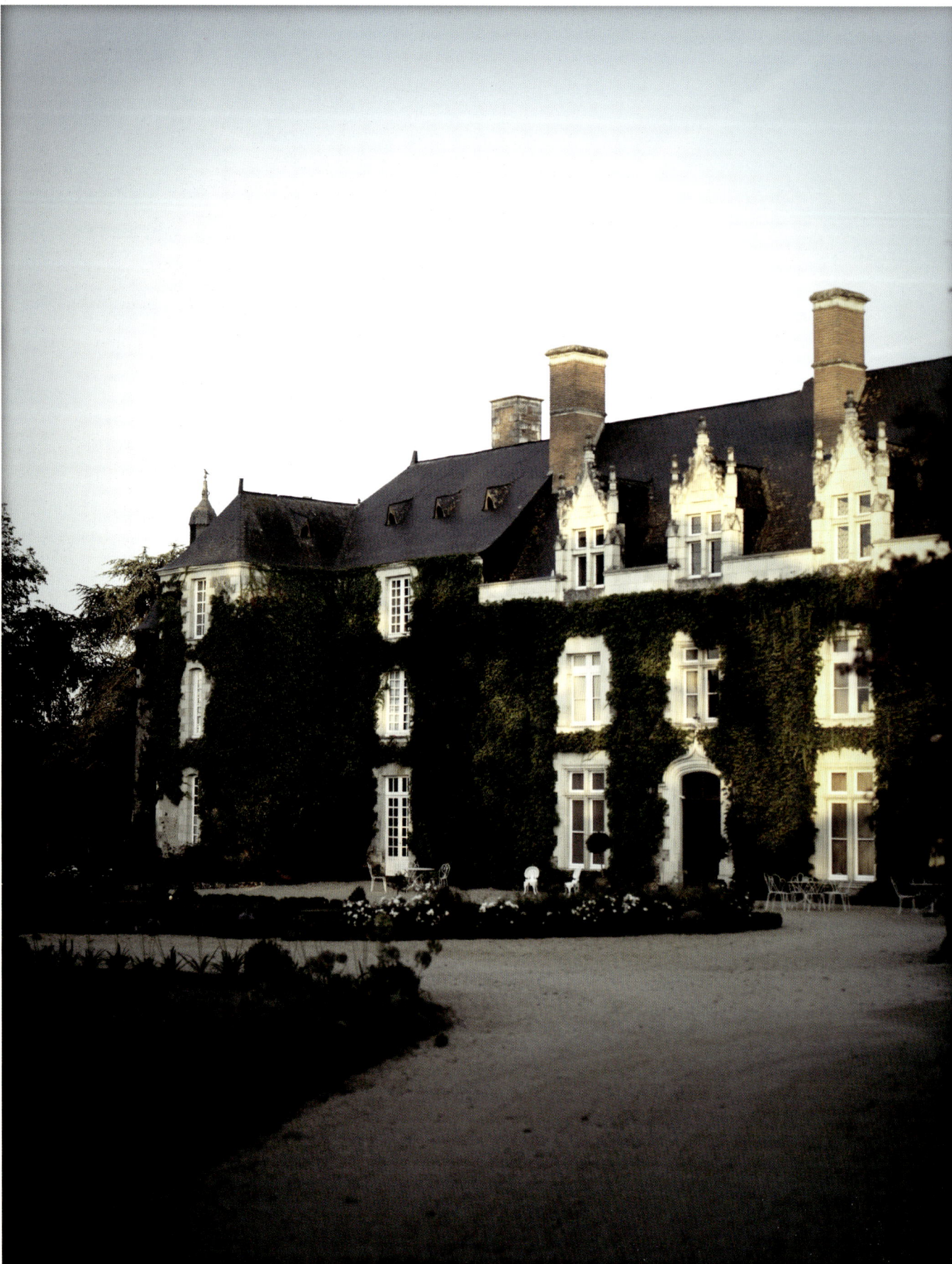

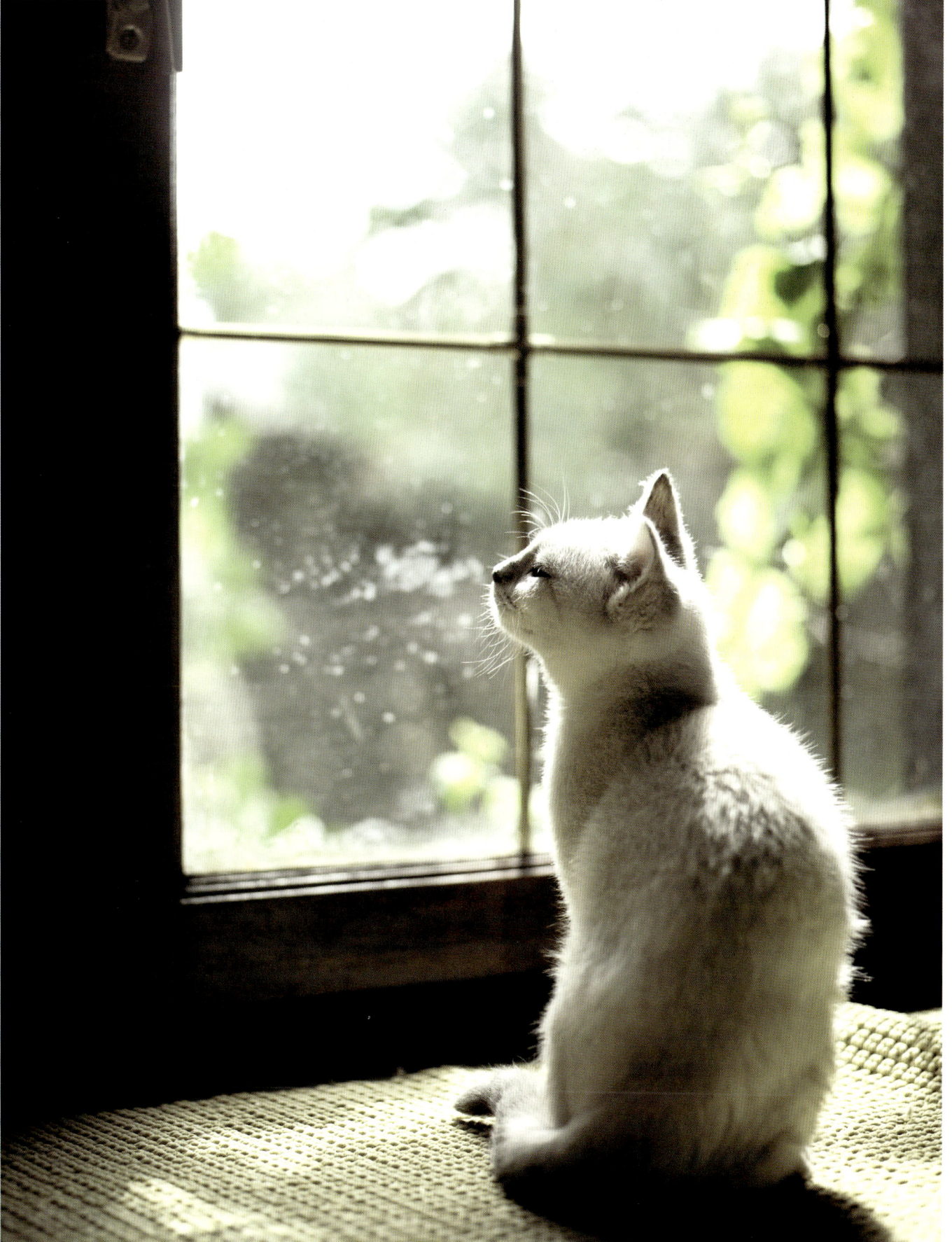

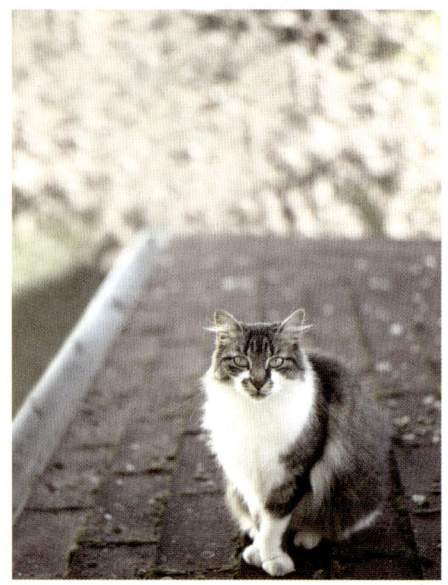

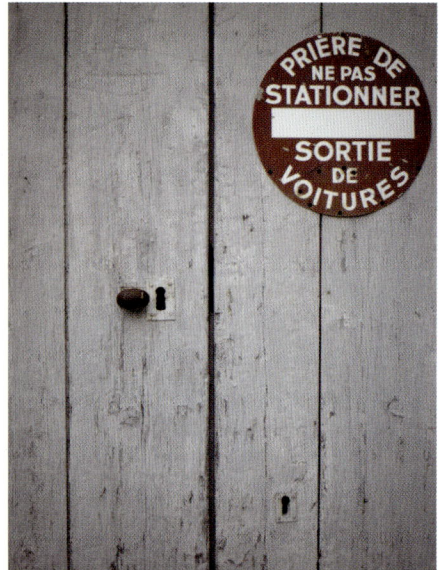

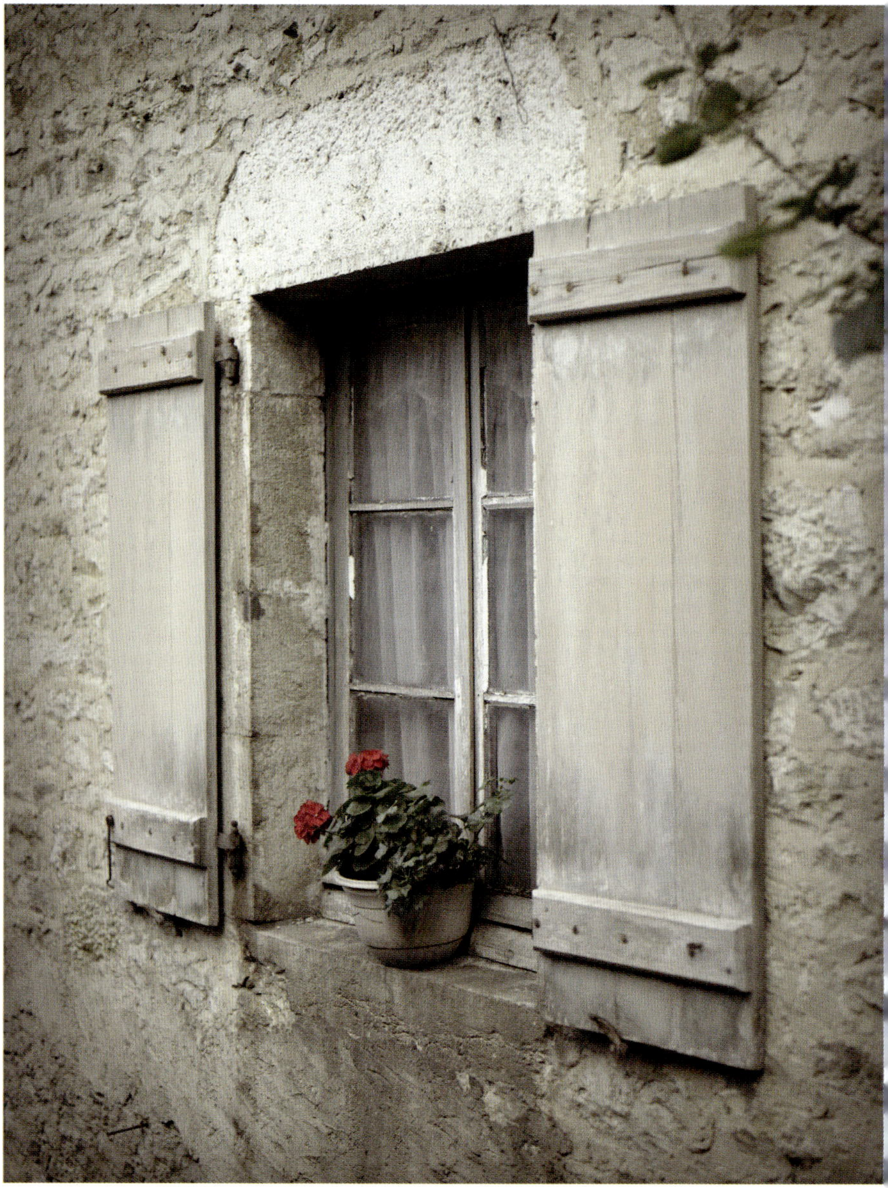

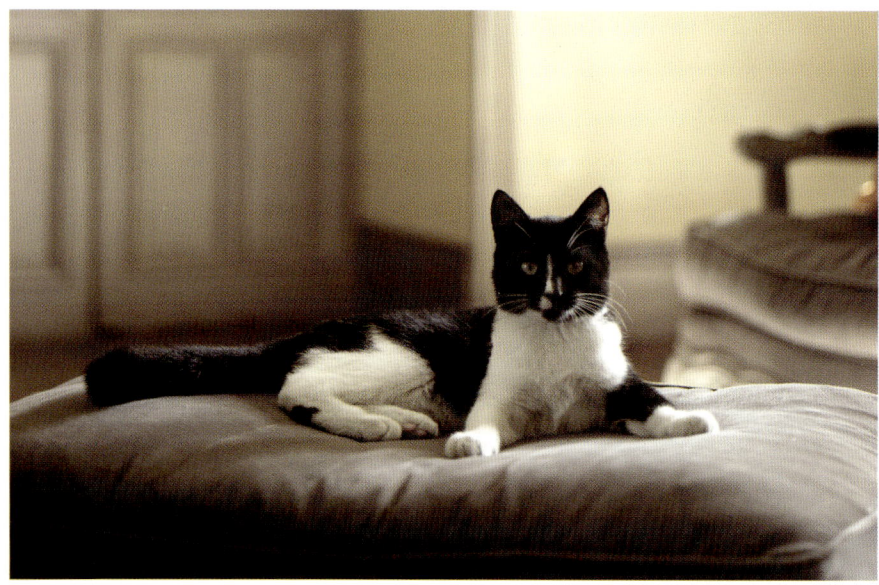

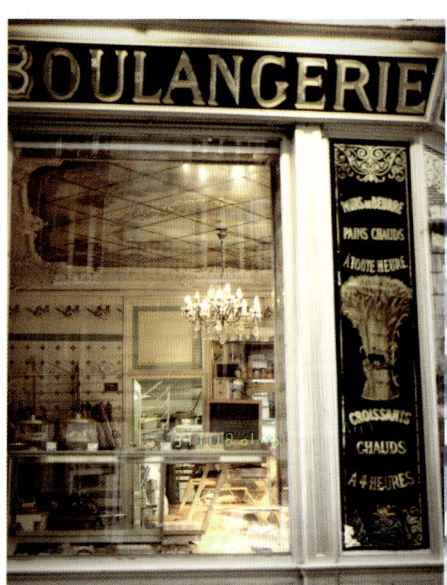

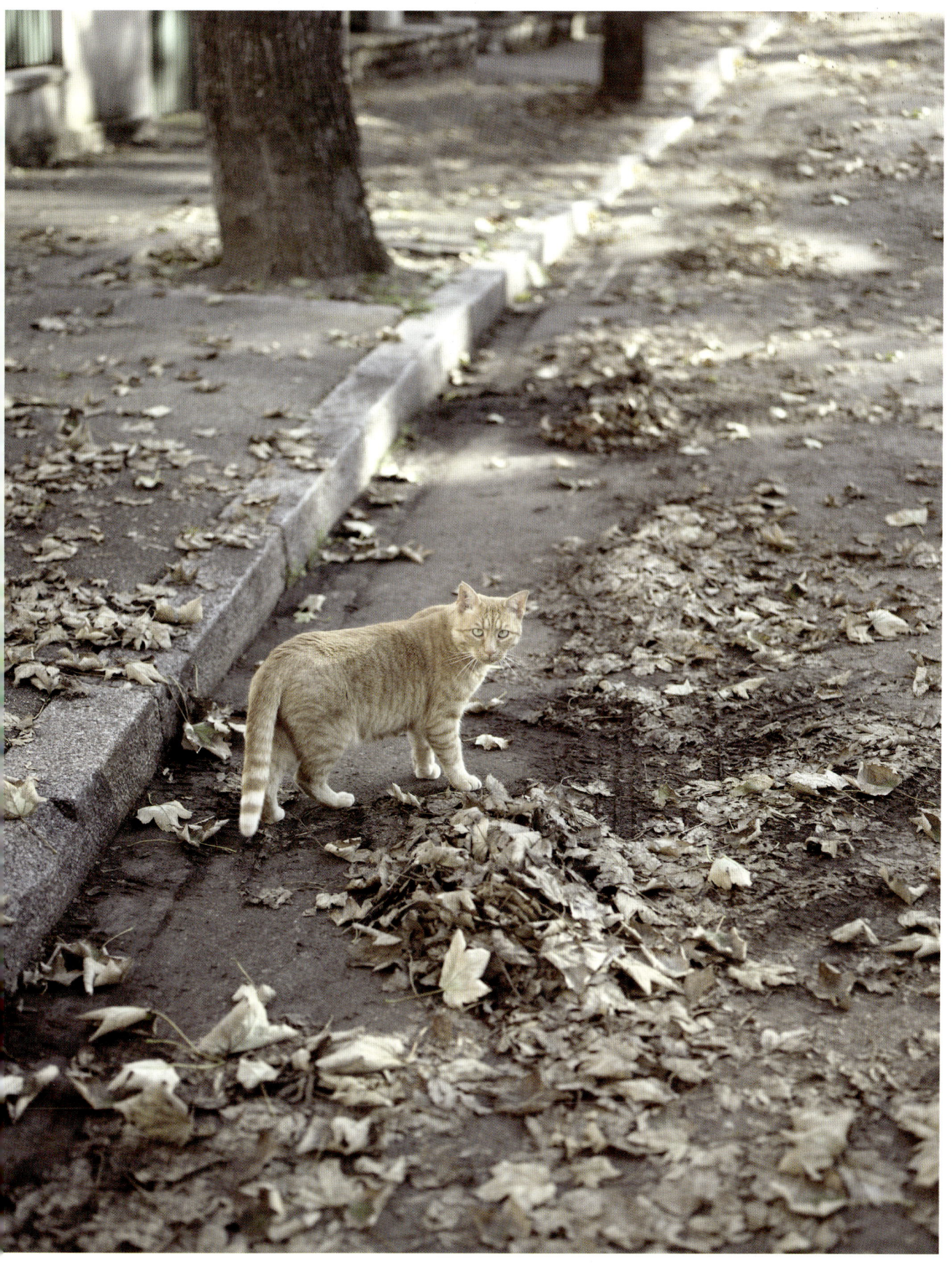

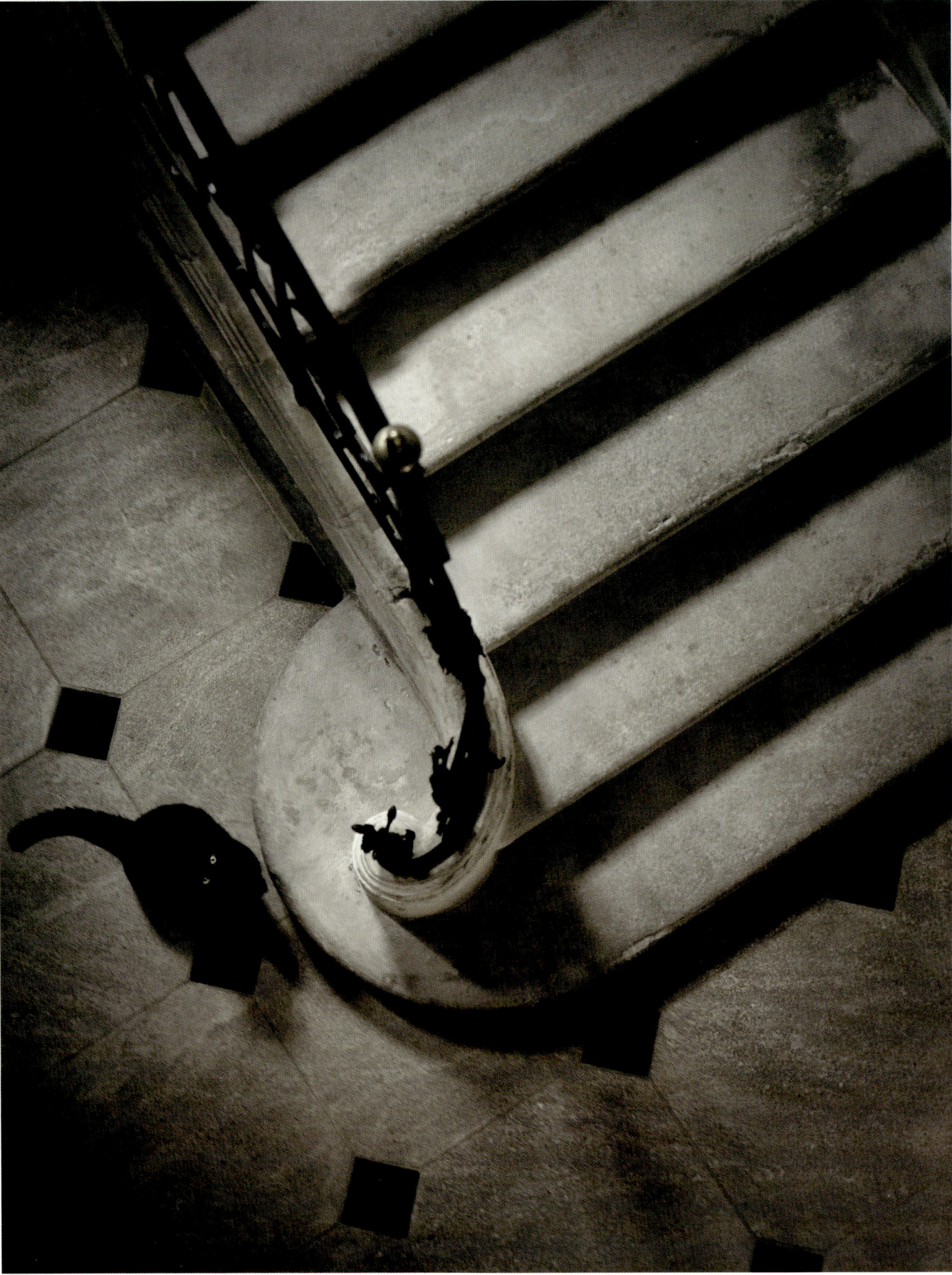

Myrtille 미르티유

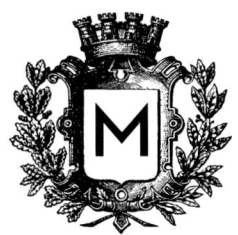

바렌느 성의 소유주 중 한 명인 디디에는 '미르티유'에게 반항적인 면이 있다고 주의를 주었지만 나는 성에 드나드는 사람들을 지켜보는 미르티유를 관찰하면서 그의 경고를 까맣게 잊어버렸다. 미르티유는 몇 해 전에 디디에가 바렌느 성을 인수하면서 함께 입양한 나이 많은 고양이였다. 내가 지켜보는 동안, 미르티유는 계단을 오르내리는 손님들을 피하기 위해서 이리저리 자리를 옮기고 있었다. 나는 촬영을 위해서 디디에가 소유한 멋진 침대들 중 하나를 고른 뒤 그 위로 미르티유를 옮기려 했지만 미르티유는 선뜻 협조해주지 않았다. 결국 미르티유는 네 발로 내 팔을 조이더니 결코 뭉뚝하지 않은 이빨로 물었다. 미르티유는 자신이 가장 마음에 드는 자리인 계단 밑으로 돌아갔고, 곧바로 흔쾌히 도움을 베풀었다. 고개를 들어서 카메라를 향해 흘긋 시선을 던져주었던 것이다.

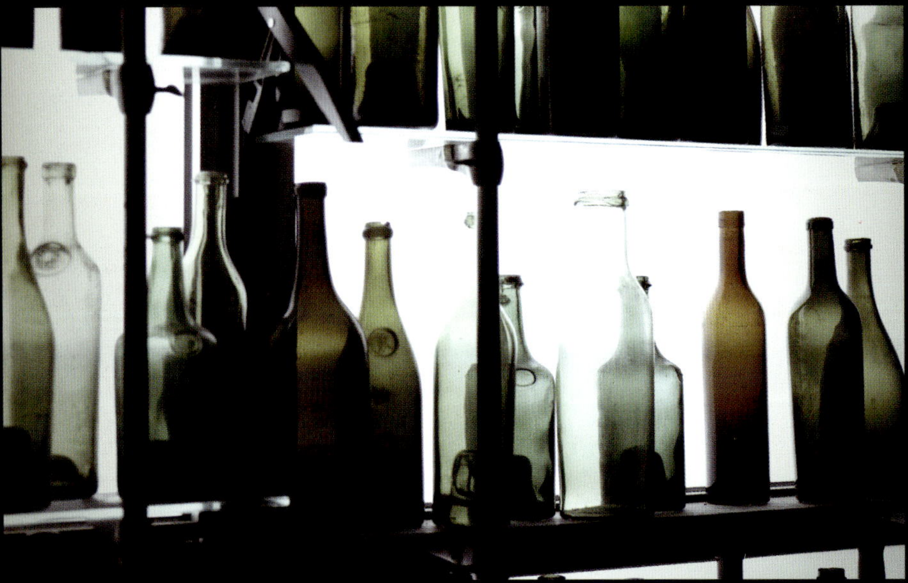

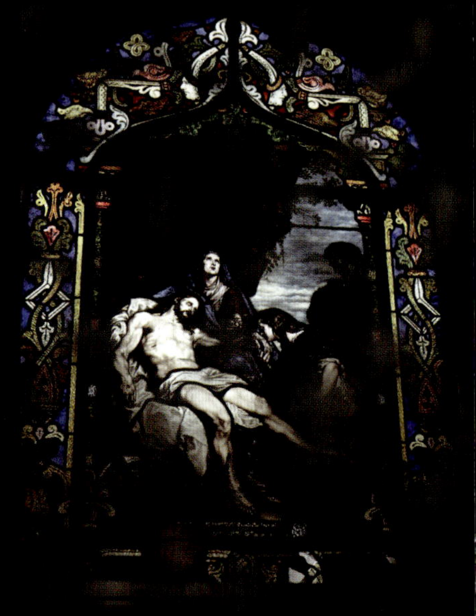

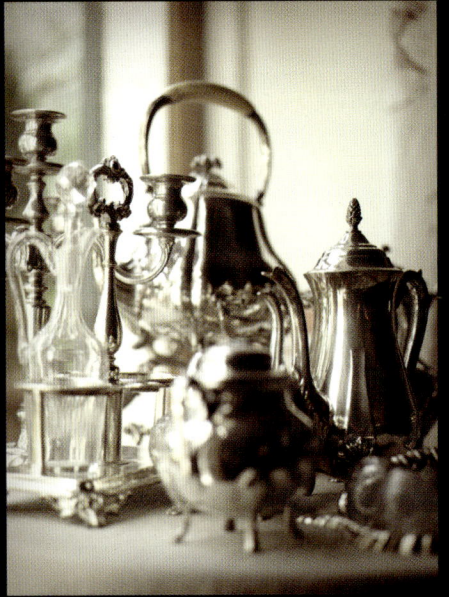
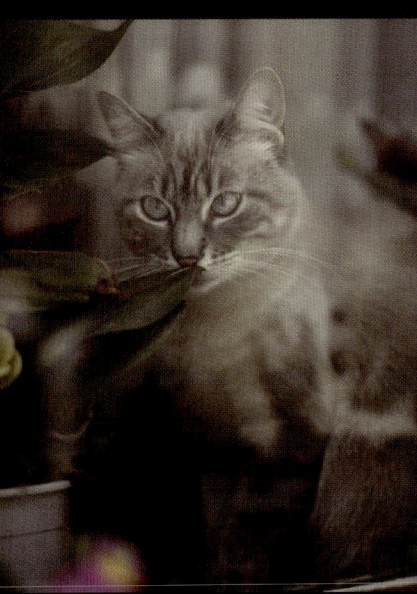

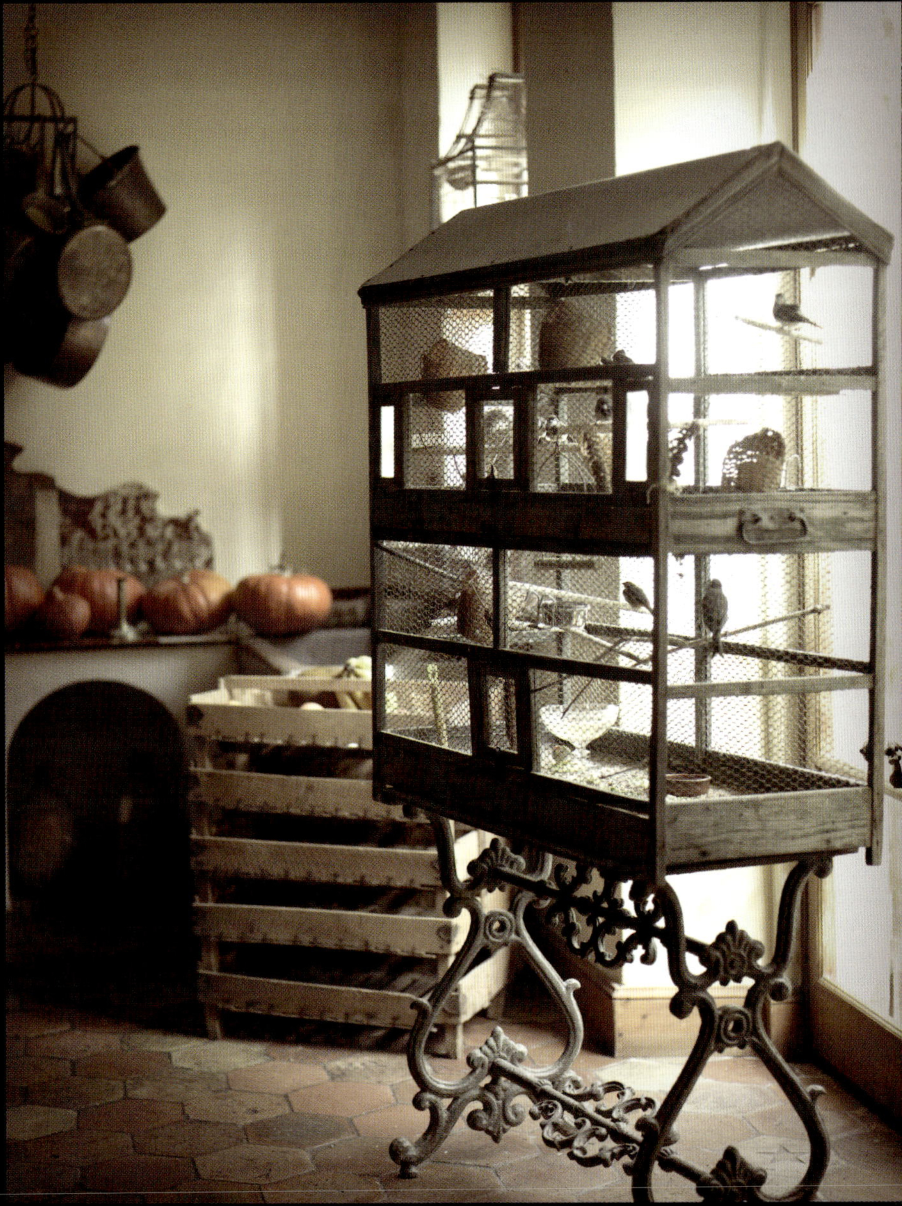

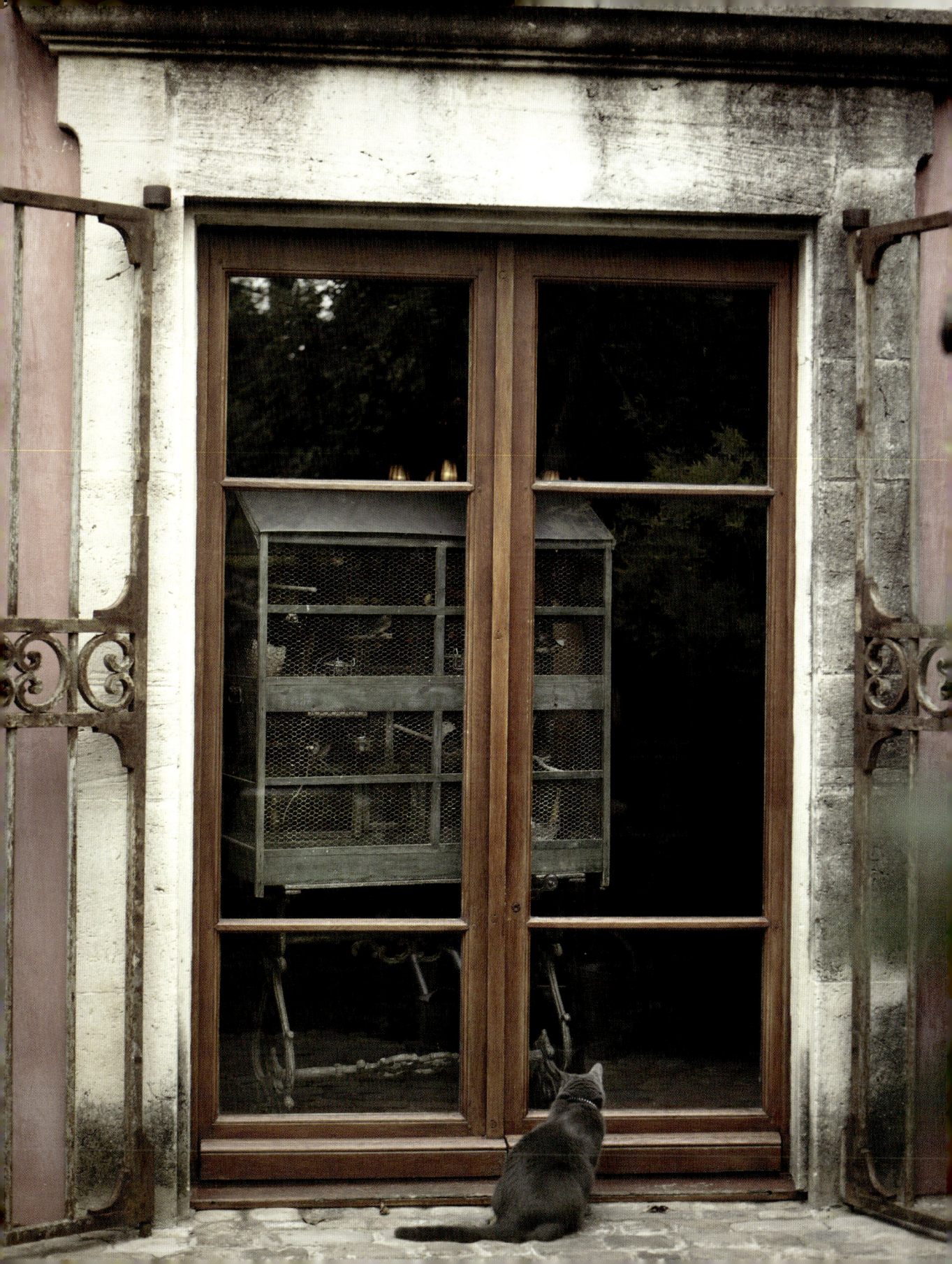

나는 수많은 철학자와 고양이들을 연구했다.
그리고 고양이가 월등히 우월한 지혜를 지녔음을 알게 되었다.

*I have studied many
philosophers and many
cats. The wisdom of cats
is infinitely superior.*

이폴리트 아돌프 텐느
(Hippolyte Adolphe Taine, 1828-1893, 프랑스 비평가이자 사학자)

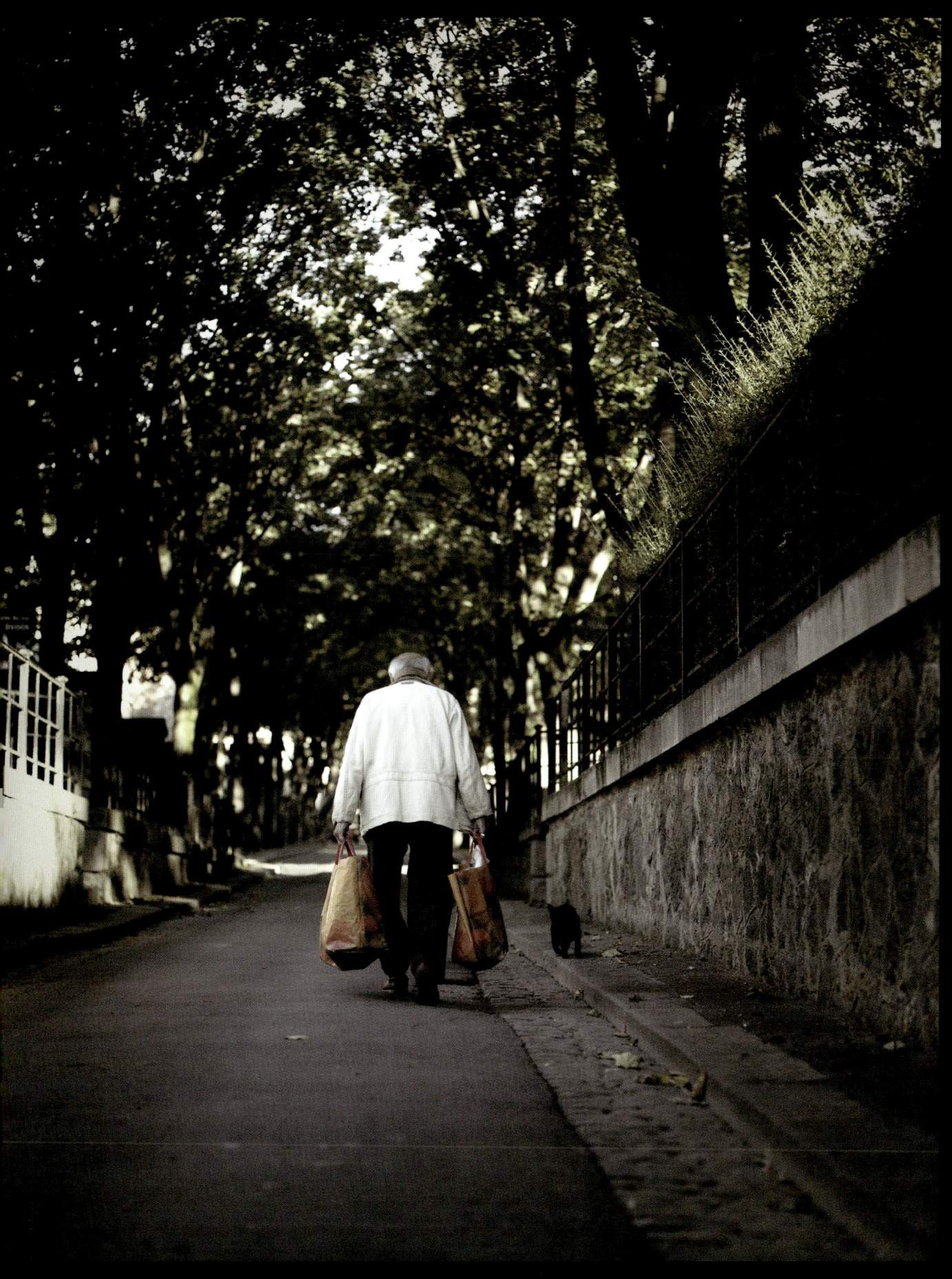

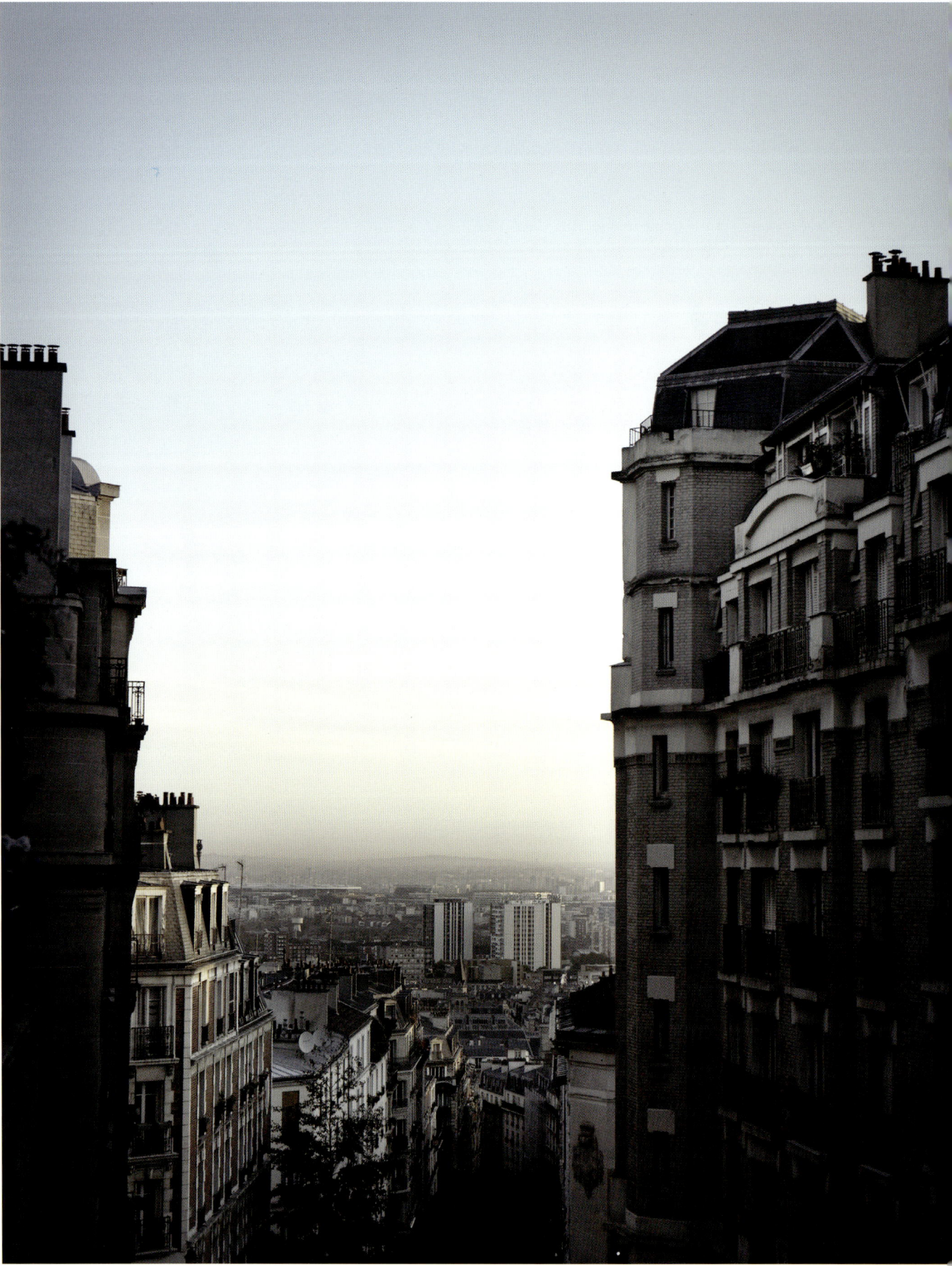

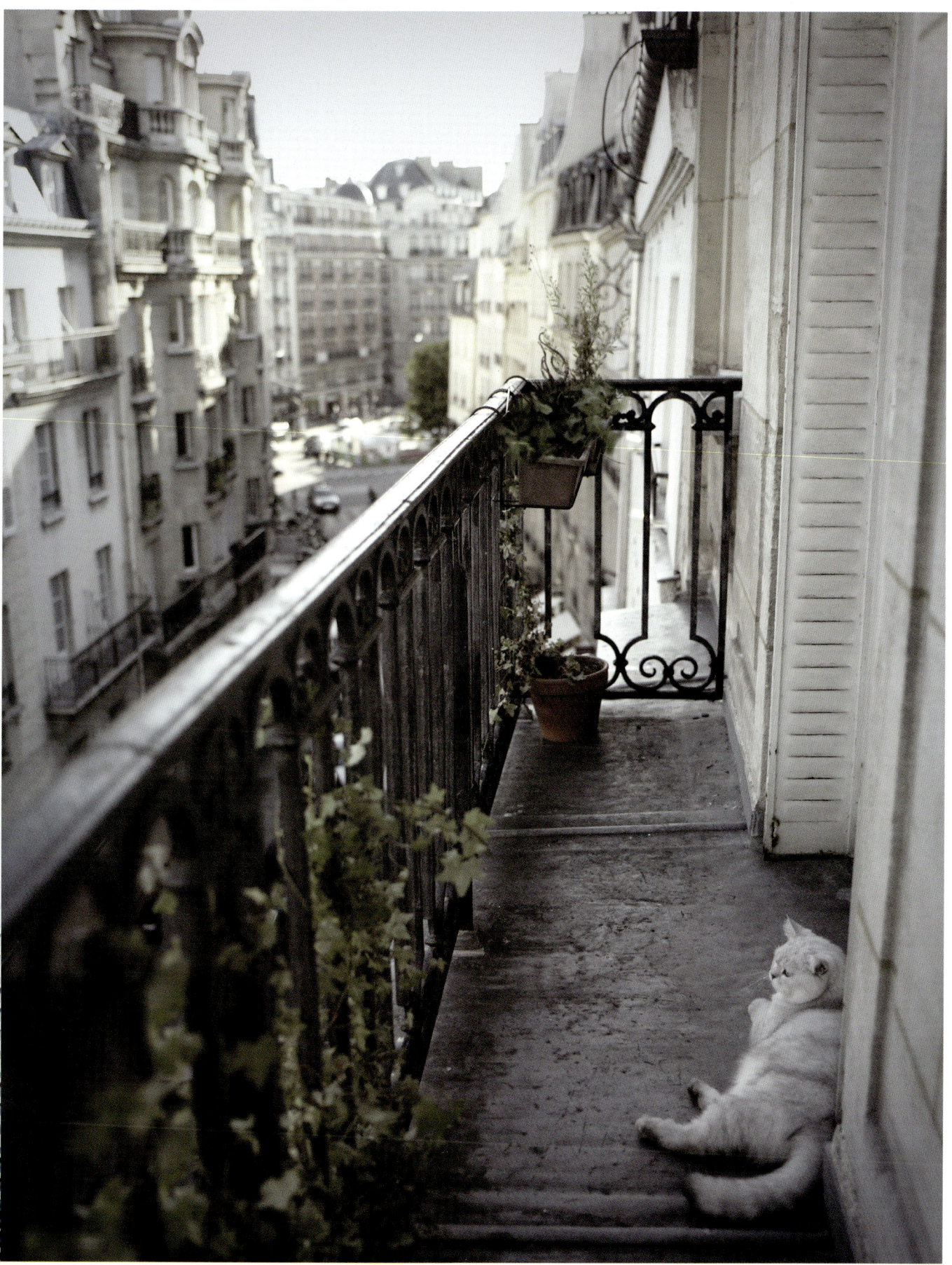

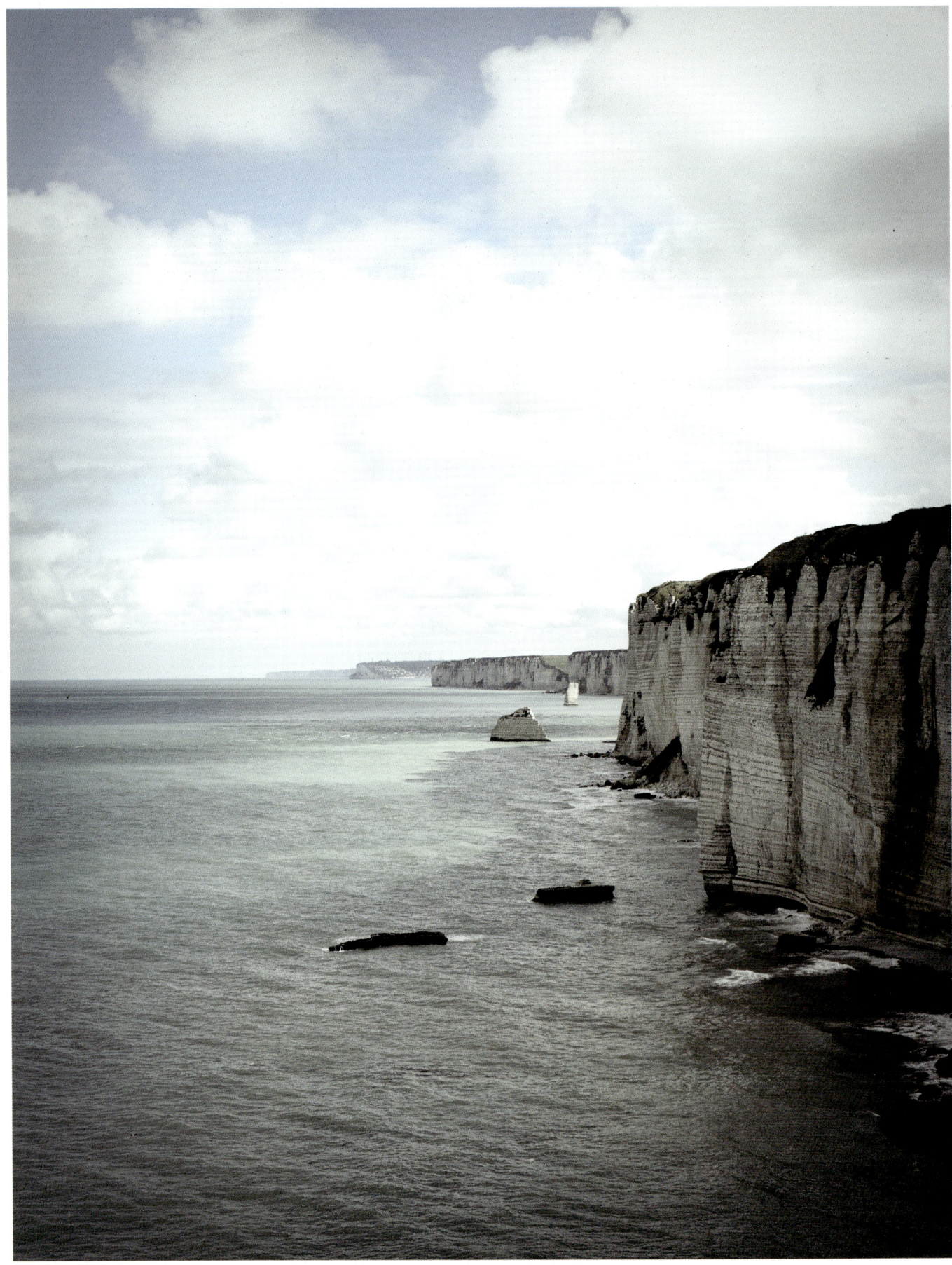

프랑스의 빛, 특히 프랑스 남부의 빛은 우유처럼 희부옇게 보일 정도로 희미하게 일렁이는데 이런 종류의 빛은 세계의 어느 지역에서도 찾아볼 수 없다. 프랑스에는 여름의 뜨거운 열기가 만들어낸 실안개 낀 빛과 여과기를 거친 듯 부드러운 이른 아침의 빛이 공존한다.

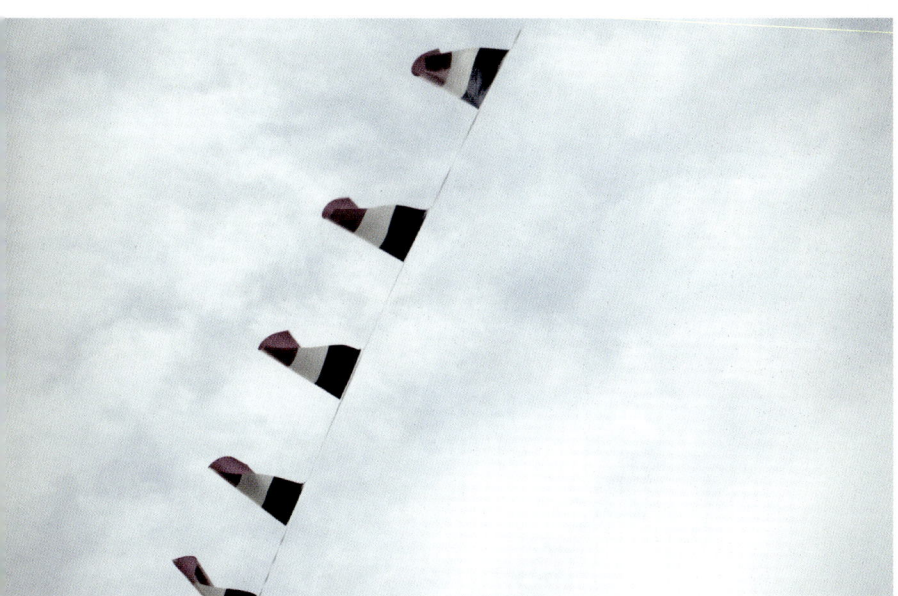
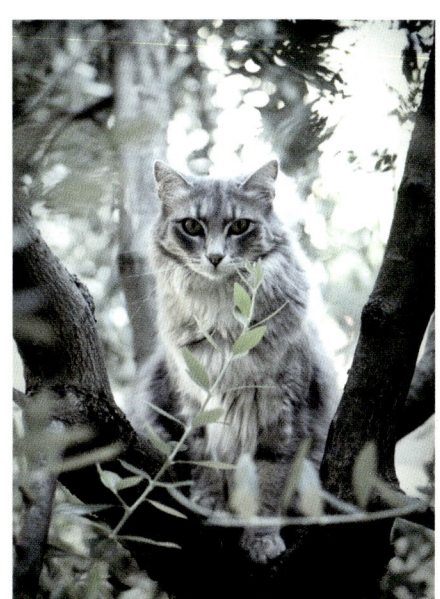
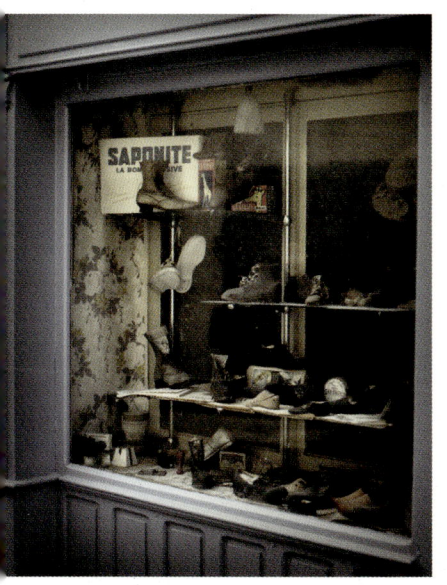
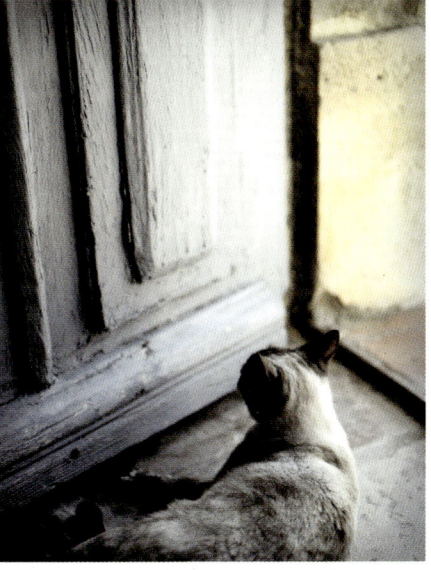
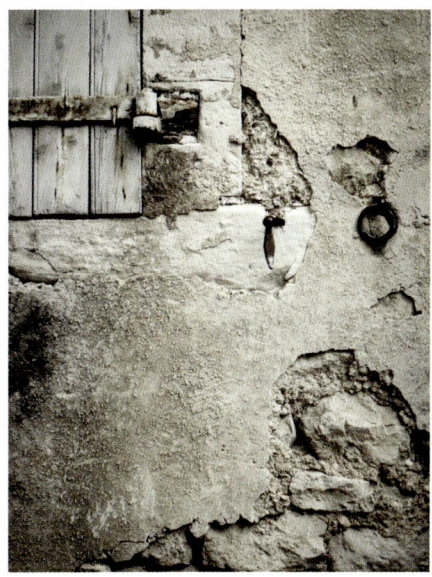

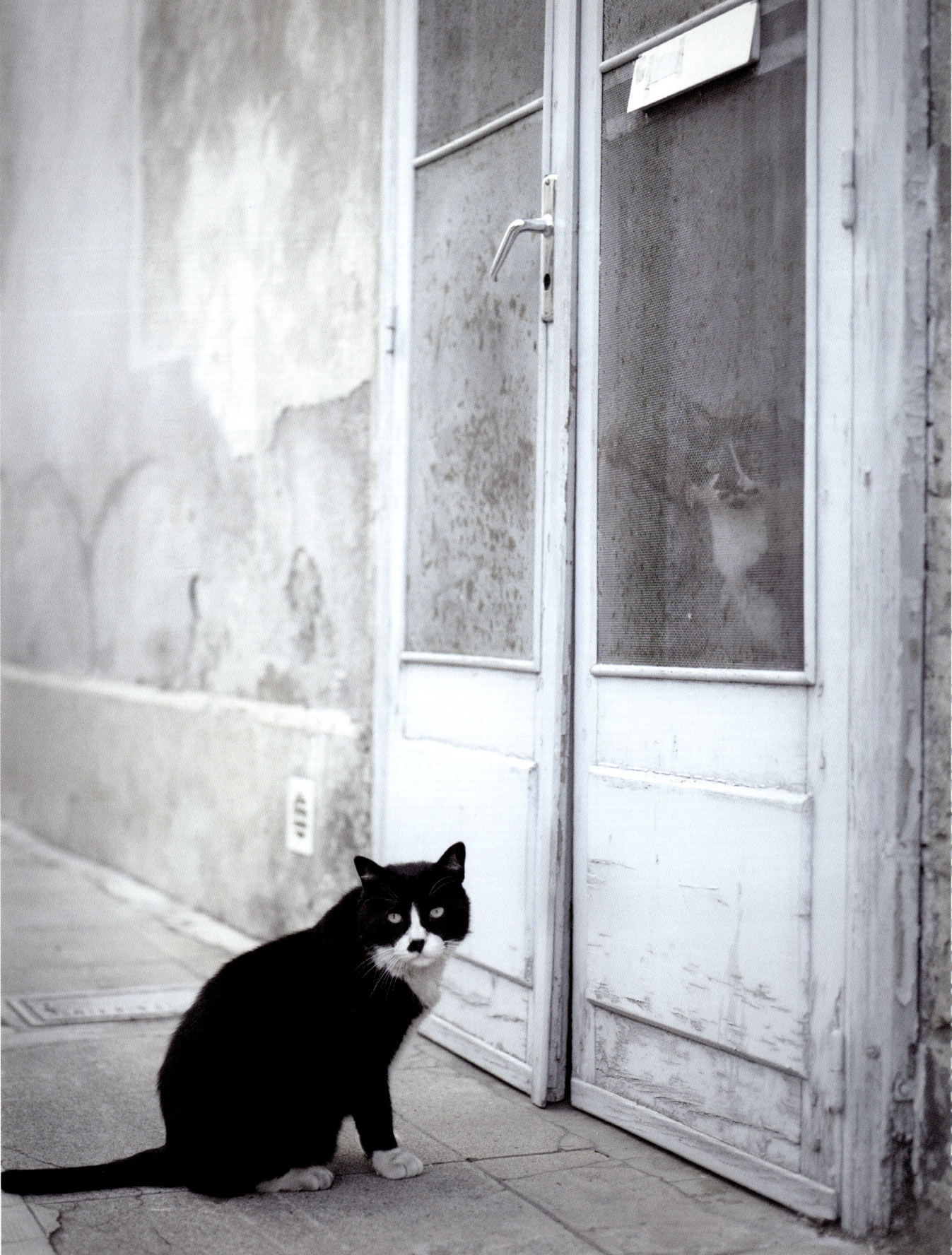

Cats of Pézenas 페즈나의 고양이들

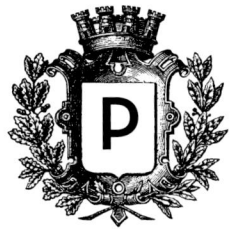

나는 관광객들이 즐겨 찾는 시골 마을 페즈나에서 렌즈에 담을 만한 고양이를 찾기는 다 틀린 모양이라고 생각하고 있었다. 바로 그 순간 그물망이 쳐진 문 앞에 앉아 있는 고양이 한 마리를 발견했다. 처음에는 문 안쪽에 또 한 마리의 고양이가 있다는 것을 알지 못했다. 프랑스 고양이들은 주인들 못지않게 거리에 앉아서 수다 떠는 것을 좋아 하는 모양이었다. 나는 집 안에 있는 부인에게 문 앞에 앉아 있는 고양이의 주인이냐 고 물었다. "아뇨. 그 녀석은 내가 우리 집 고양이를 내보내기만을 기다리고 있는 거예 요." 집주인이 대답했다. 나는 이 장면을 카메라에 담은 뒤 길을 따라 걷다가 뒤를 돌 아보았다. 역시 예상했던 대로 두 마리 고양이는 행복한 모습으로 어울려 놀고 있었다.

고양이는 신인가?

Est-il dieu?

Is he God?

━━━━━━━━━━━━━━

샤를르 보들레르
(Charles Baudelaire, 1821-1867, 프랑스 시인이자 비평가)

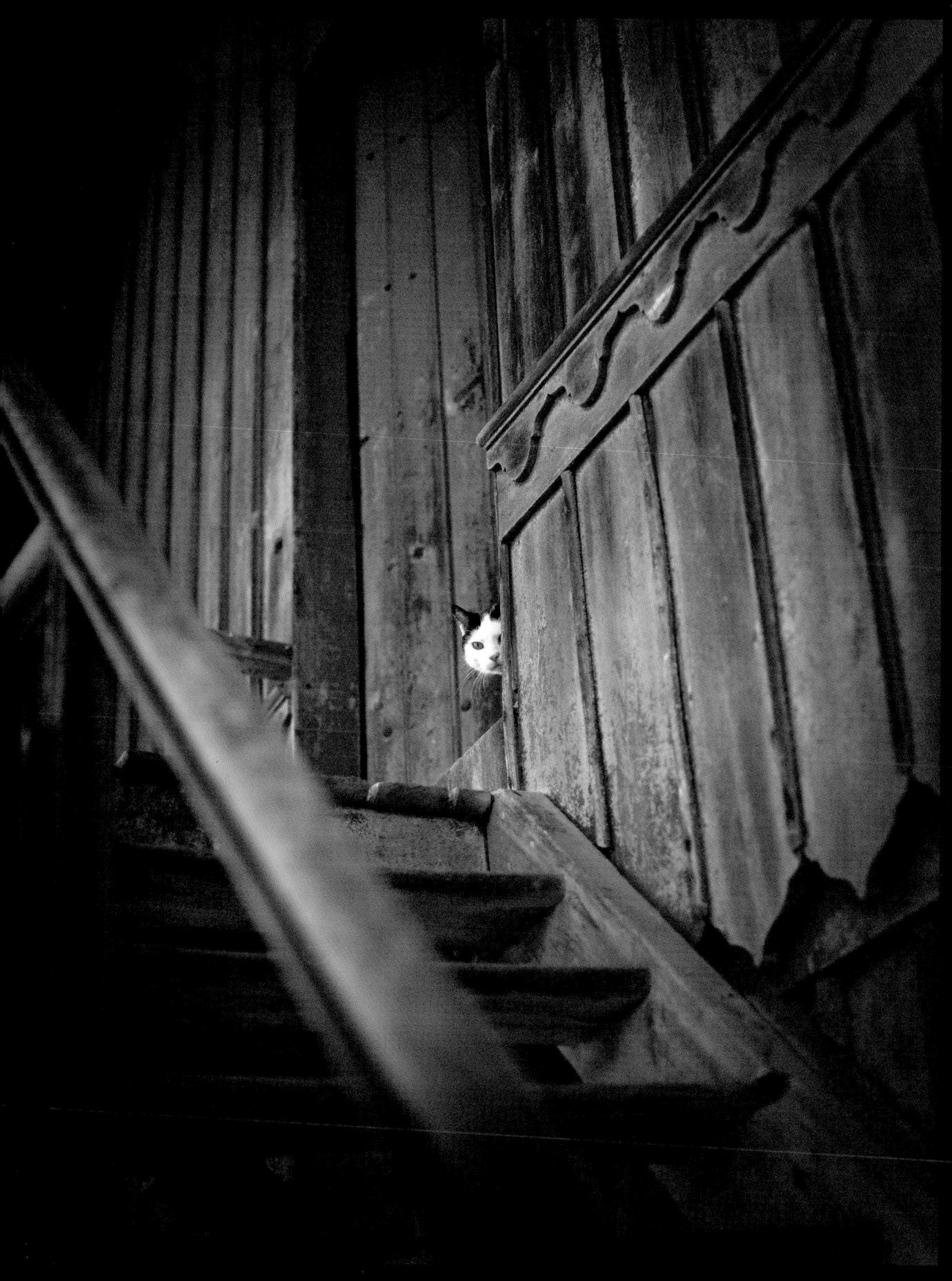

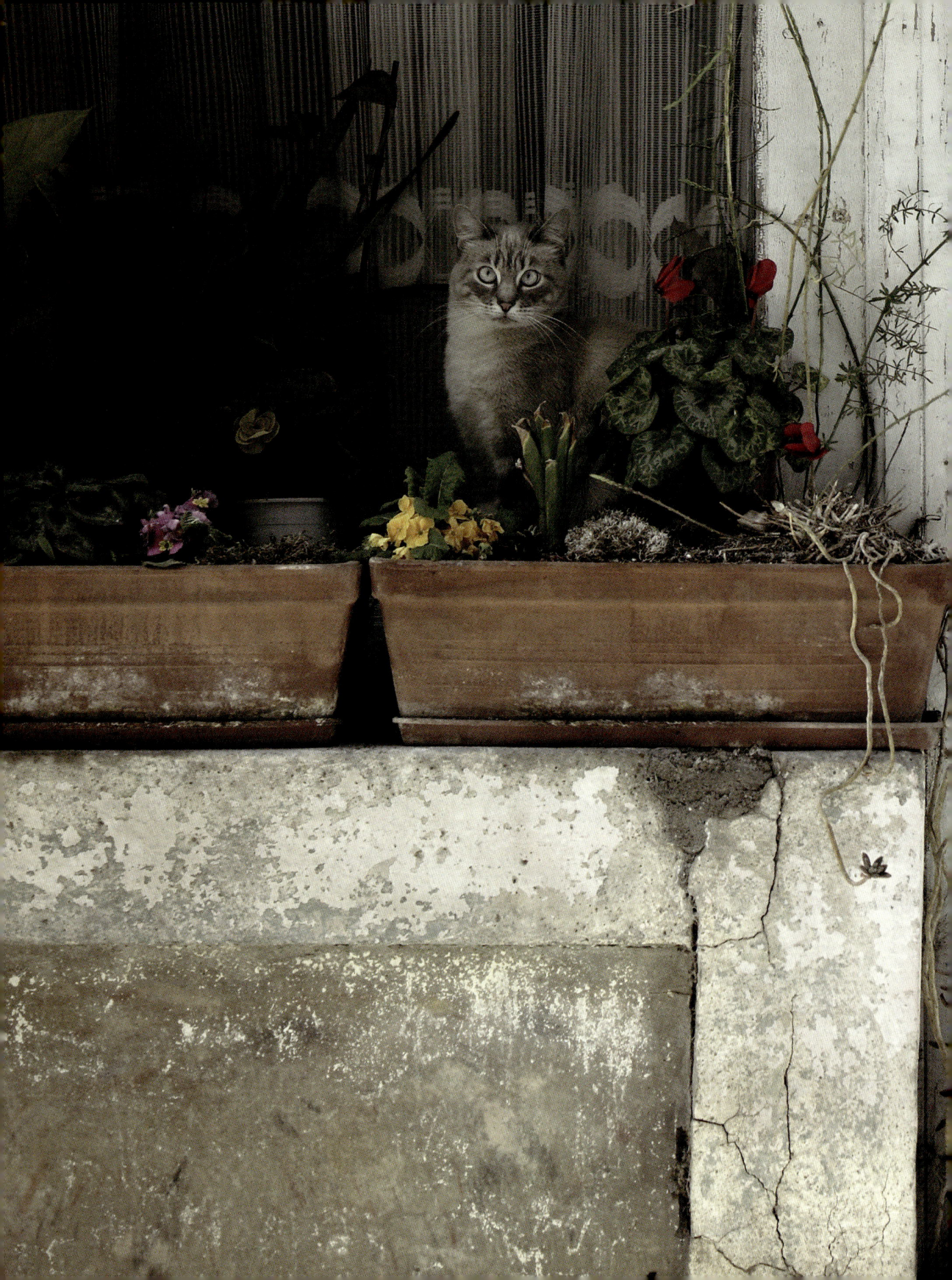

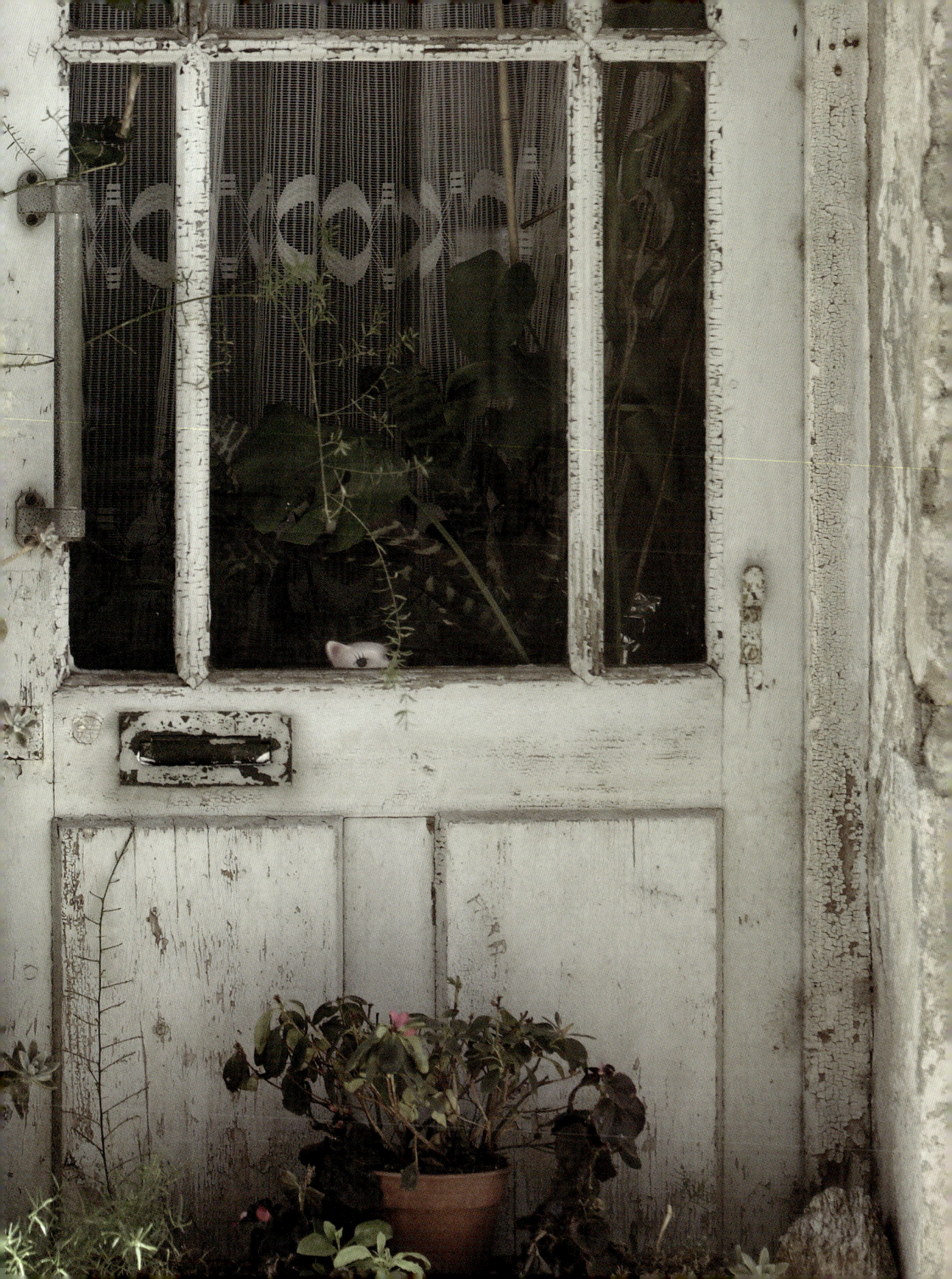

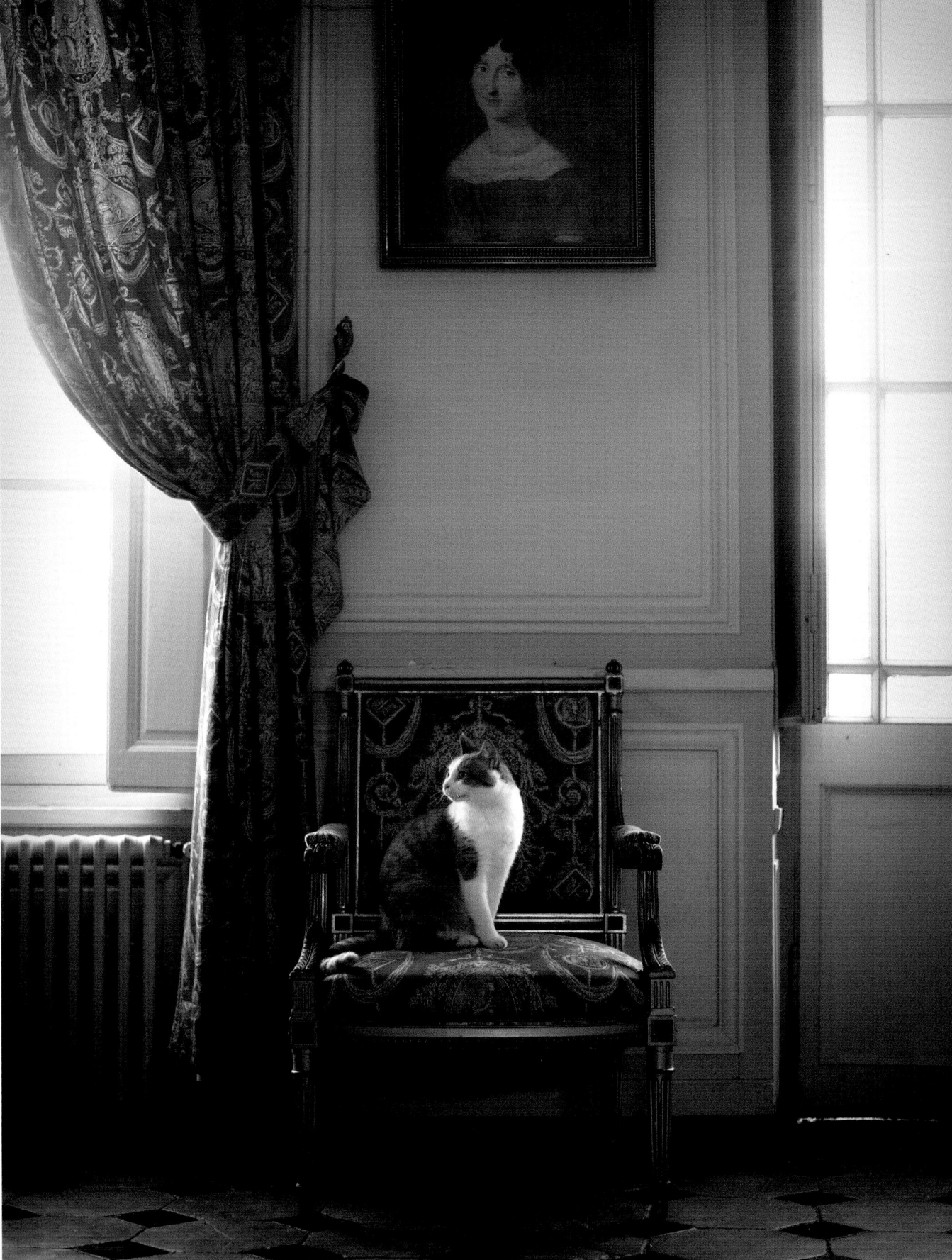

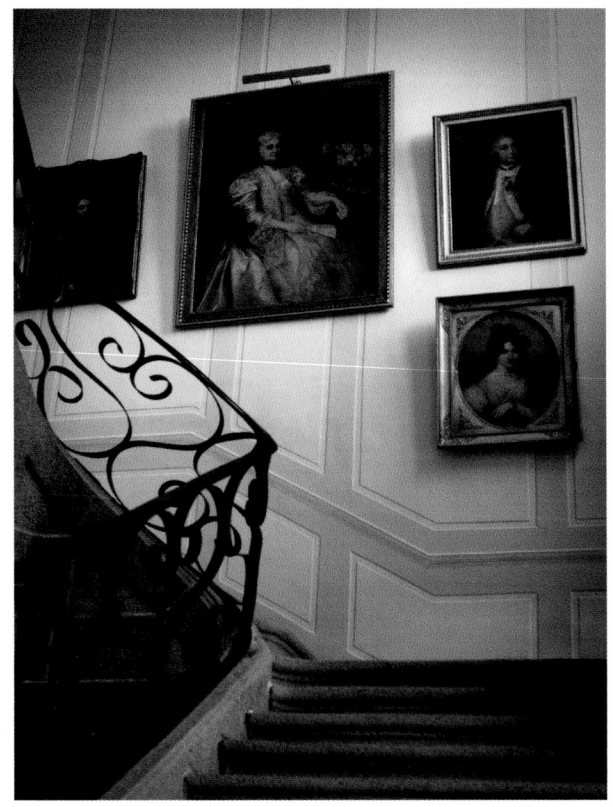 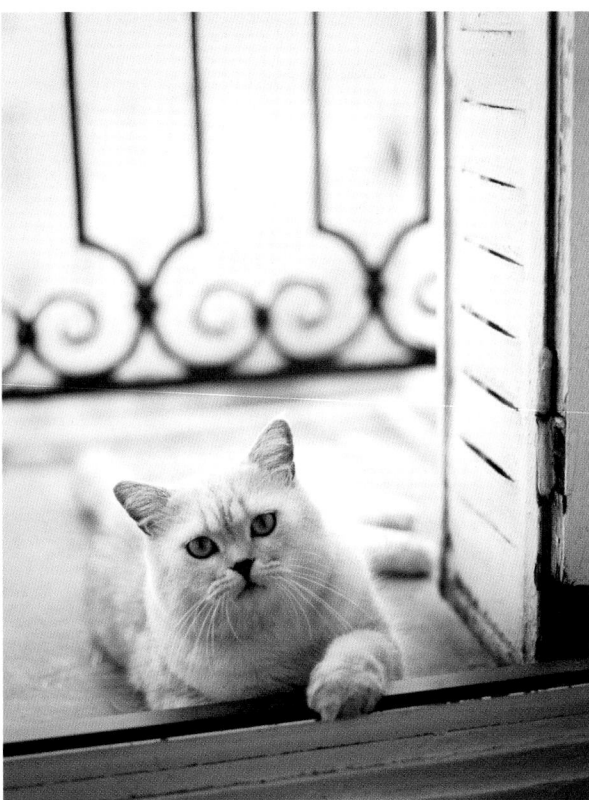

Louis XV 루이 15세(1710-1774, 프랑스 왕)

루이 15세에게는 무척 아끼는 흰색 페르시안 앙고라 한 마리가 있었다. 이 페르시안 앙고라는 매일 아침 루이 15세의 침실에 들어왔으며 국무회의가 진행되는 동안 탁자 위에서 놀 수 있는 특혜를 누렸다.

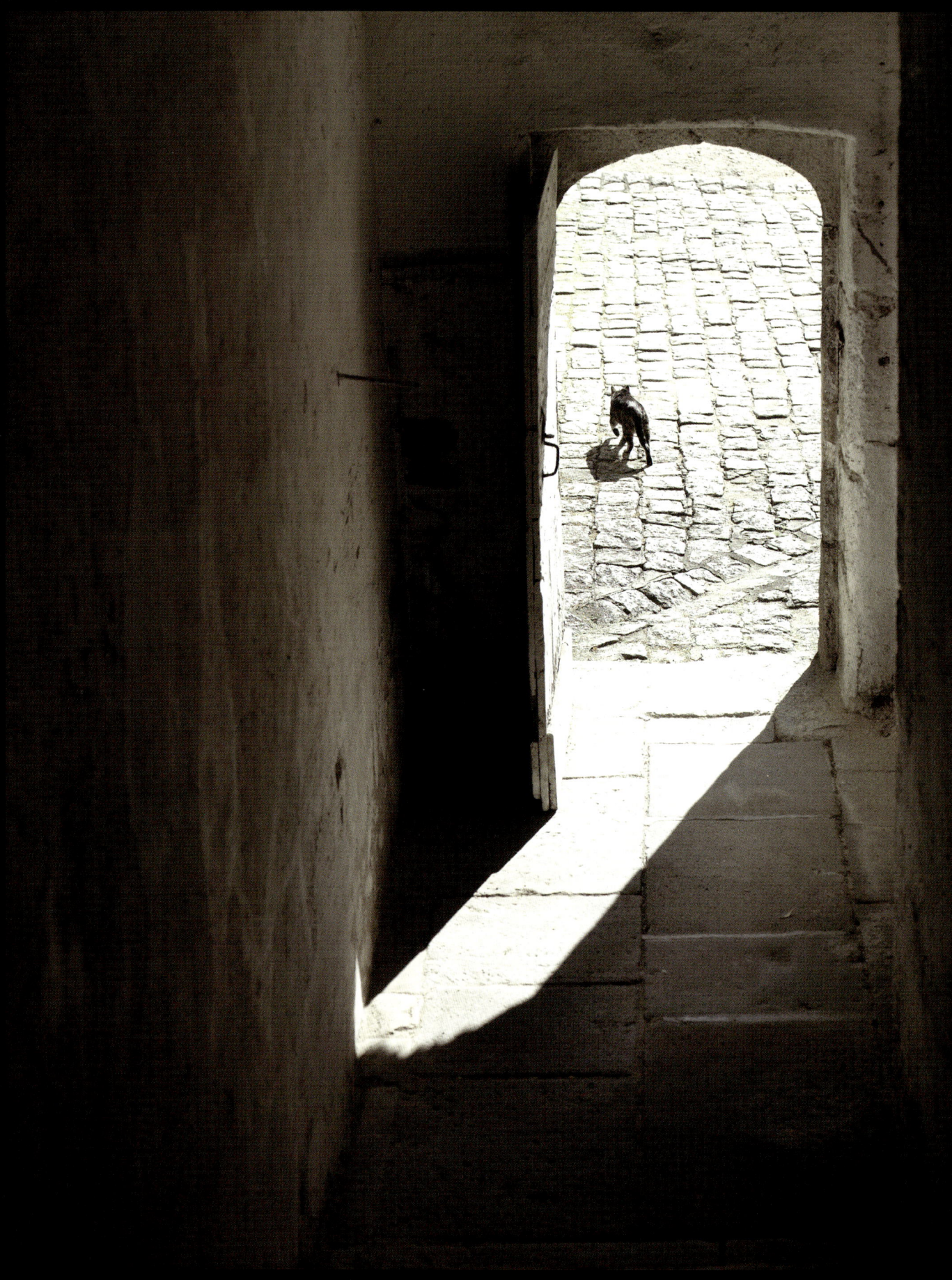

고양이

내가 우리 집에 있었으면 소망하는 것들:
사리가 밝은 여인,
책 사이를 지나다니는 고양이,
그리고 사시사철 나를 찾는
내 삶에 없어서는 안 될 친구들.

Le Chat

Je souhaite dans ma maison:
Une femme ayant sa raison,
Un chat passant parmi les livres,
Des amis en toute saison
Sans lesquels je ne peux pas vivre

기욤 아폴리네르
(Guillaume Apollinaire, 1880-1918, 이태리인 아버지와 폴란드인 어머니 사이에서 태어난 프랑스 시인)
출처: 《동물시집 또는 오르페우스의 행렬(Le Bestiaire ou *Cortège d'Orphée*, 1911)》

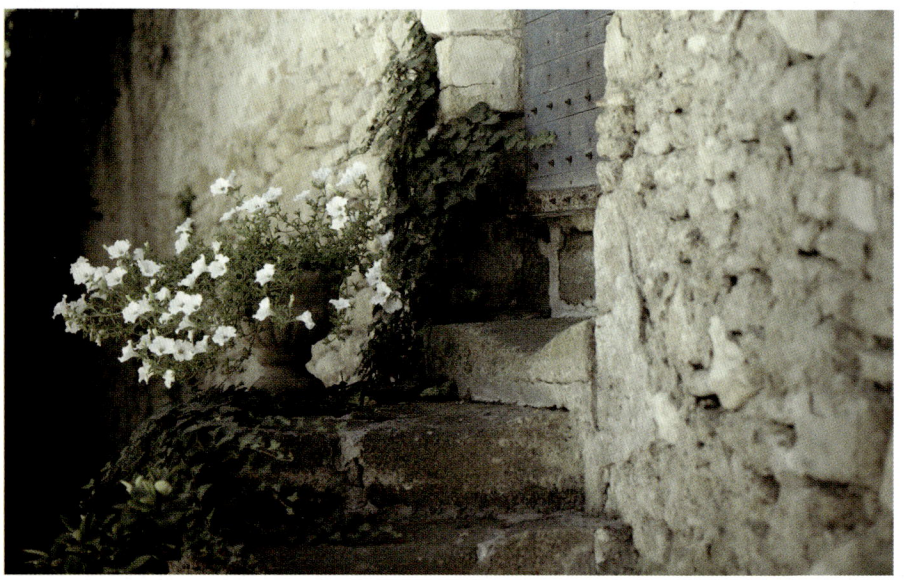

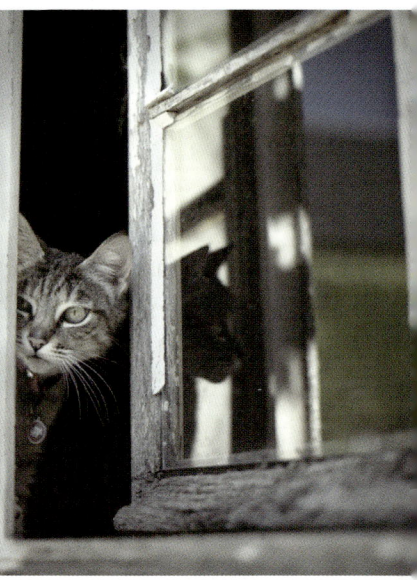

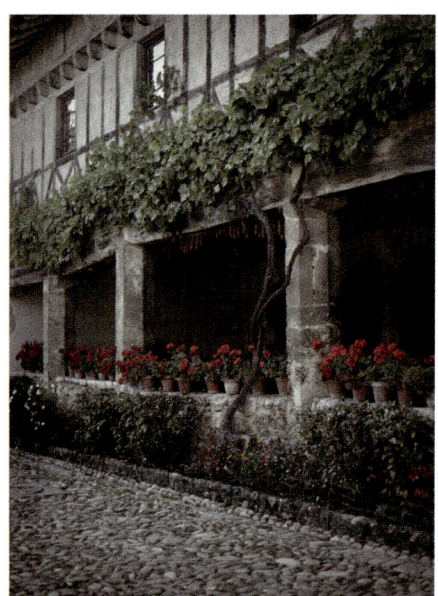

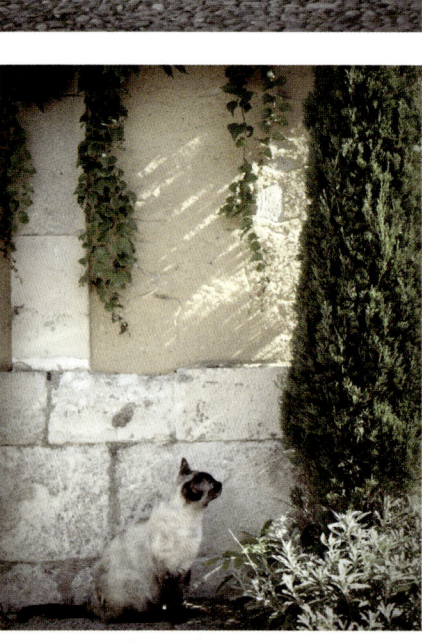

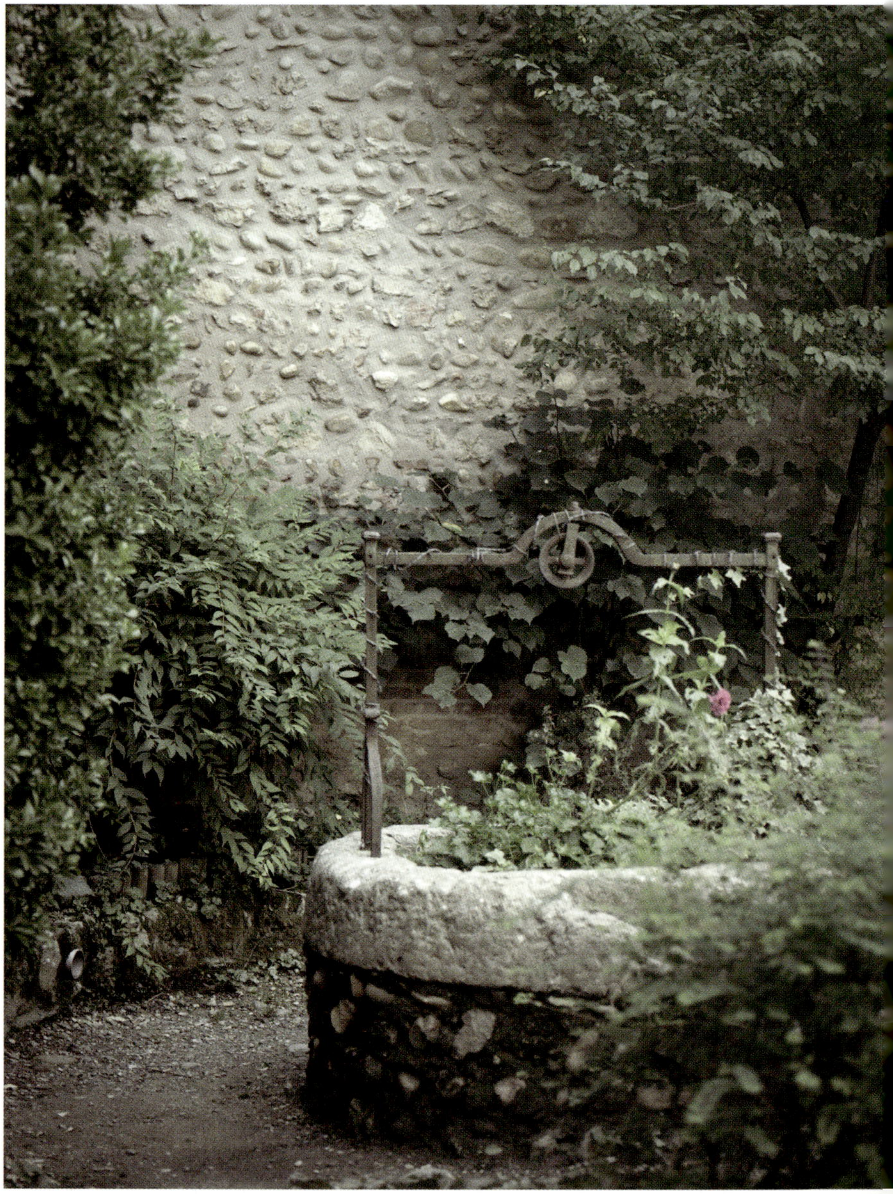

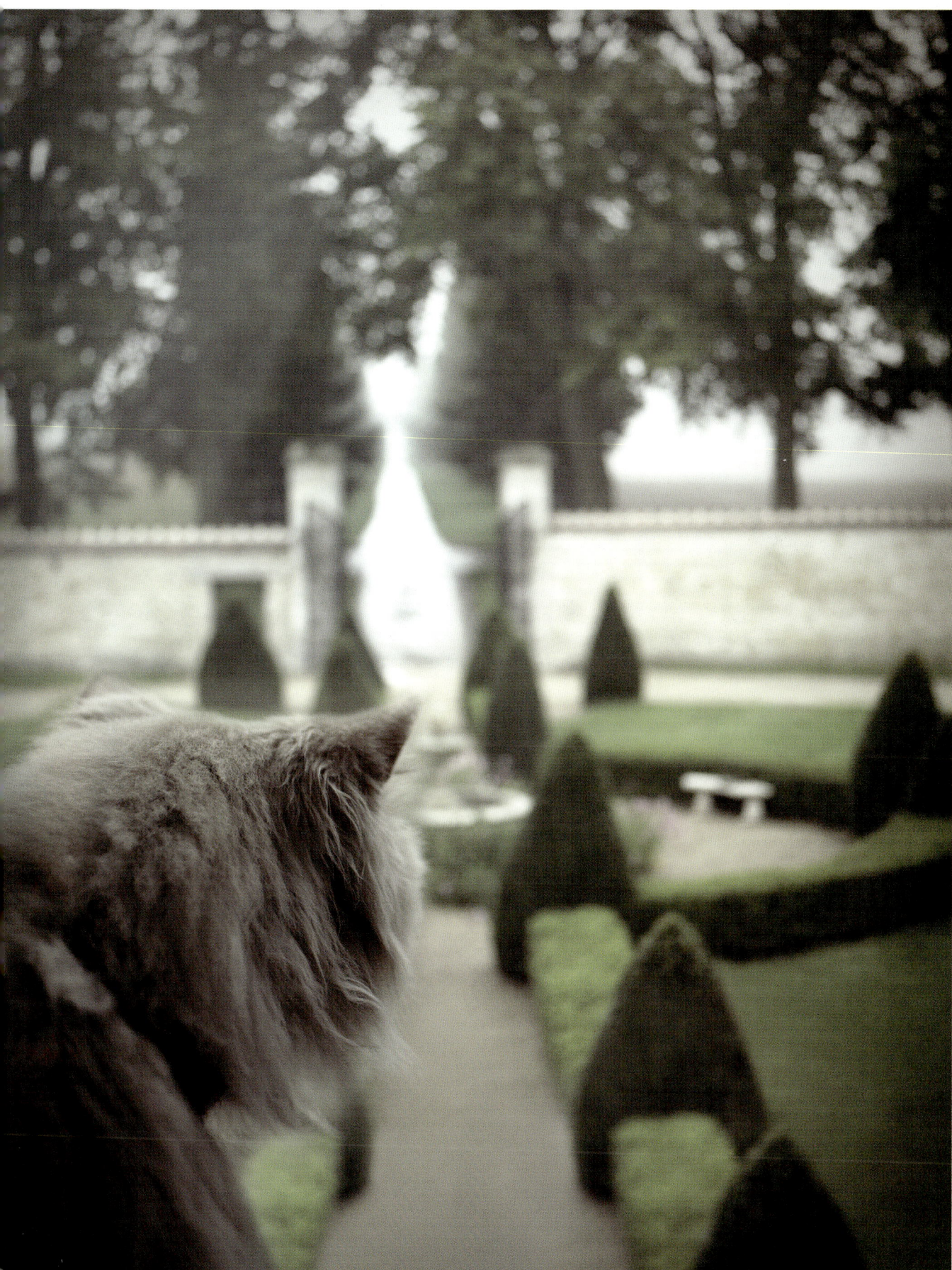

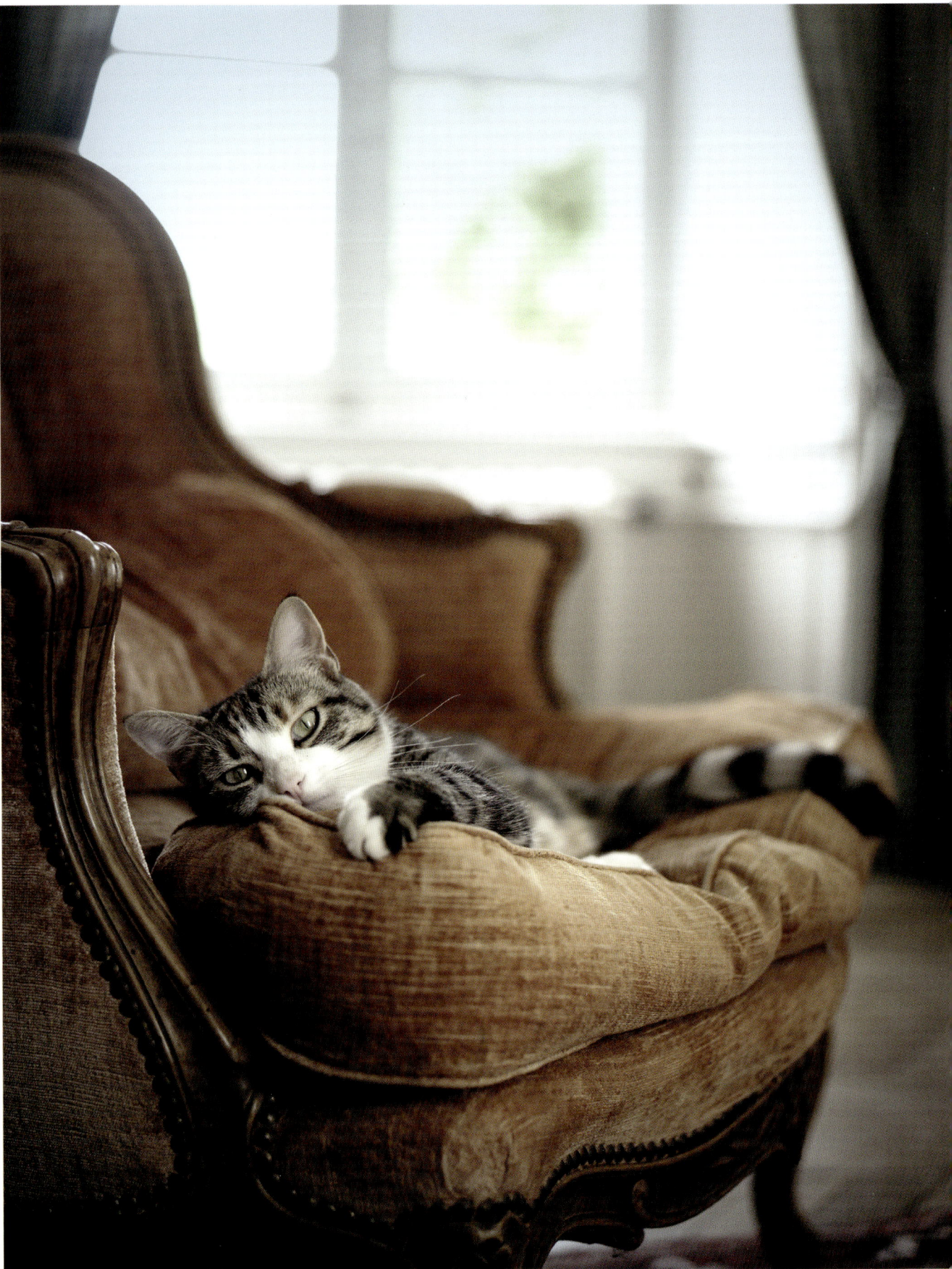

Charles Baudelaire 샤를르 보들레르(1821-1867, 프랑스 시인이자 비평가)

허영심과 숭고함에 대해서 깊은 조예와 관심을 갖고 있던 멋쟁이 보들레르는 사람보다 고양이와 함께 있는 것을 좋아했다고 한다. 그는 거리에서 마주친 고양이들을 매료된 눈으로 바라보았으며 걸음을 멈춘 채 어루만졌고 얼굴을 응시했다. 친구를 방문할 때는 집에서 기르는 고양이에게 먼저 인사를 건네고 고양이를 번쩍 들어 올려 애정 어린 키스를 할 뿐, 집주인에게는 전혀 관심을 보이지 않는 무례를 범하기도 했다. 고양이를 향한 보들레르의 집착이 얼마나 강했는지는 그의 시 '고양이'의 한 부분만 봐도 알 수 있다.

내 손가락이 한가로이 너를,
너의 머리와 너의 탄력 있는 등을 어루만질 때,
그리고 전기가 흐르는 네 몸을 느끼는 기쁨으로
내 손이 따끔거릴 때.

When my fingers leisurely caress you,
Your head and your elastic back,
And when my hand tingles with the pleasure
Of feeling your electric body.

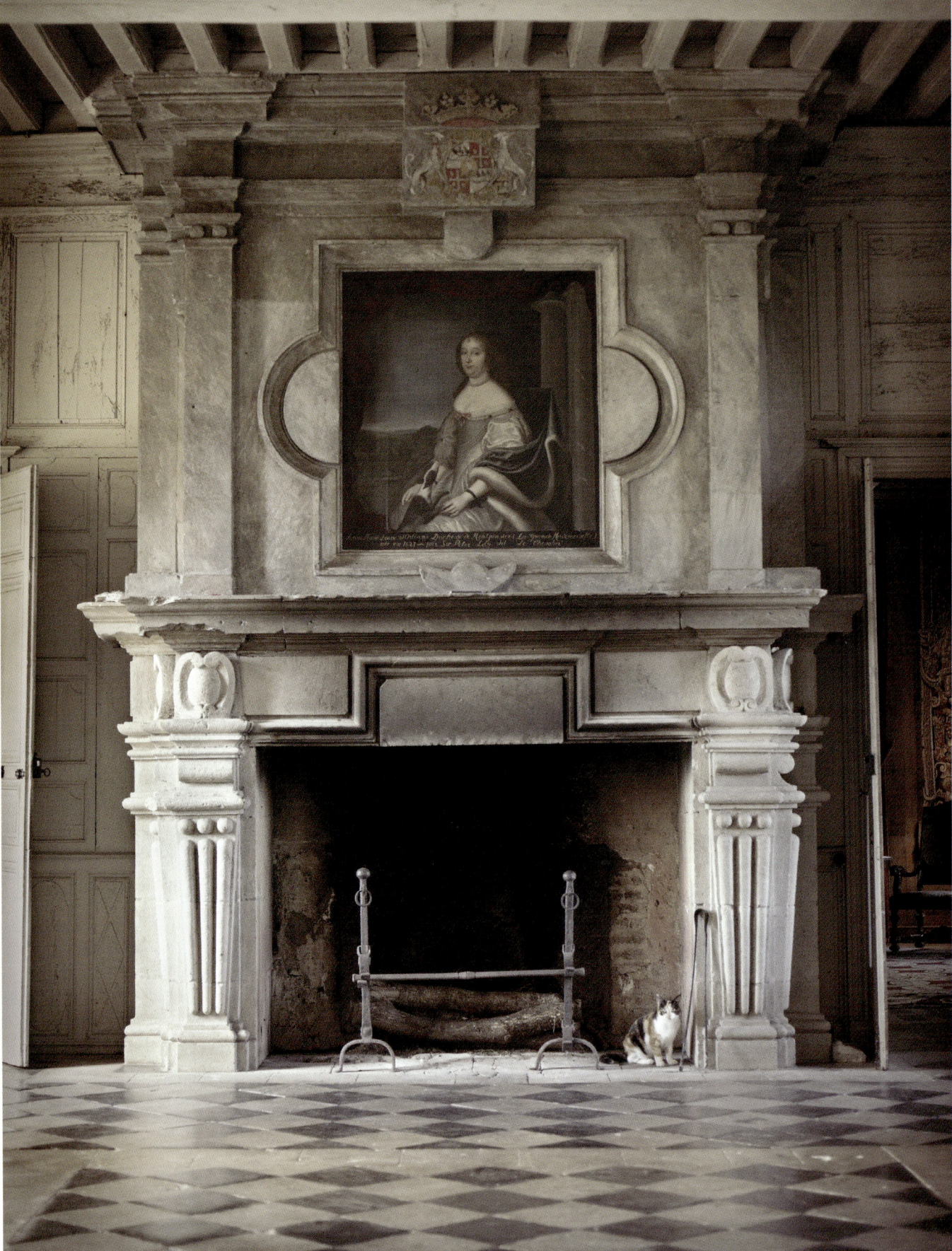

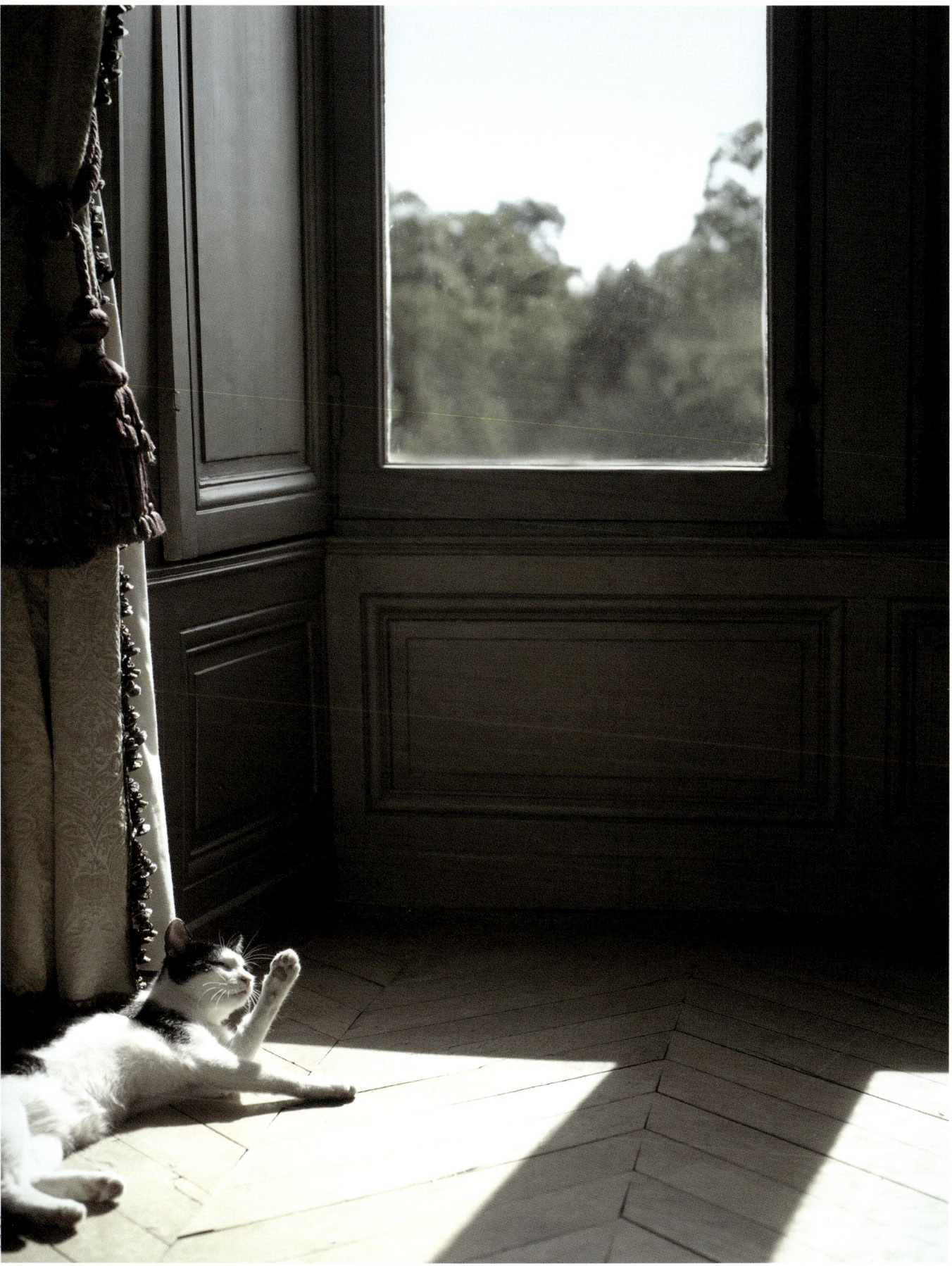

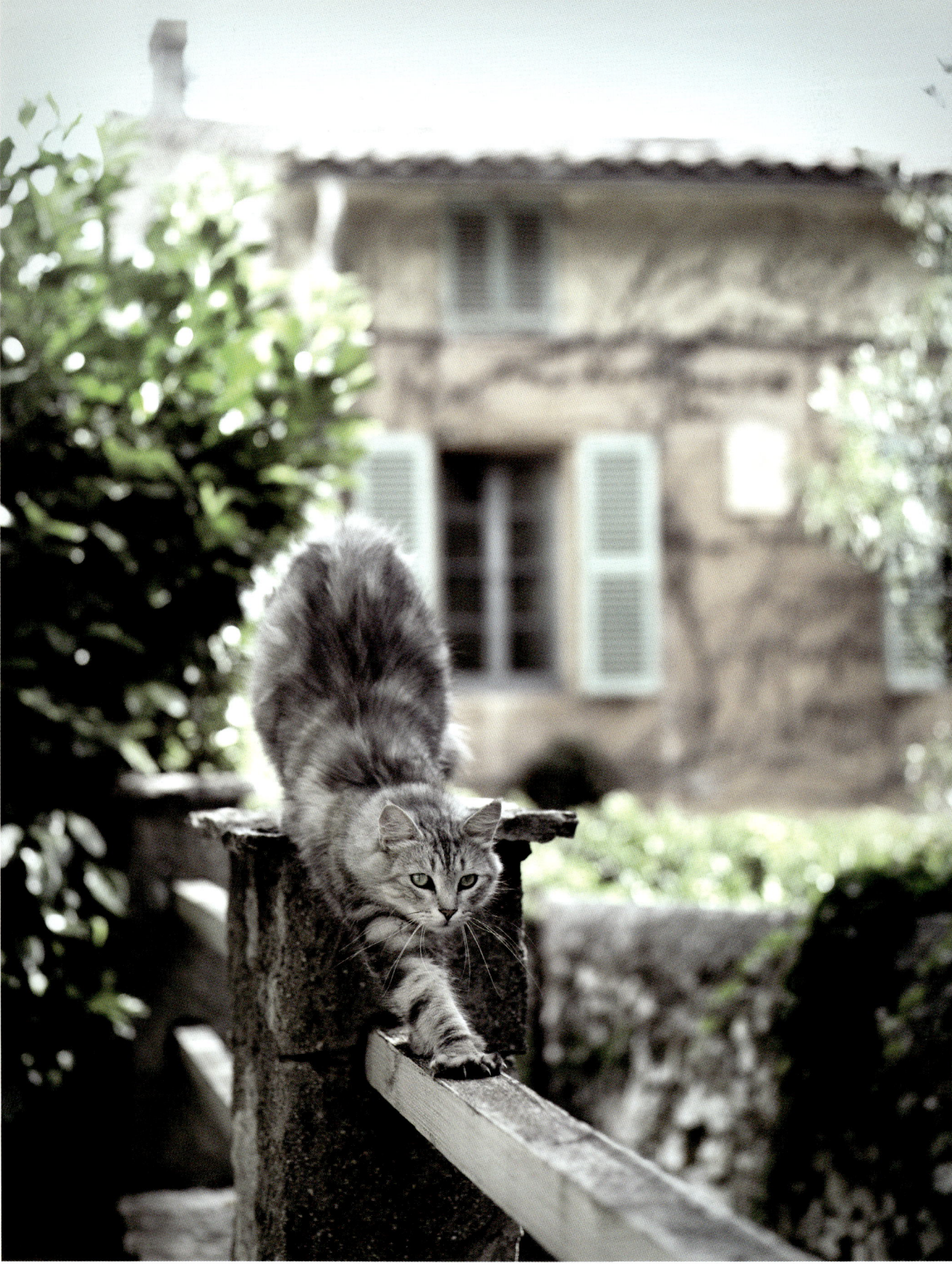

Romeo 로메오

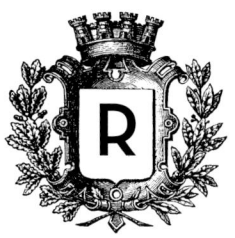

방타브랑^{Ventabren}을 두 번째로 방문했을 때, 나는 울타리 기둥 위에서 졸고 있는 '로메오'와 마주쳤다. 로메오는 나를 보자마자 기둥에서 펄쩍 뛰어내리더니 기지개를 폈고, 주위를 맴돌았다. 이번에는 나와 함께 어디로 갈 건지 궁금해하는 것이 틀림없었다. 로메오는 그날 저녁 늦게, 내가 놓친 고양이는 없는지 살펴보려고 마을로 돌아왔을 때 또다시 모습을 드러냈다. 나는 방타브랑의 개들을 촬영하기 위해서 이곳을 다시 찾을 때에도 로메오가 과연 나를 알아볼지 궁금했다.

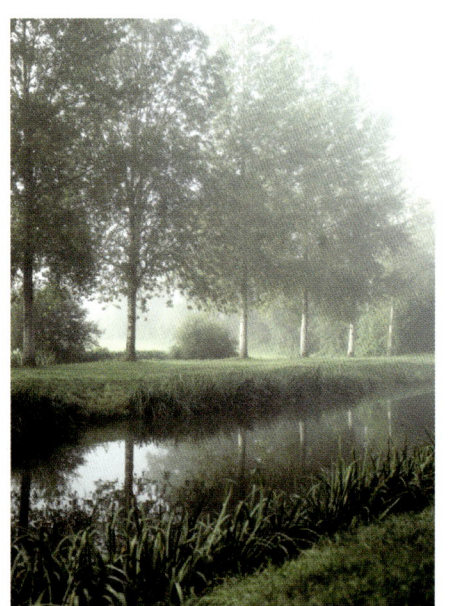 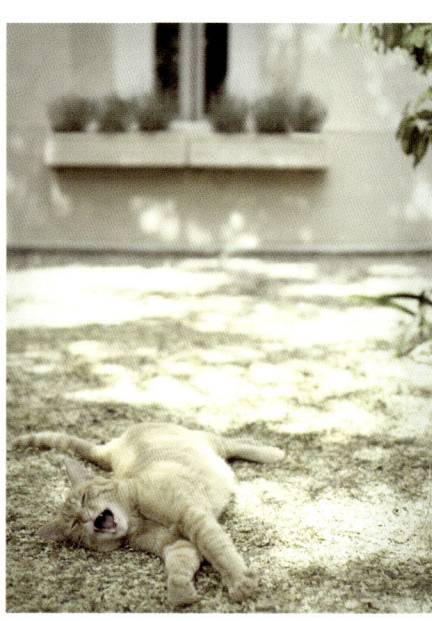 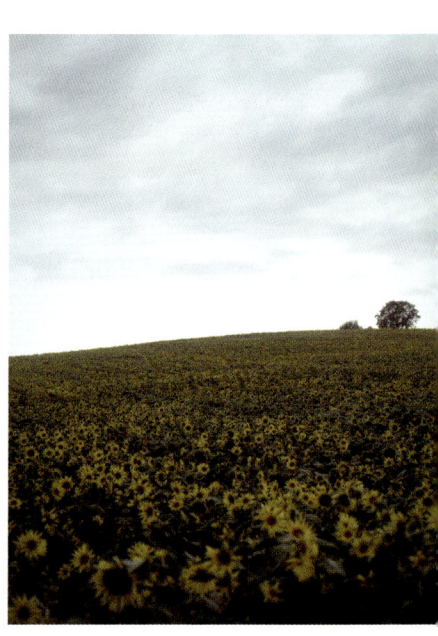

프랑스 시골의 찬란한 아름다움 또한 나를 전율케 한다. 나는 카날 뒤 미디에 엷은 안개가 피어오르는 모습과 새 잎이 돋아난 나무가 햇살을 받아 밝은 노란빛을 띤 녹색을 뿜어내는 모습, 가느다란 나무들 사이로 얼룩덜룩 빛이 스며드는 프랑스의 숲과 프로방스의 끝없이 펼쳐진 라벤더 꽃밭과 해바라기를 사랑한다. 그리고 무엇보다도 아침 이슬을 데우는 햇살의 향기가 전형적인 프랑스식으로 코끝에 전해져오는 것을 사랑한다.

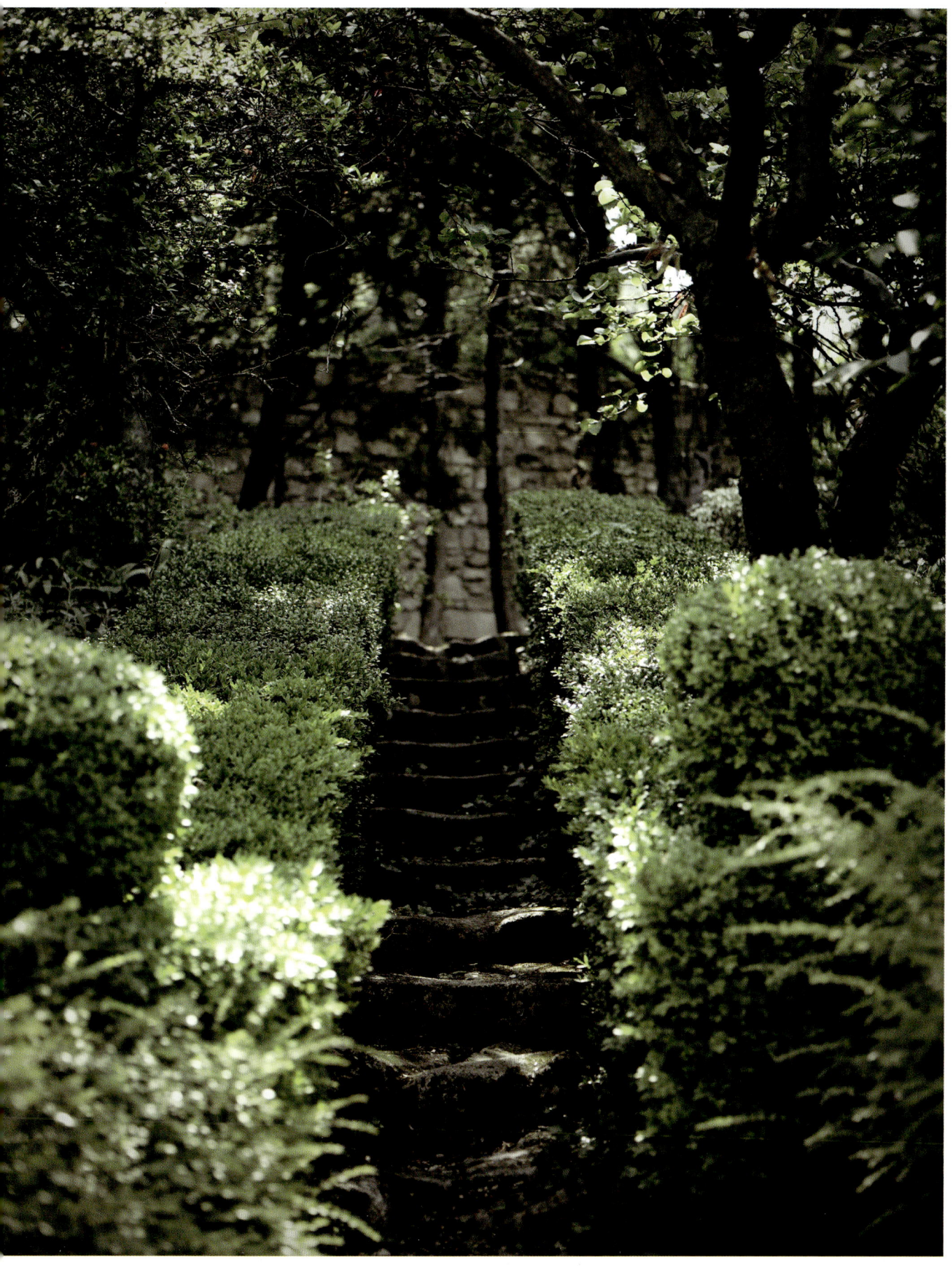

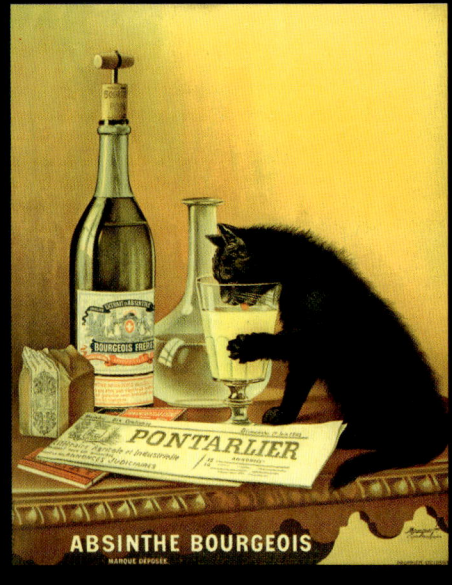

무르그 브라더스(Mourgue Brothers)
압생트 부르주아 광고포스터
ca.1900

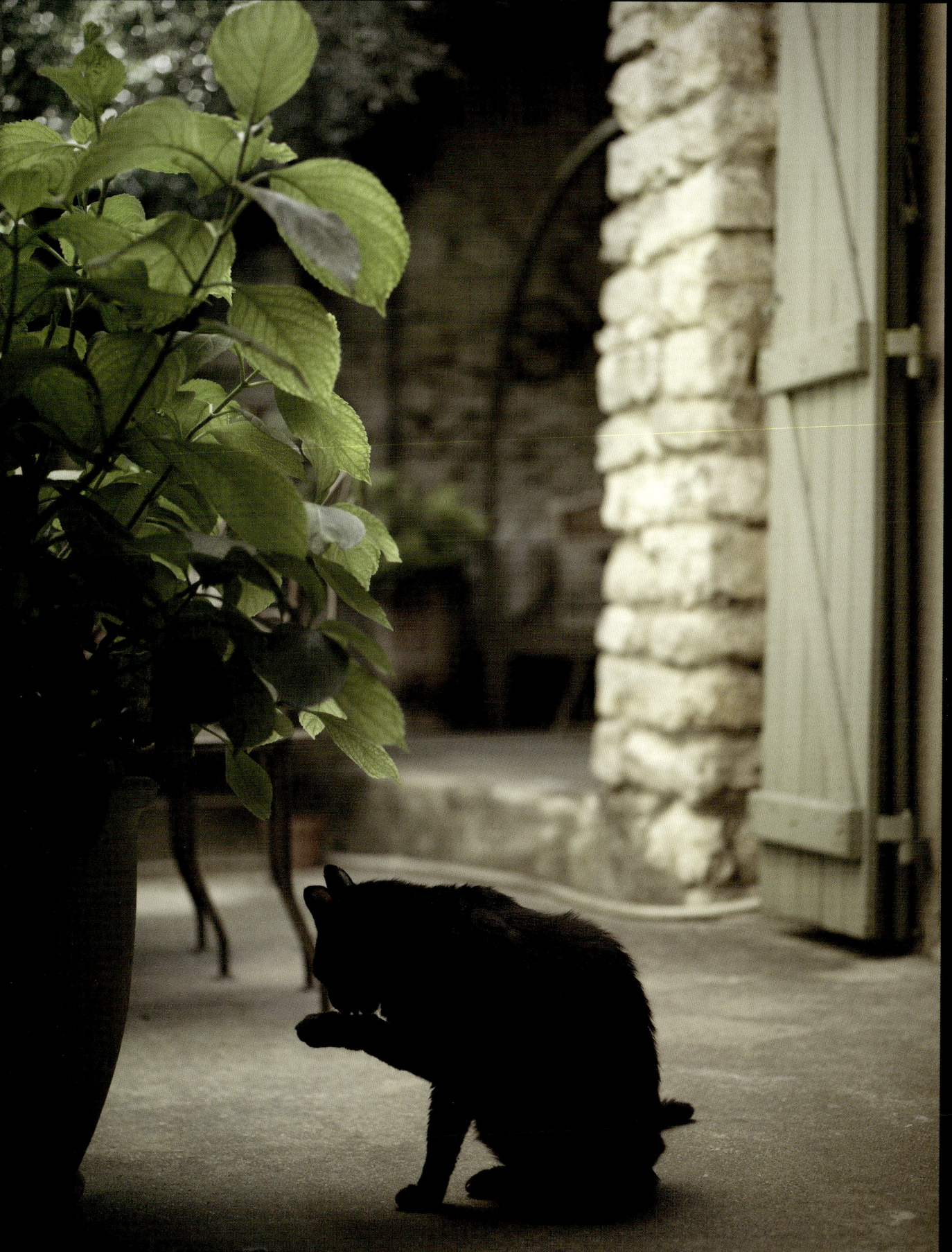

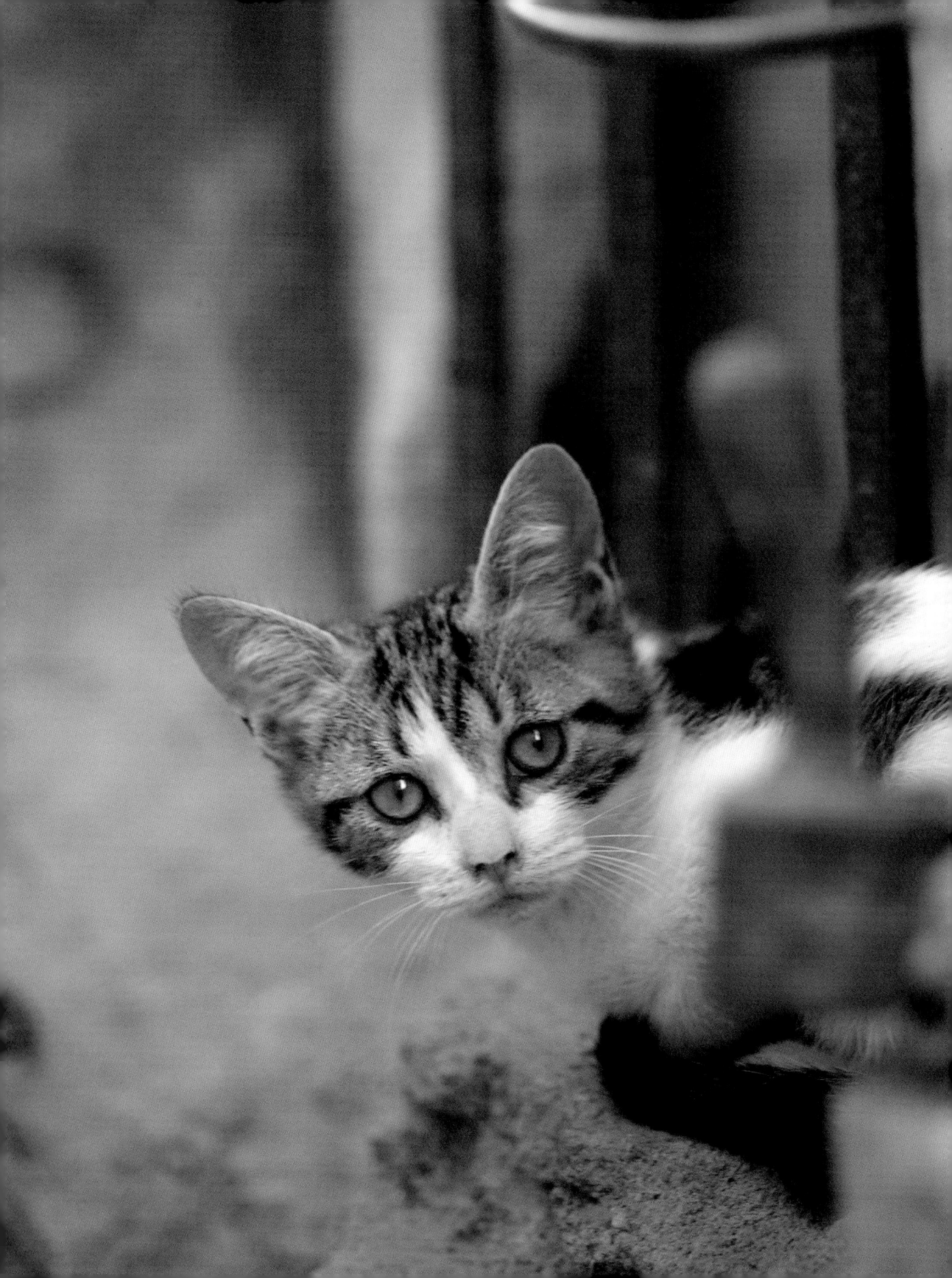

초록빛 눈동자는
오직 위대한 열정을 불어넣고
금세기의 아름다움에
열정을 베풀지 않은 자연은
고양이에게 넘치도록 열정을 선사했다.

Green eyes inspire
grand passions only
and nature, which has
refused them to the
beauties of this century,
has lavished them on
the cat species.

프랑수아-오귀스탱 파라디 드 몽크리프
(François-Augustin Paradis de Moncrif, 1687-1770, 프랑스 작가)

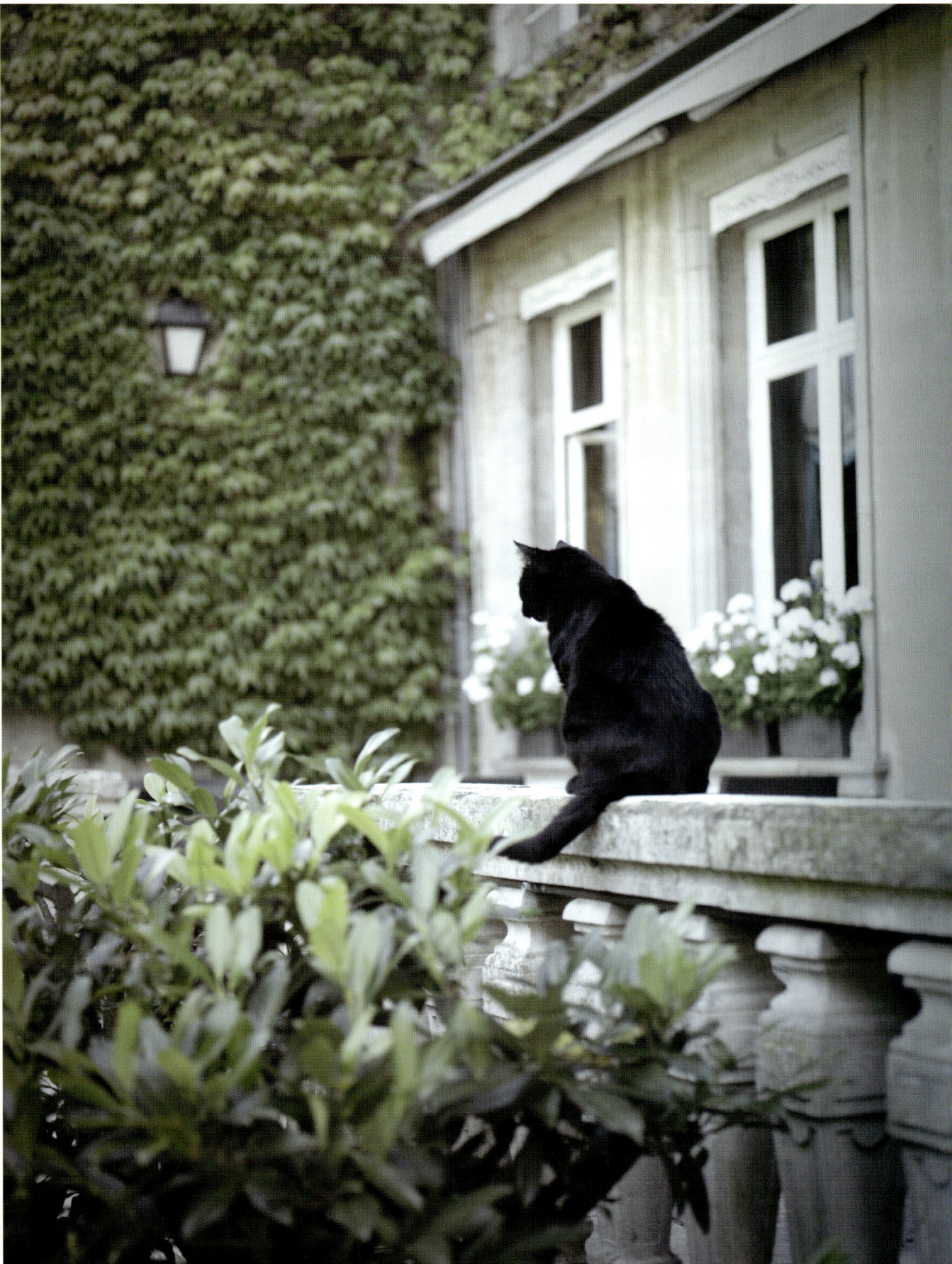

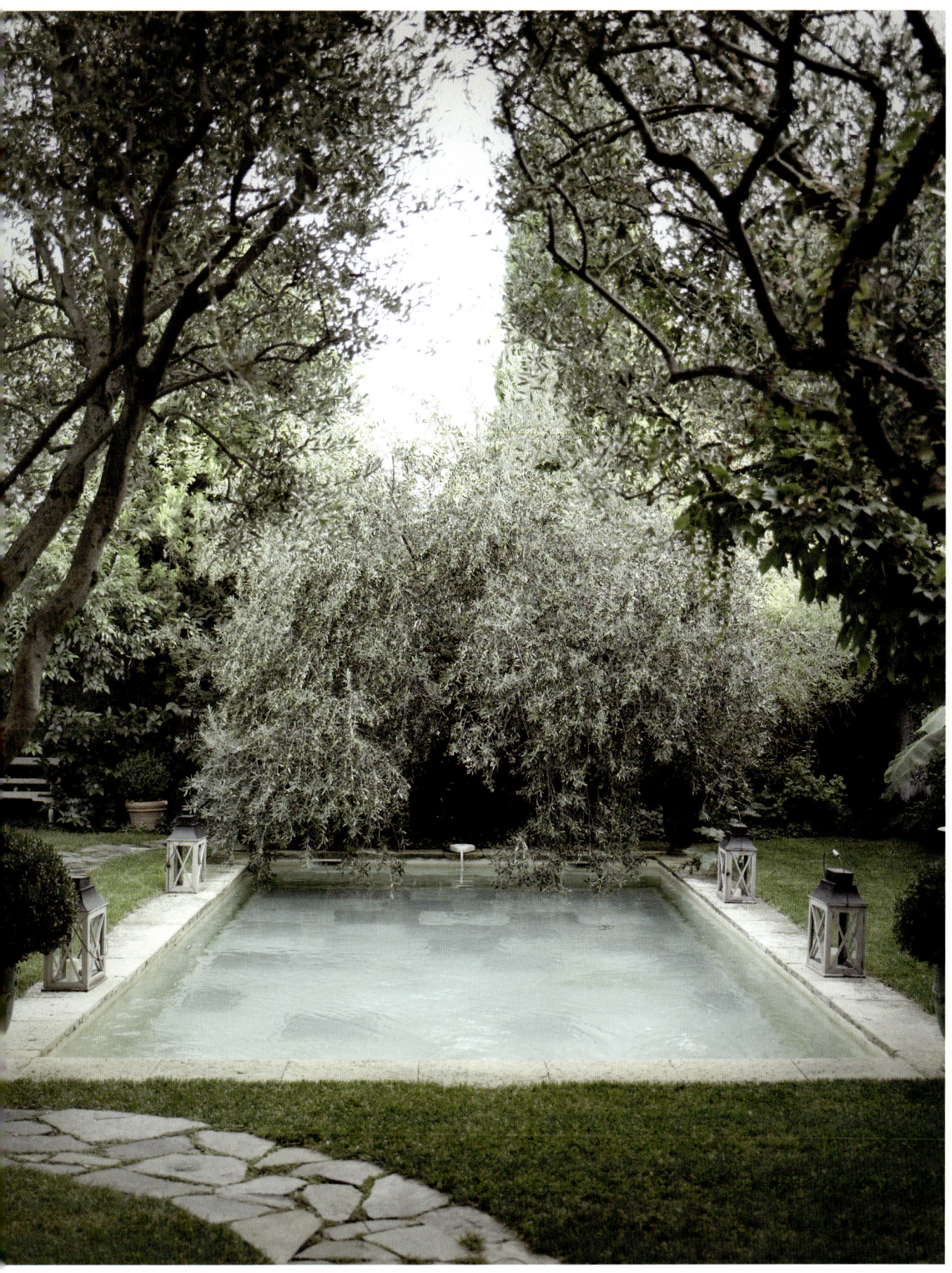

Antoinette Deshoulières

앙투아네트 데줄리에르(1638-1694, 프랑스 시인)

루이 14세 치하에서 호평을 받던 궁중 시인 앙투아네트 데줄리에르는 그녀의 고양이 그리제트Grisette의 이름으로 활발하게 서신 교환을 이어갔다. 애지중지 사랑을 독차지하던 그리제트는 이렇게 해서 비본느Vivonne 공작의 개 코숑Cochon과 수없이 많은 편지를 주고받았는데, 둘 사이의 관계가 어찌나 각별하던지 데줄리에르는 비본느와 코숑의 열정을 주제로 한 희곡 작품을 쓰기도 했다.

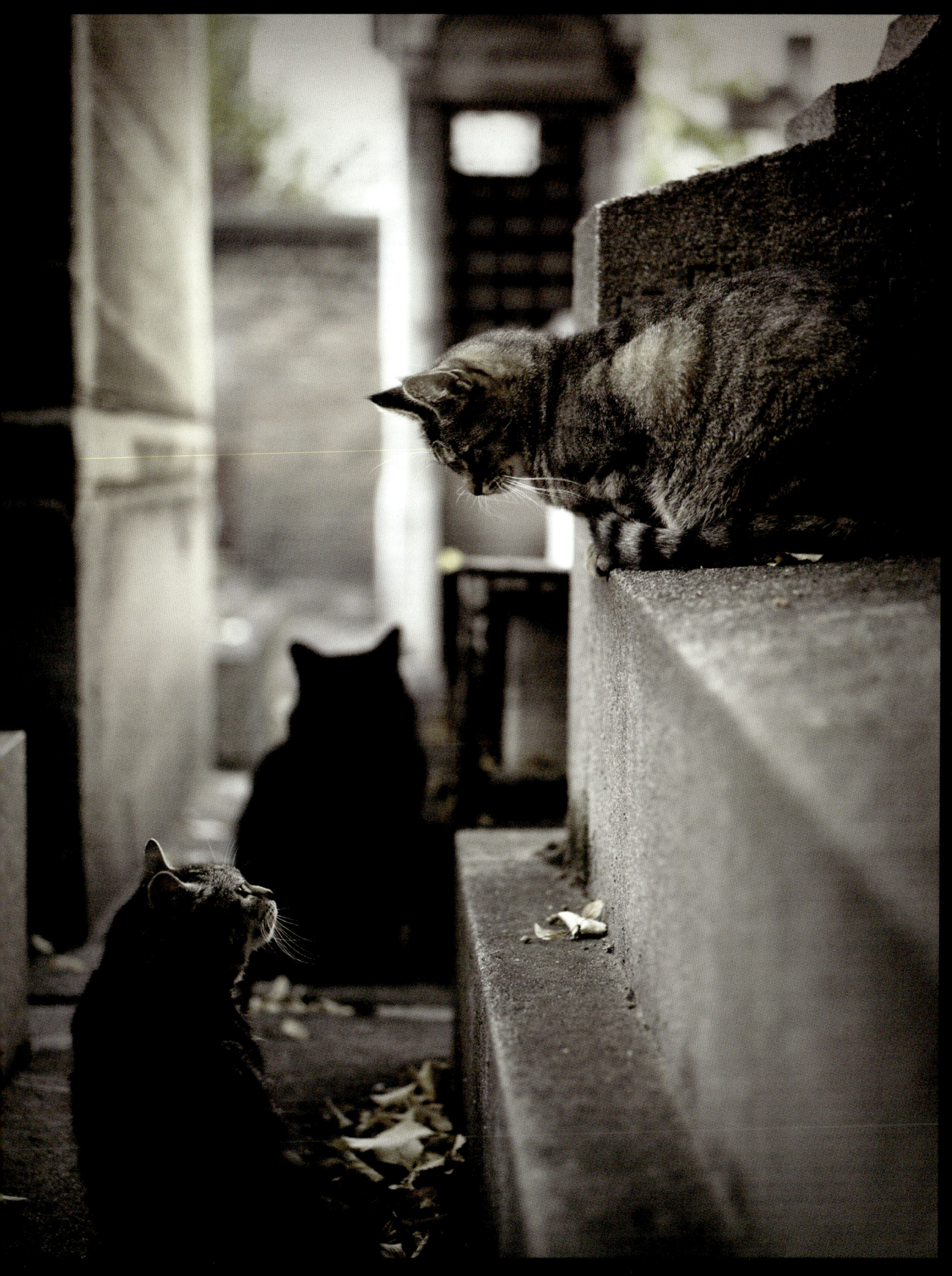

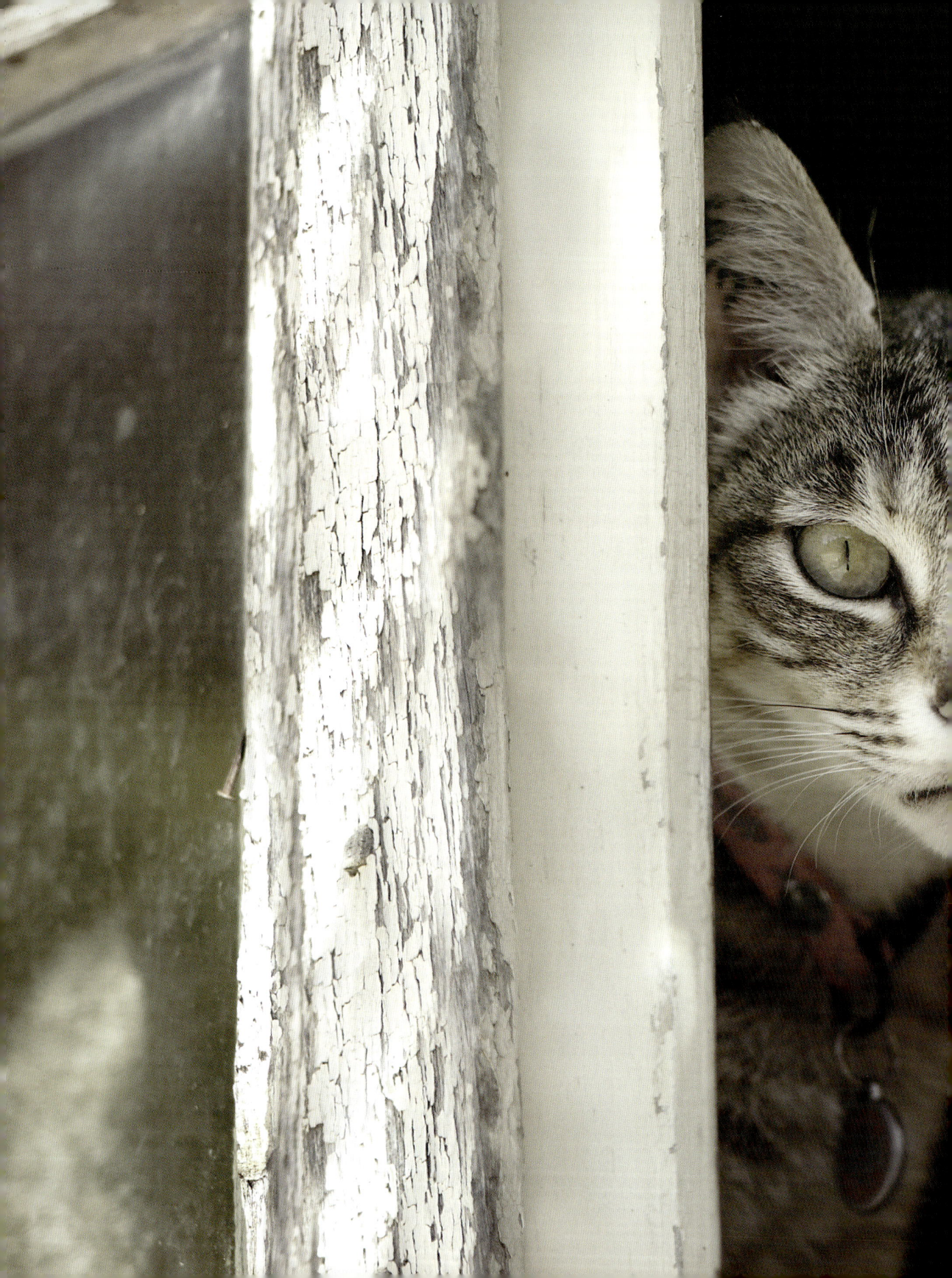

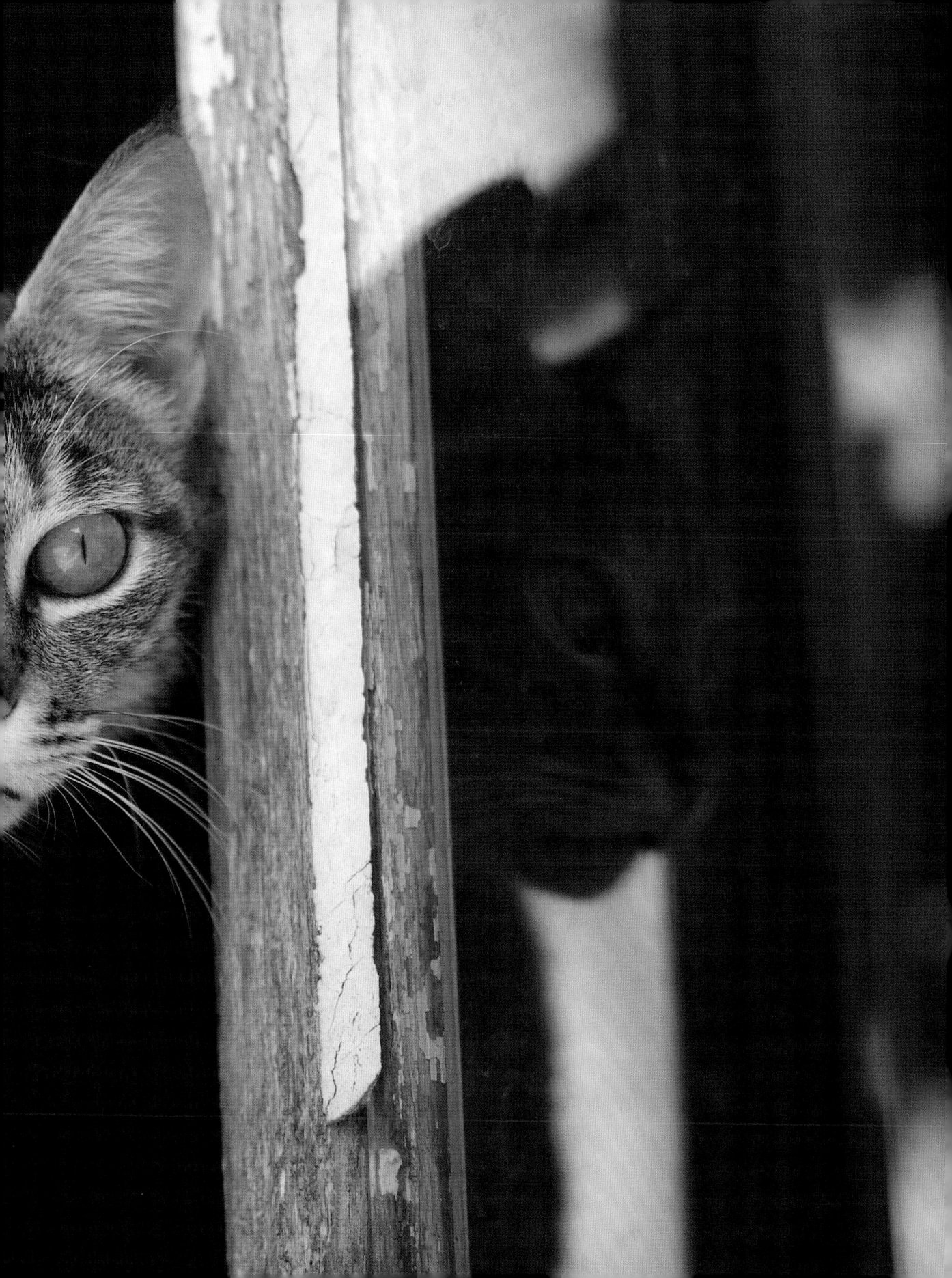

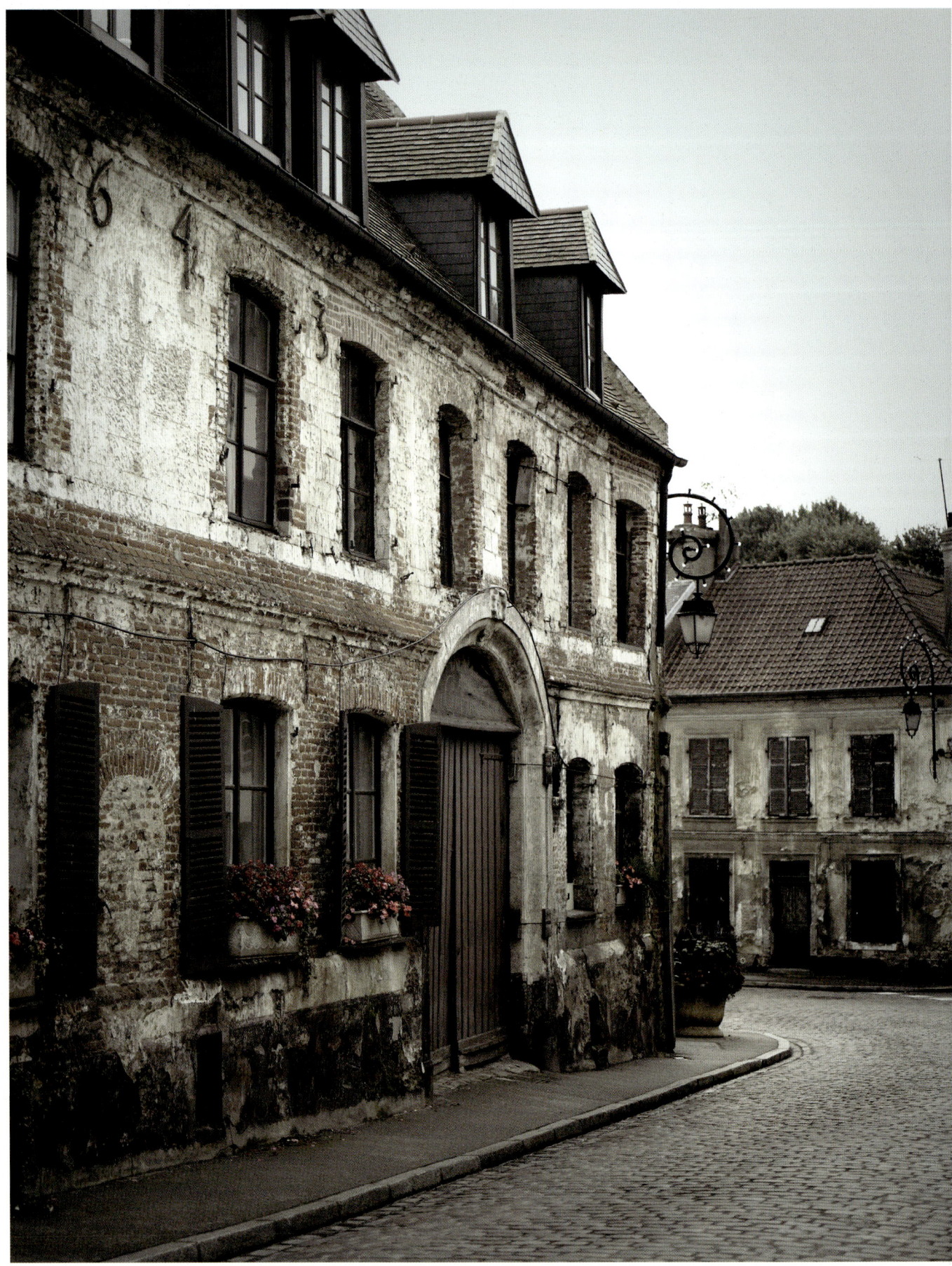

프랑스 시골 마을의 고양이들은 거리를 따라 늘어선 성벽 위에 앉아서 일생의 많은 시간을 보낸다. 옥상에 모습을 드러내기도 하고 창턱 위를 살금살금 걷기도 하며 자신의 적수인, 거리를 배회하는 개들을 거만하게 내려다보기도 한다.

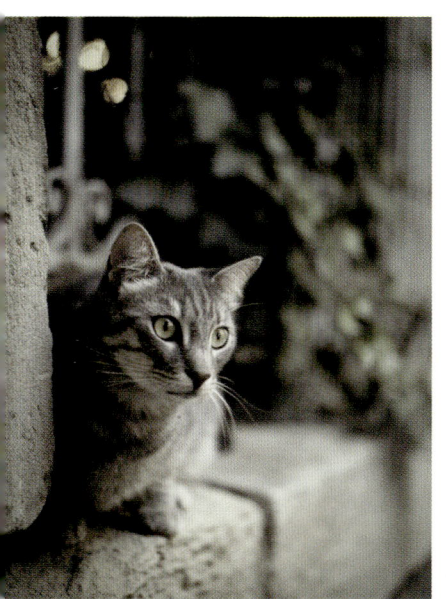
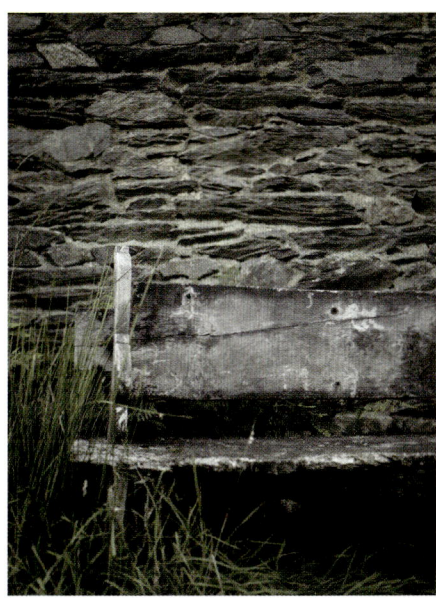
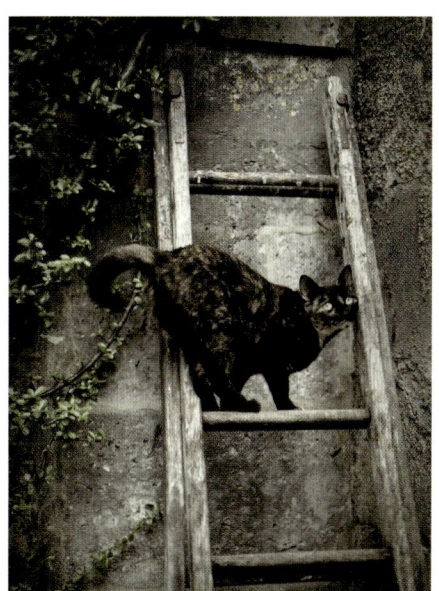
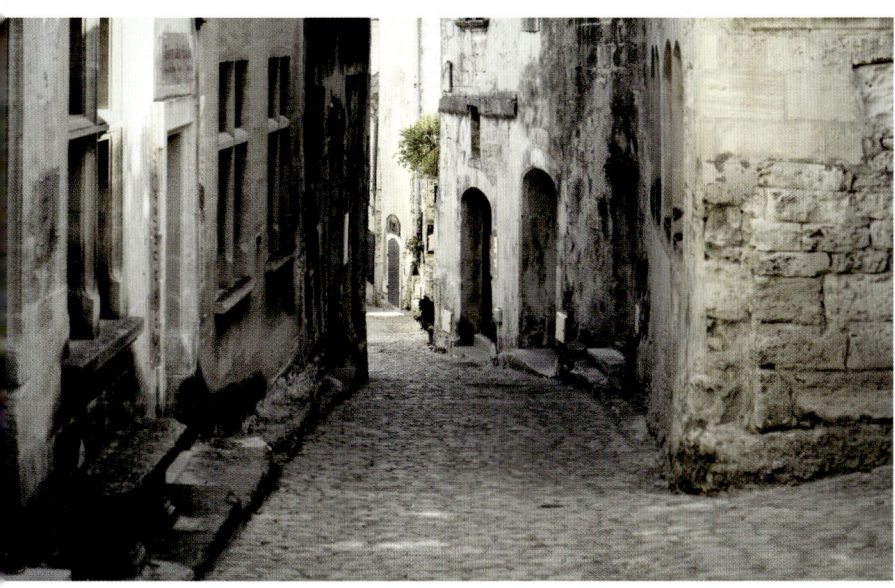
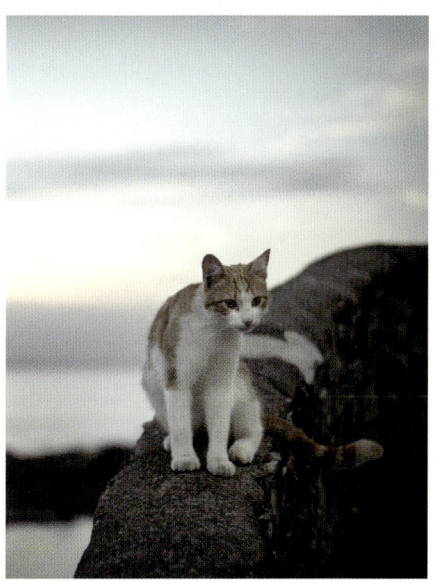

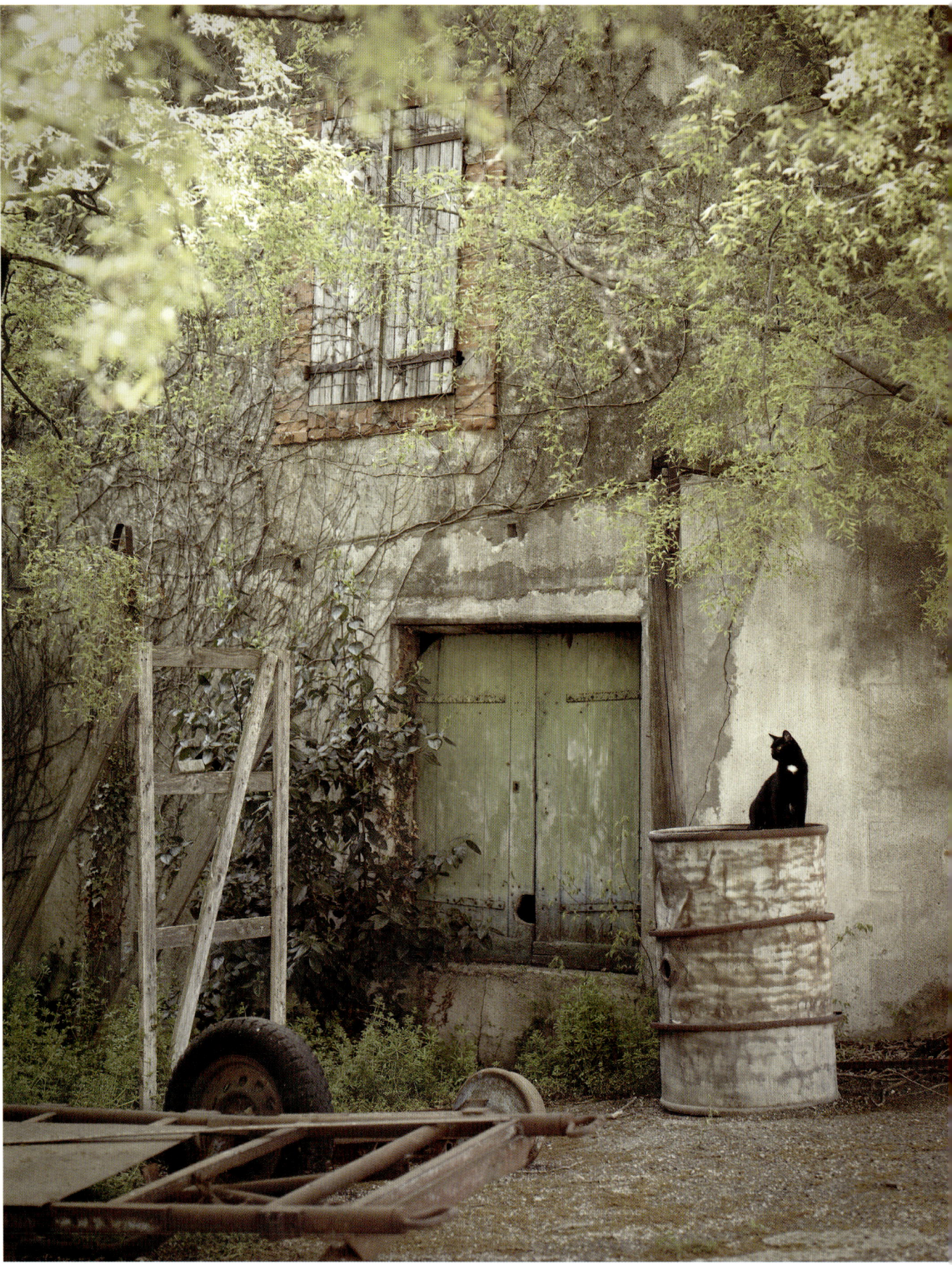

Titus 티튀스

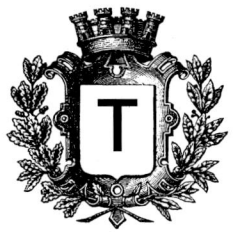

나는 날마다 우리 개 키지^{Kizzie}를 산책시킨 뒤 이 건물 앞을 지났다. 벽은 허물어져 가고 페인트도 벗겨져 있는 건물 앞에는 낡은 드럼통 한 개가 놓여 있었다. 여러 주 동안 지켜본 결과, 나는 이 건물 근처에 사는 고양이가 한 마리도 없음을 확신했다. 그래서 우리 이웃 칼에게 사진 촬영을 위해서 그의 어린 검은 고양이 '티튀스'를 집에서 멀지 않은 이곳에 데리고 올 수 있는지 물었다. 티튀스는 아주 멋지게 작업에 임했으며 조심스럽게 드럼통 위에 앉아 있었다. 하지만 티튀스는 대체 무슨 일이 벌어지고 있는지 어리둥절해하는 것이 틀림없었다. 그리고 칼은 혹시라도 티튀스가 달아날 때를 대비해 드럼통 뒤에 숨어 있었다.

나는 고양이들이 지상에 내려온 영혼이라고 믿는다.
그리고 나는 고양이들이 밑으로 빠지는 일 없이
구름 위를 걸을 수 있을 거라고 확신한다.

I believe cats to be spirits come to earth. A cat, I am sure, could walk on a cloud without coming through.

질 베른
(Jules Verne, 1828 1905, 프랑스 작가)

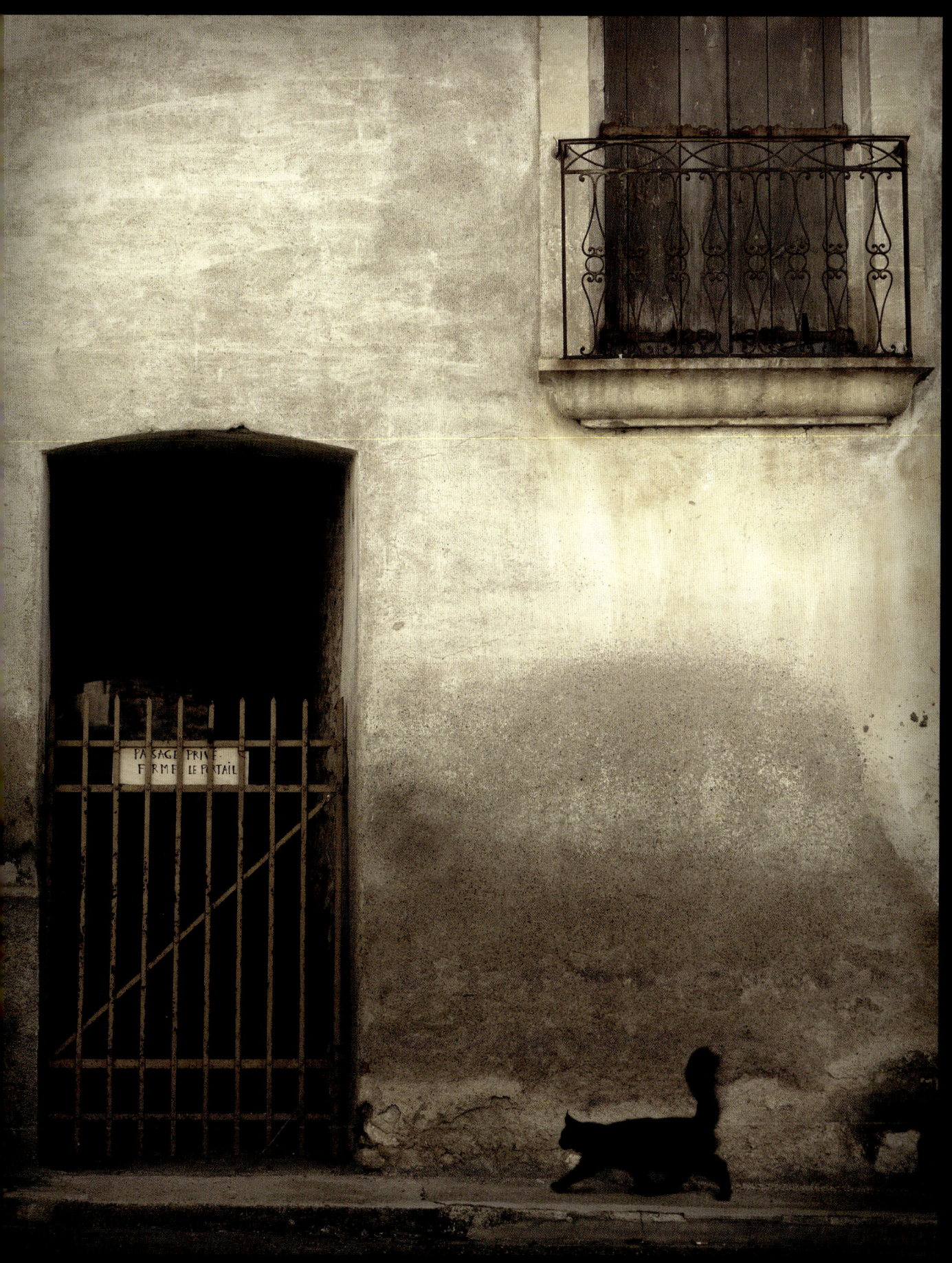

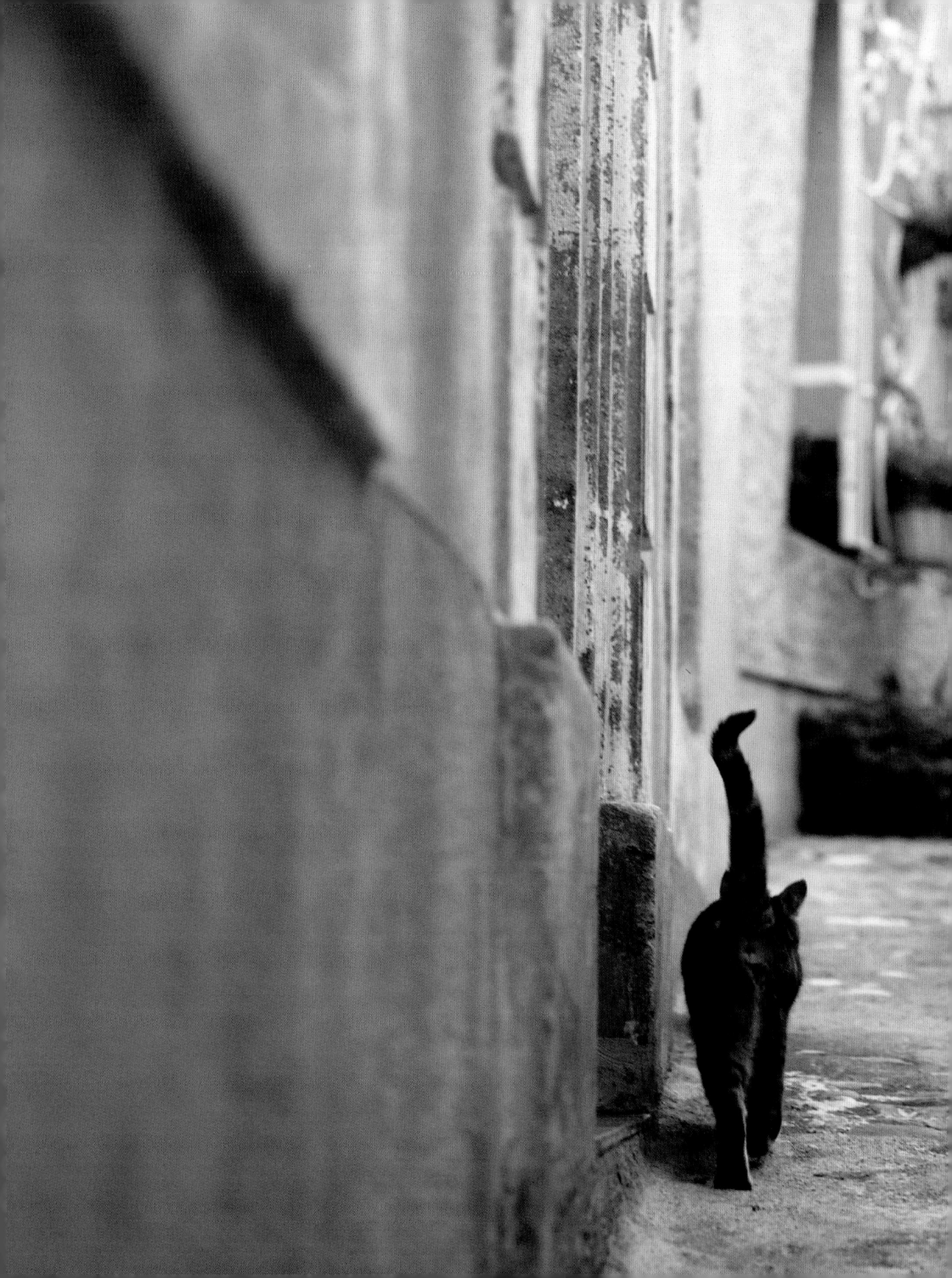

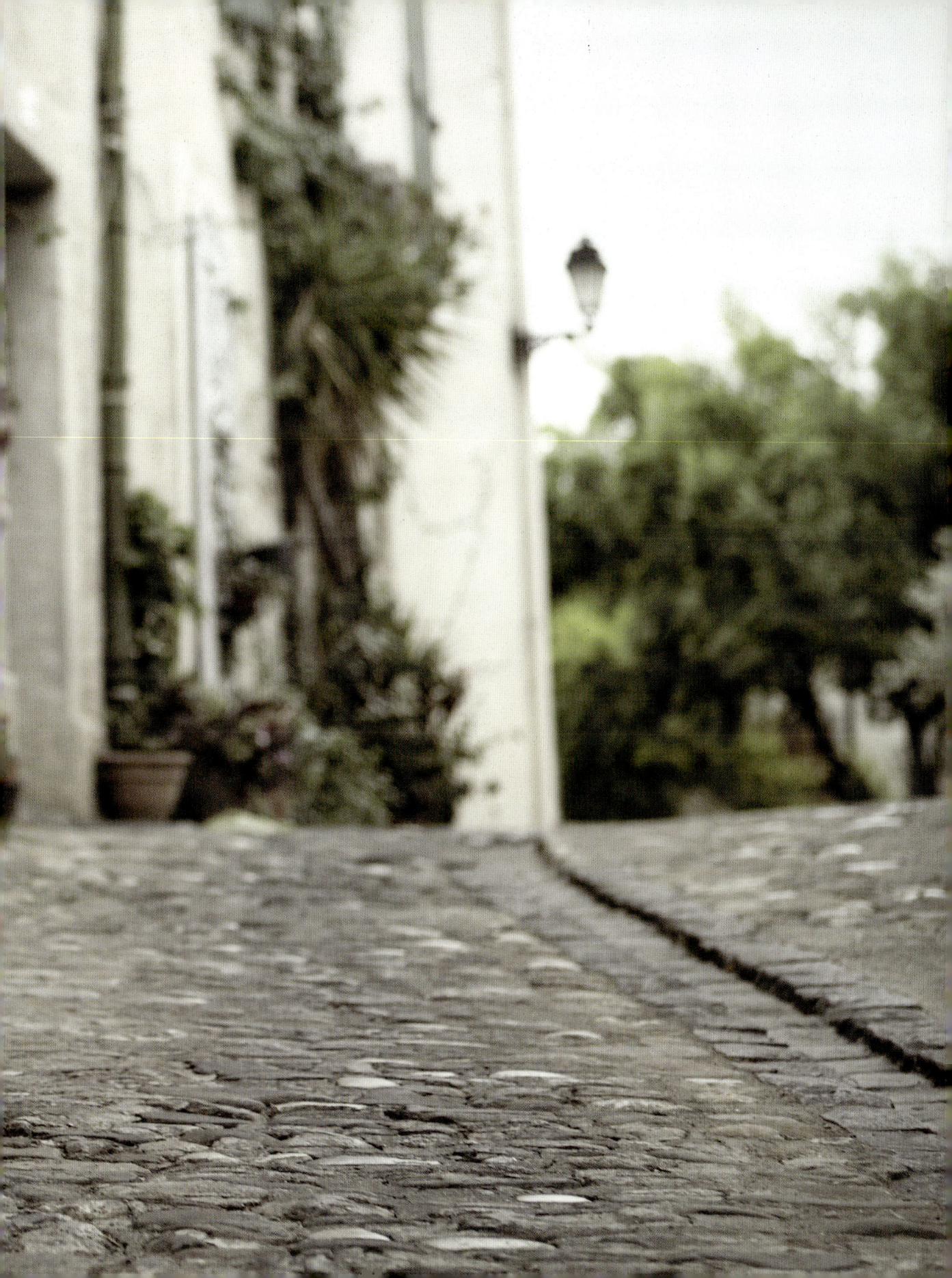

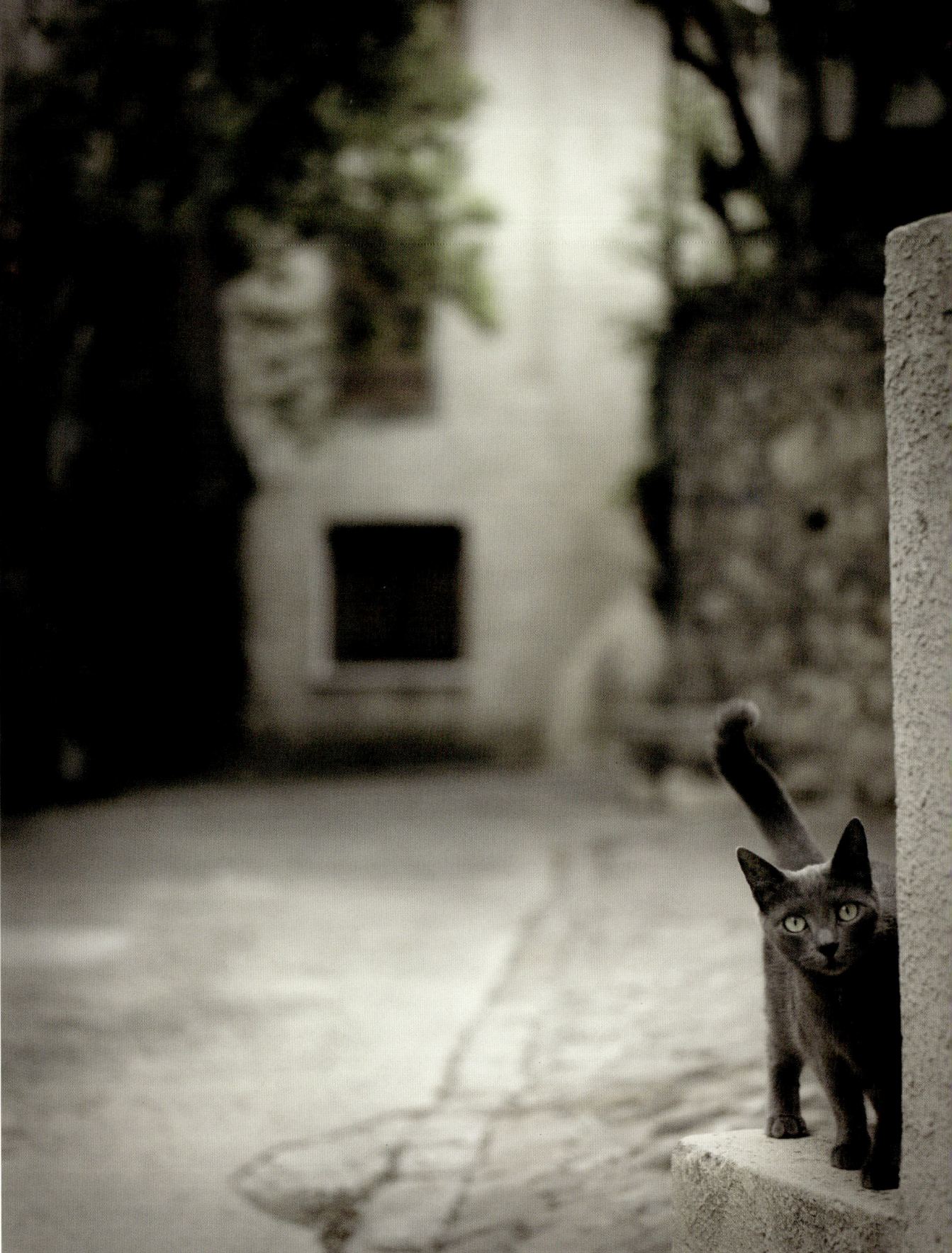

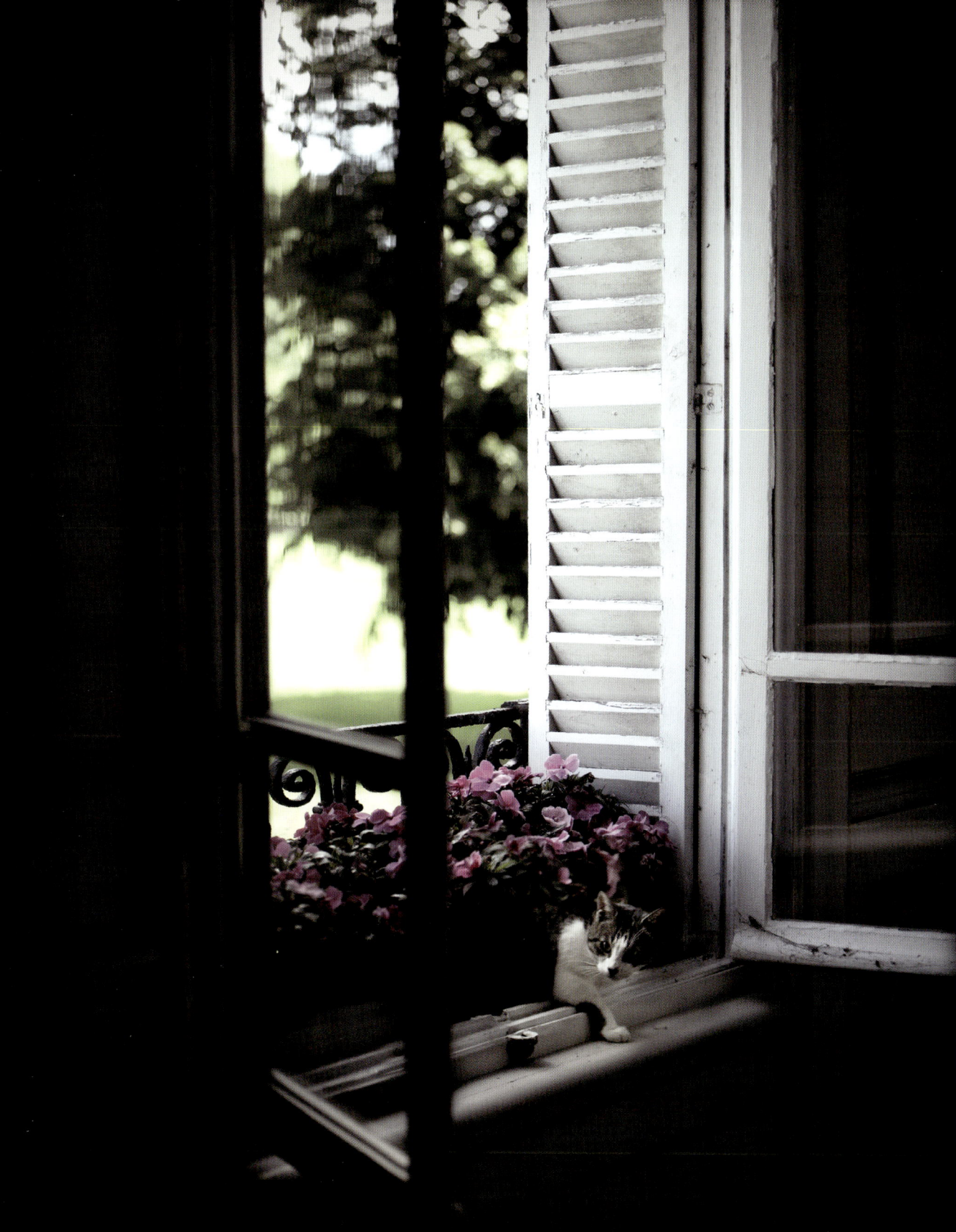

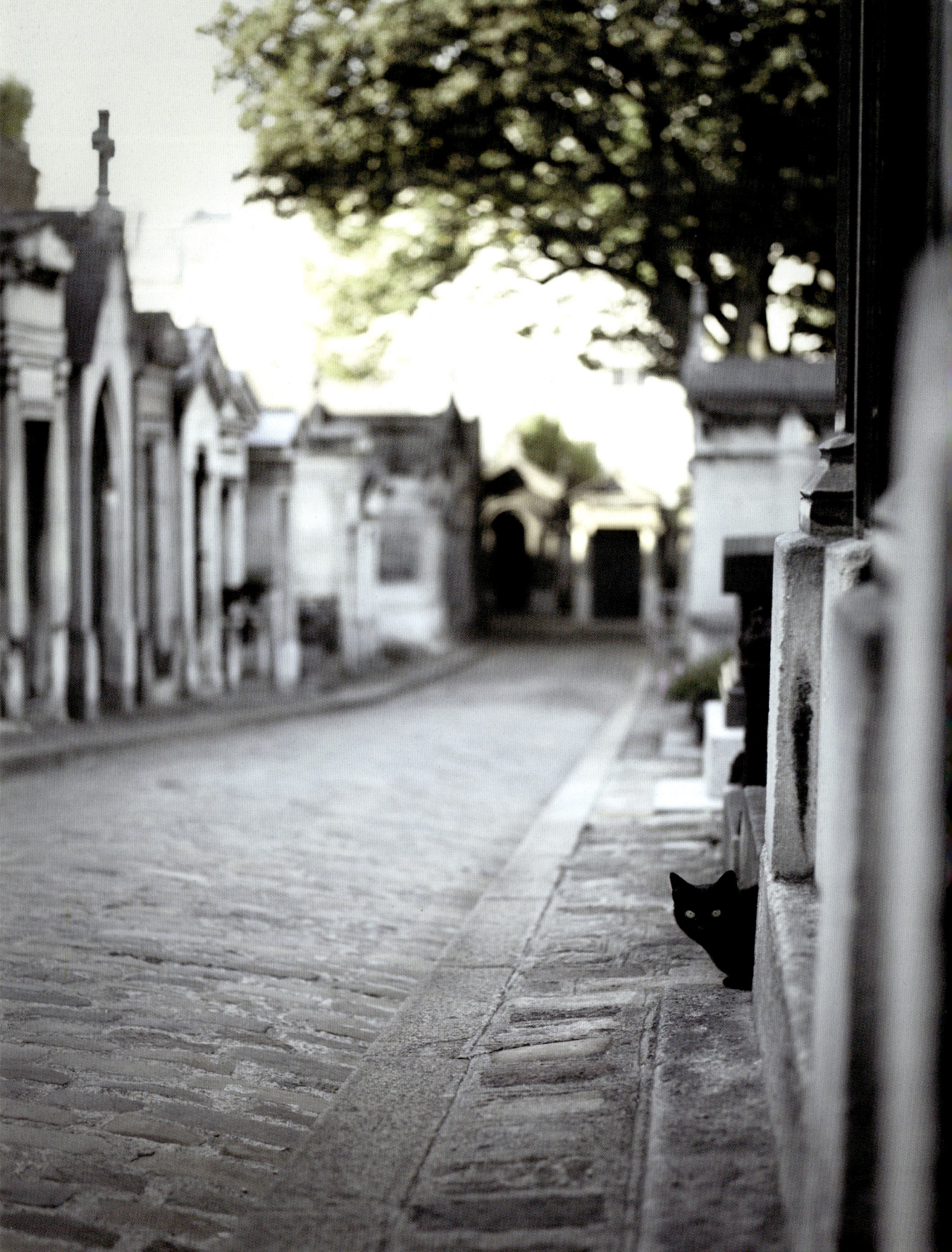

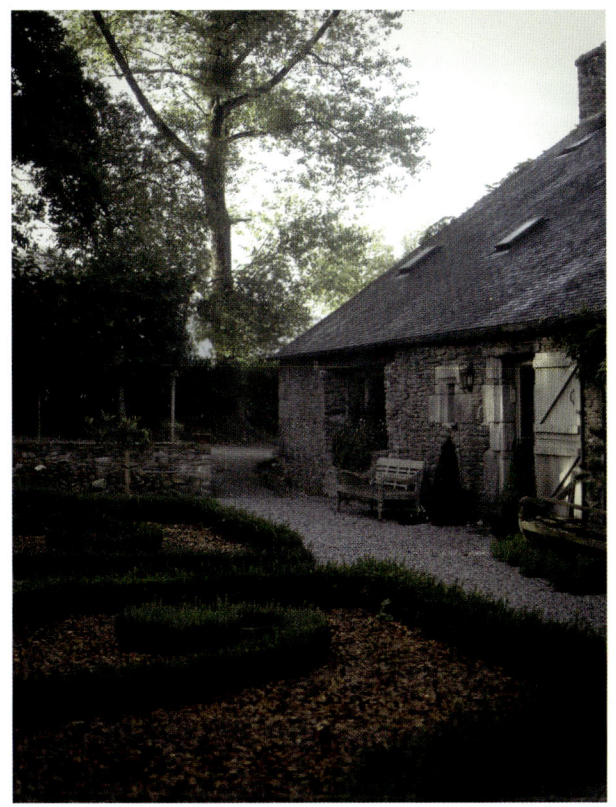
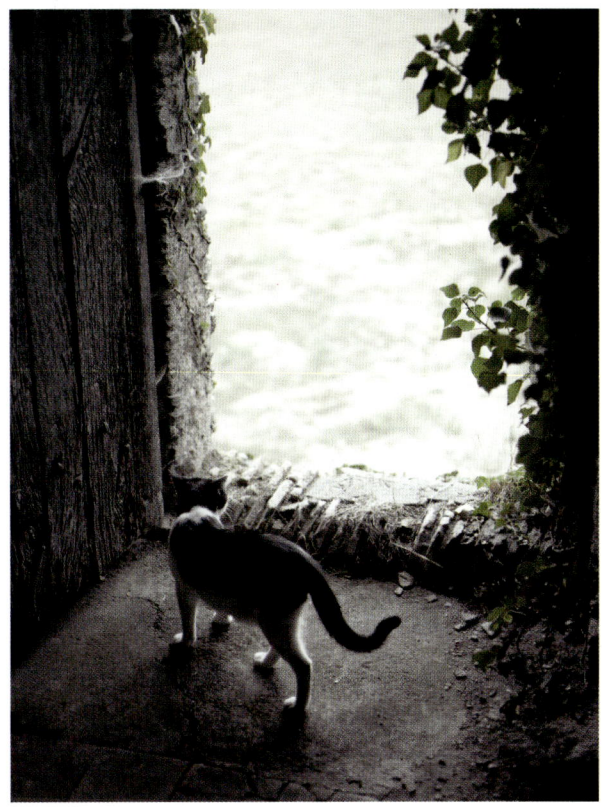

Henri Matisse 앙리 마티스(1869-1954, 프랑스 화가)

마티스의 고양이 '미누슈Minouche'와 '쿠시Coussi'는 방스Vence에 자리 잡은 그의 저택 빌라 르 레브Villa le Rêve에서 살았다. 미누슈의 이마에는 마티스를 뜻하는 'M'자가 있었다고 한다. 미누슈와 쿠시는 마티스에게 삶의 동반자가 되어 주었으며, 특히 마티스가 몸이 쇠약해져 앓아누워 있을 때 그의 곁을 한시도 떠나지 않았다.

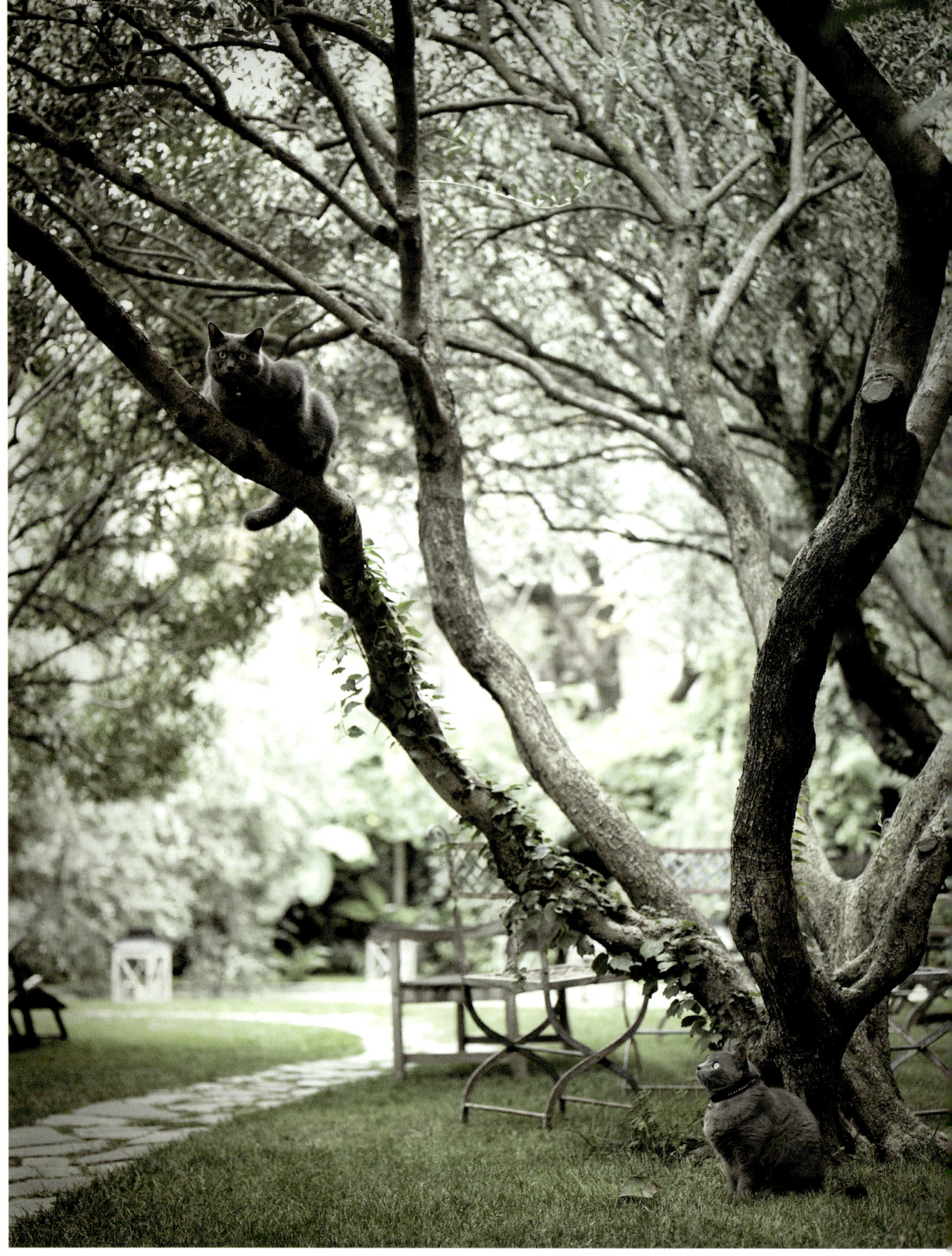

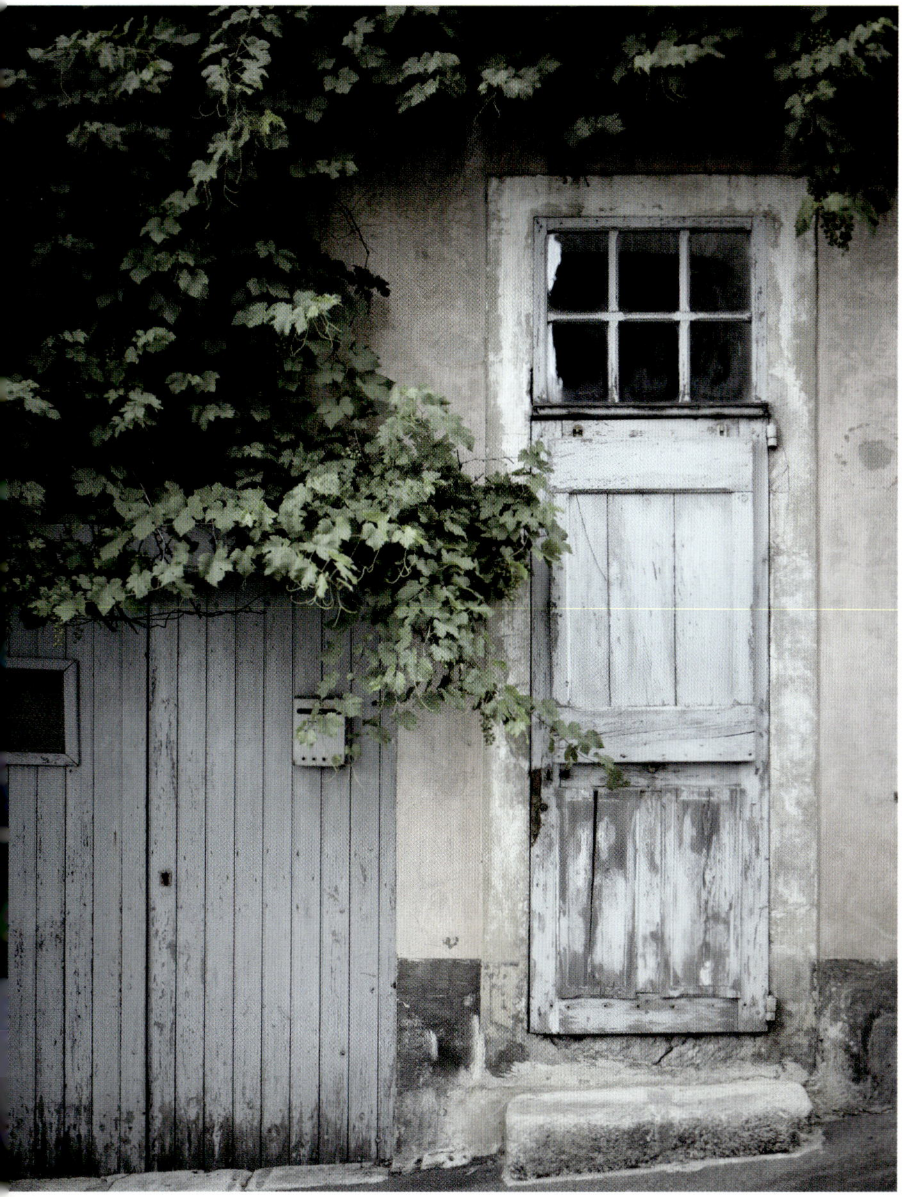

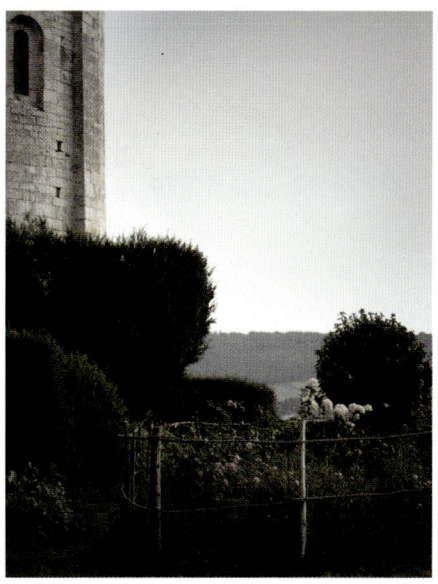
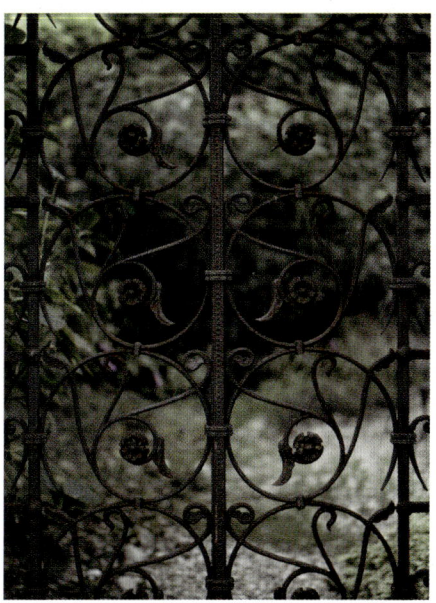
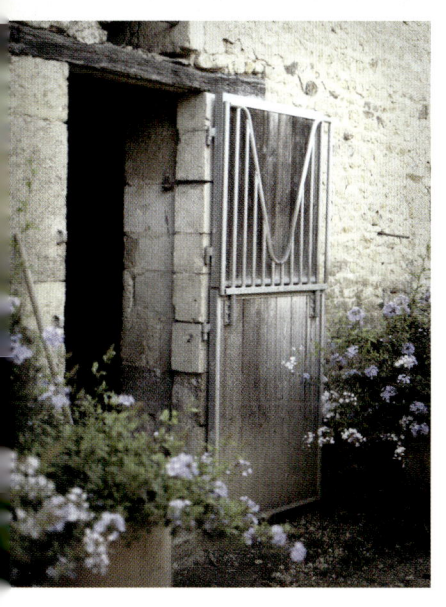
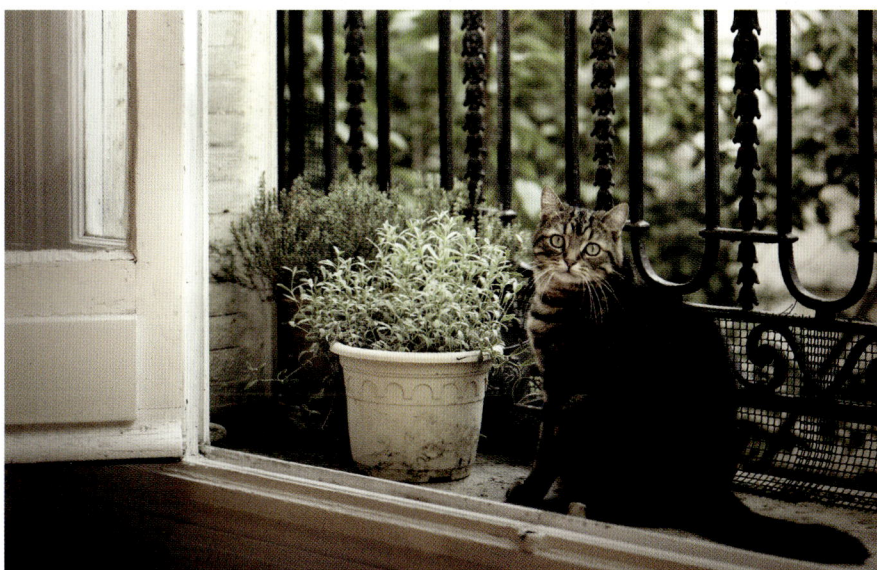

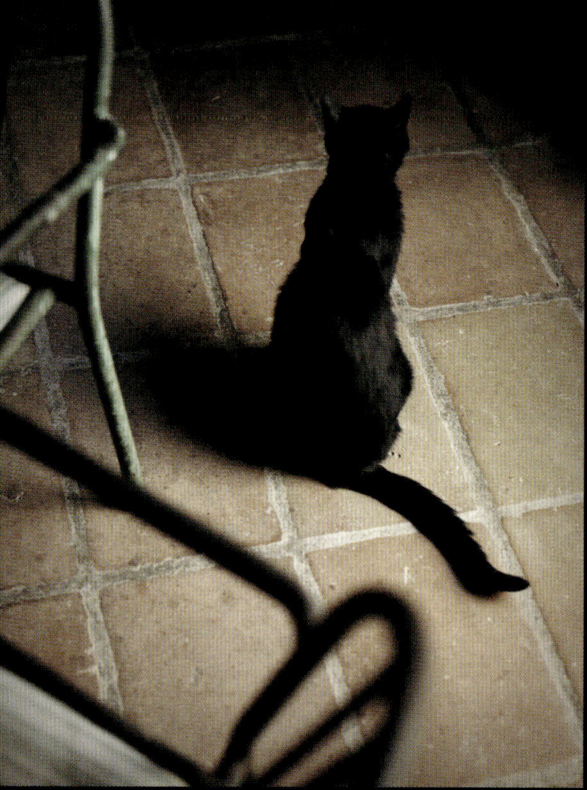

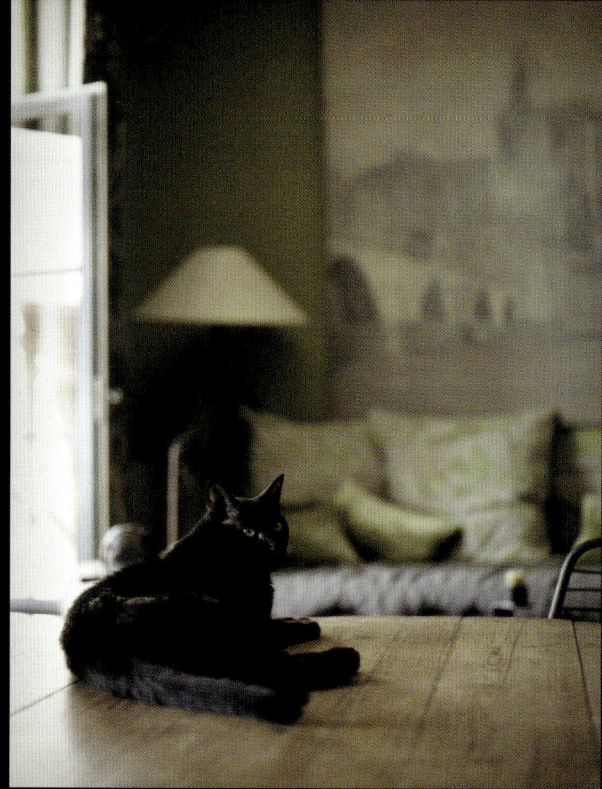

프로방스에서 마주친 가장 상냥한 고양이 중 한 마리인 '부드장Bout d'Zan'은 내가 호텔에 도착했을 때, 호텔 오
랄랑티 뒤리에르Au Ralenti du Lierre의 와인 저장고 뒤편 창고에 편안하게 자리를 잡고 있었다. 나는 부드장의 아
침잠을 방해했고, 잠에서 깬 부드장은 더할 수 없이 훌륭한 모델이 되어 주었다. 부드장은 심지어 으스대듯 기
다란 의자 위로 펄쩍 뛰어오르기도 했고, 부엌 싱크대에 고인 물을 마시기도 했다. "원래 저기에 올라가면 안
되는데요." 고르드Gordes에서 멀지 않은 시골 마을 레보메트Les Beaumettes에서 멋진 B&B(Bed & Breakfast의 약자. 토속
적으로 운영되는 숙박 양식으로, 아침 식사를 제공하고 가정적인 분위기를 선사한다-역주)를 운영하고 있는 친절한 티에리 씨는 껄
껄 웃으면서 이렇게 말했다.

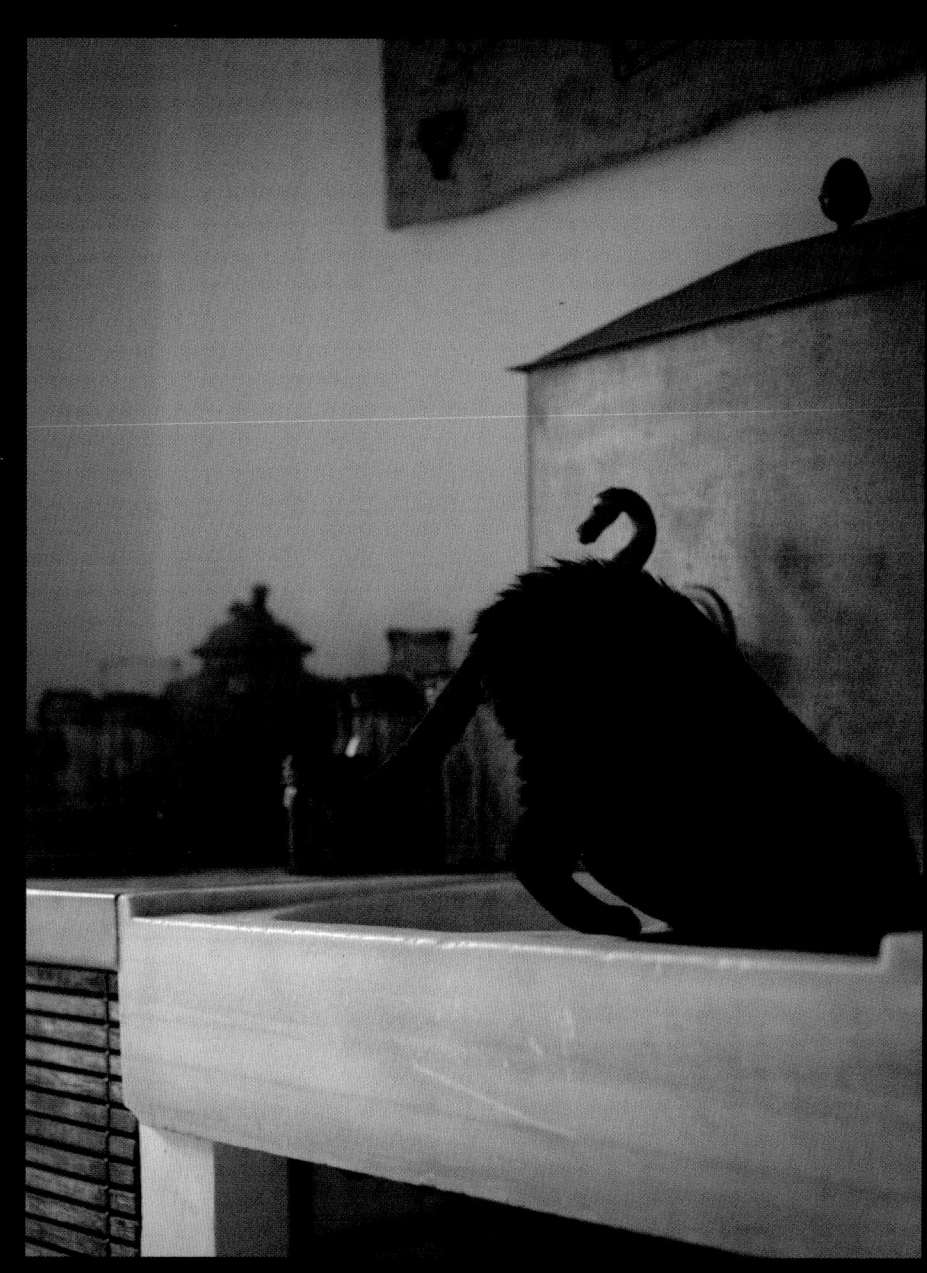

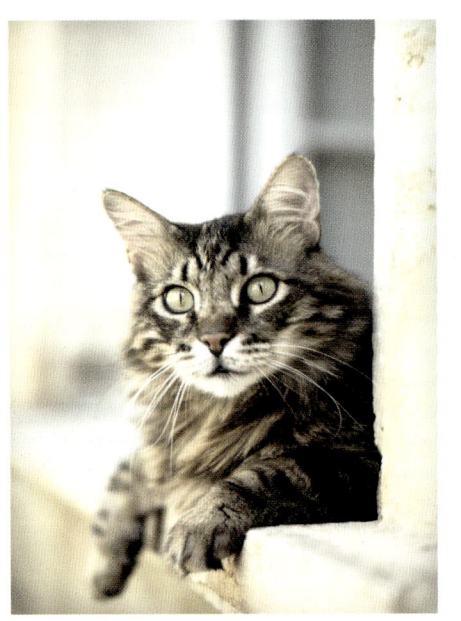
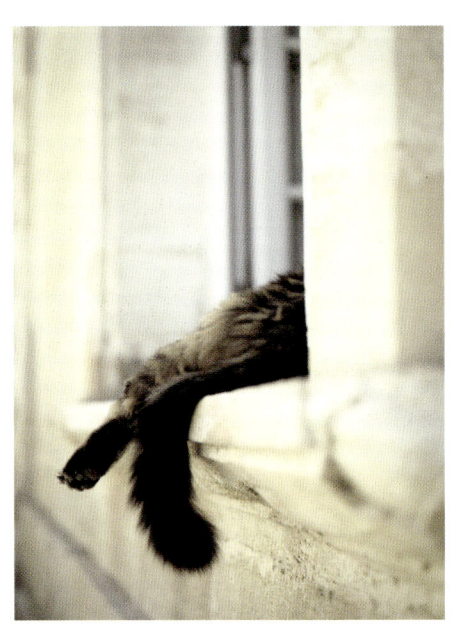
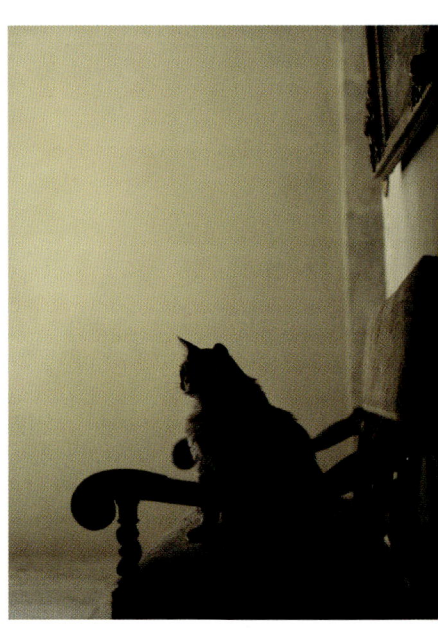

주위를 에워싼 건물만큼이나 위풍당당한 '에르퀼르'는 완벽한 연기자임을 증명했다. 프로방스 지방의 종키에르 외곽에 위치한 웅장한 보르갸르 성에서 에르퀼르를 촬영하는 것은 정말로 행복한 일이었다. 에르퀼르는 성에서 기르는 잭 러셀 테리어 형제에게 쫓길 것이 분명한 정원에서는 조심스럽게 걸어 다녔지만, 건물 안에서는 우아한 모습으로 돌아다녔다. 에르퀼르는 특히 저 아래 정원에서 벌어지는 일들을 지켜볼 수 있는 창턱에서 몸소 하나의 장식품이 되는 것을 즐겼다.

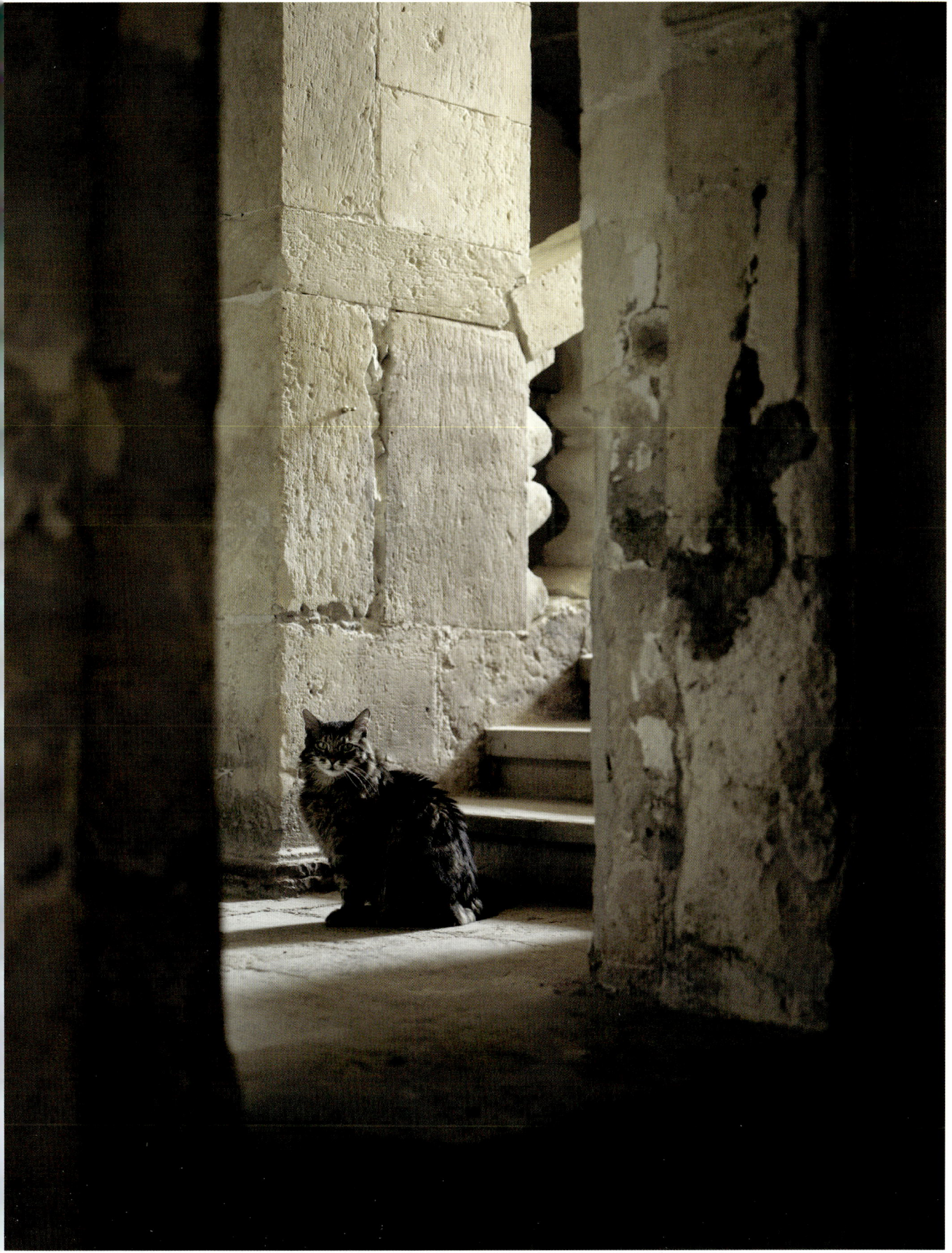

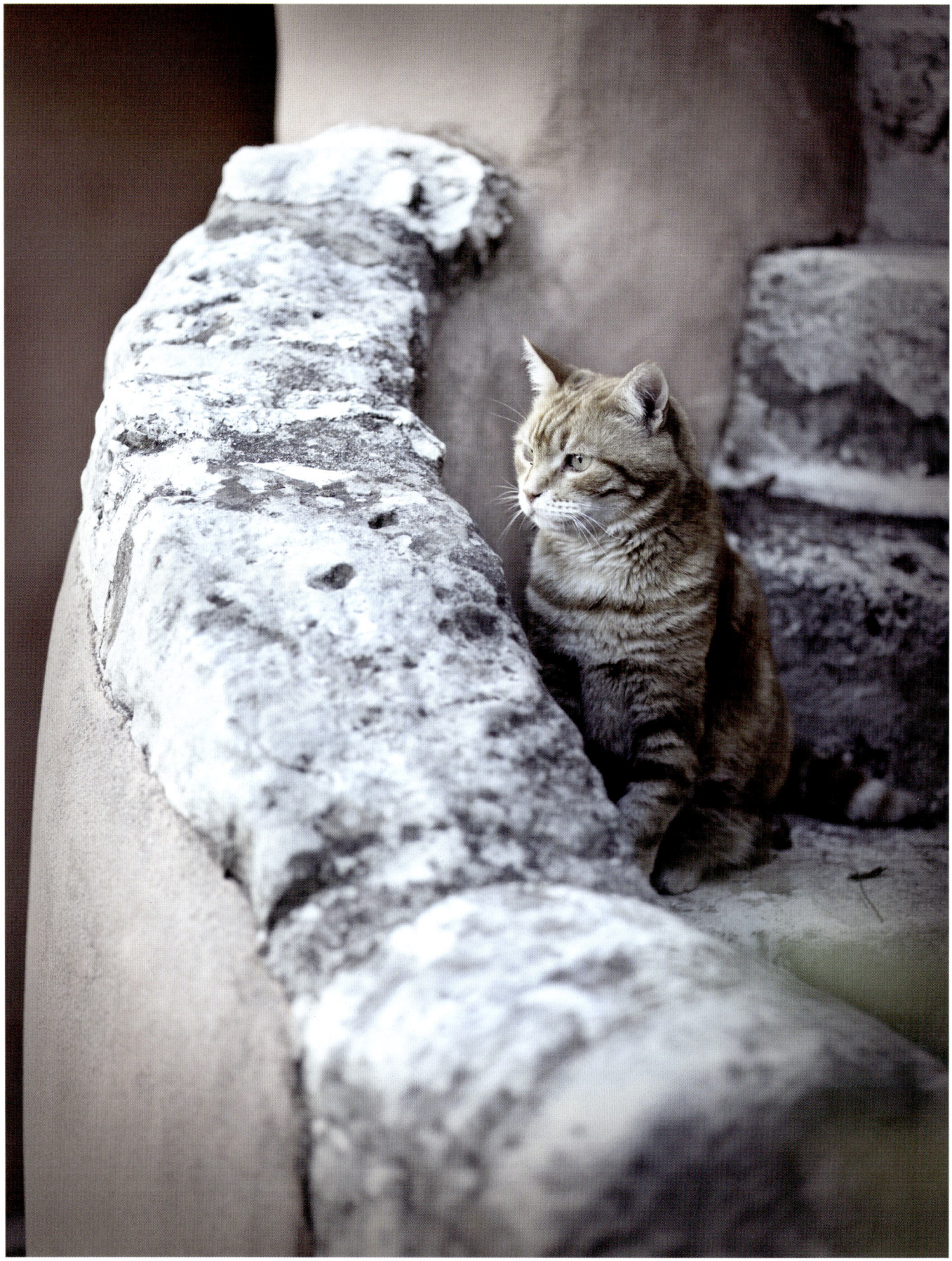

Persian of Ventabren 방타브랑의 페르시안고양이

페르시안 고양이 한 마리가 방타브랑의 마을 광장에서 벌어지는 일들을 지켜보기에
더없이 좋은 자리를 차지하고 있었다. 나는 저녁 어스름 속에서 이 고양이를 발견했다.
마을 사람들은 개를 산책시키거나 가까운 곳에 위치한 인기 있는 식당에 가기 위해서
밖에 나와 있었다. 내가 하고 있는 작업에 호기심을 느낀 한 부부가 걸음을 멈추더니
페르시안 고양이를 구경하기 시작했다. "가필드를 닮았네요." 남자가 고양이의 모습을
카메라에 담고 있는 내게 말했다. 그의 말은 옳았다. 연한 적갈색을 띤 커다란 페르시안
고양이는 정말로 가필드와 닮아 있었다.

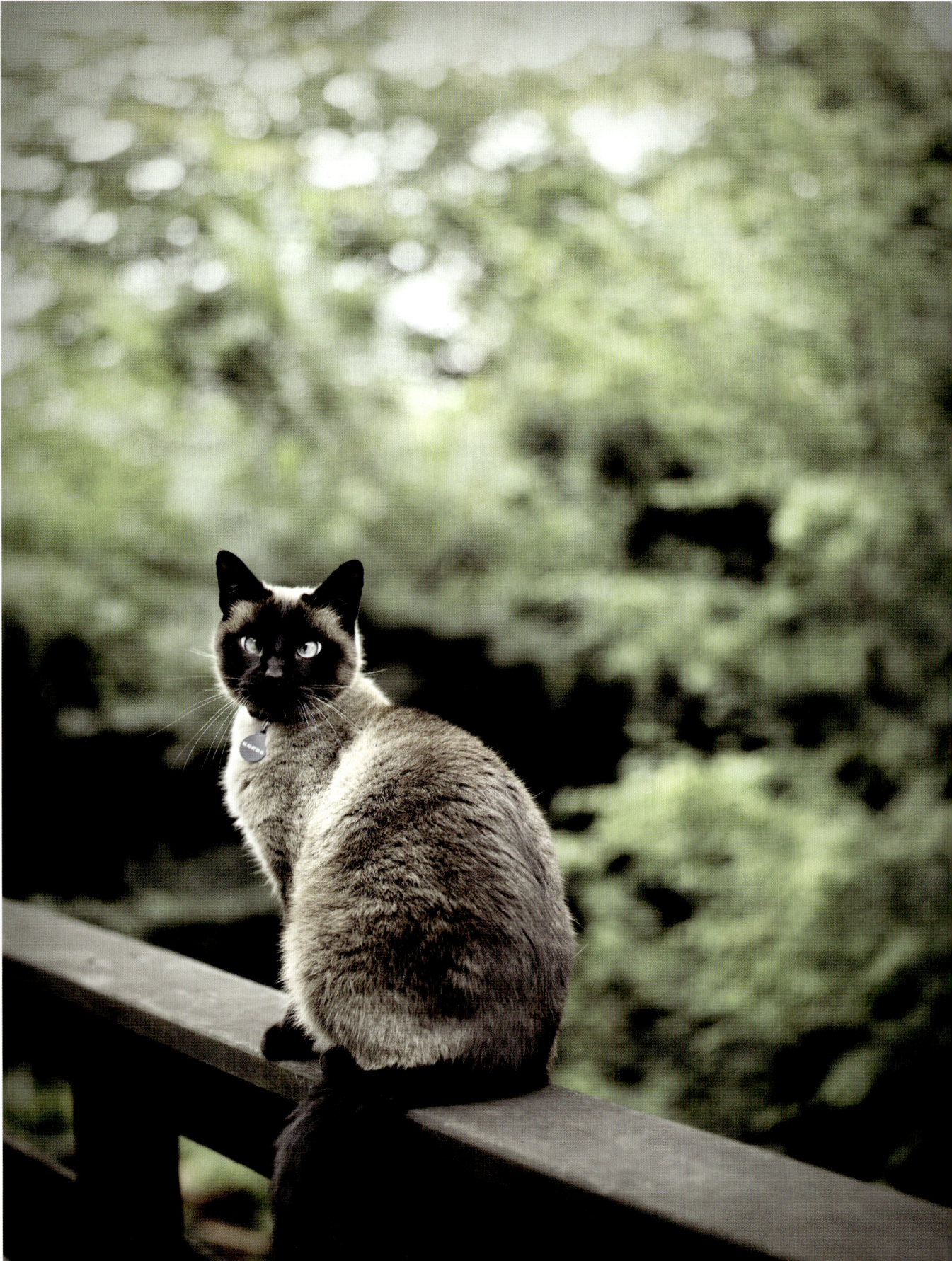

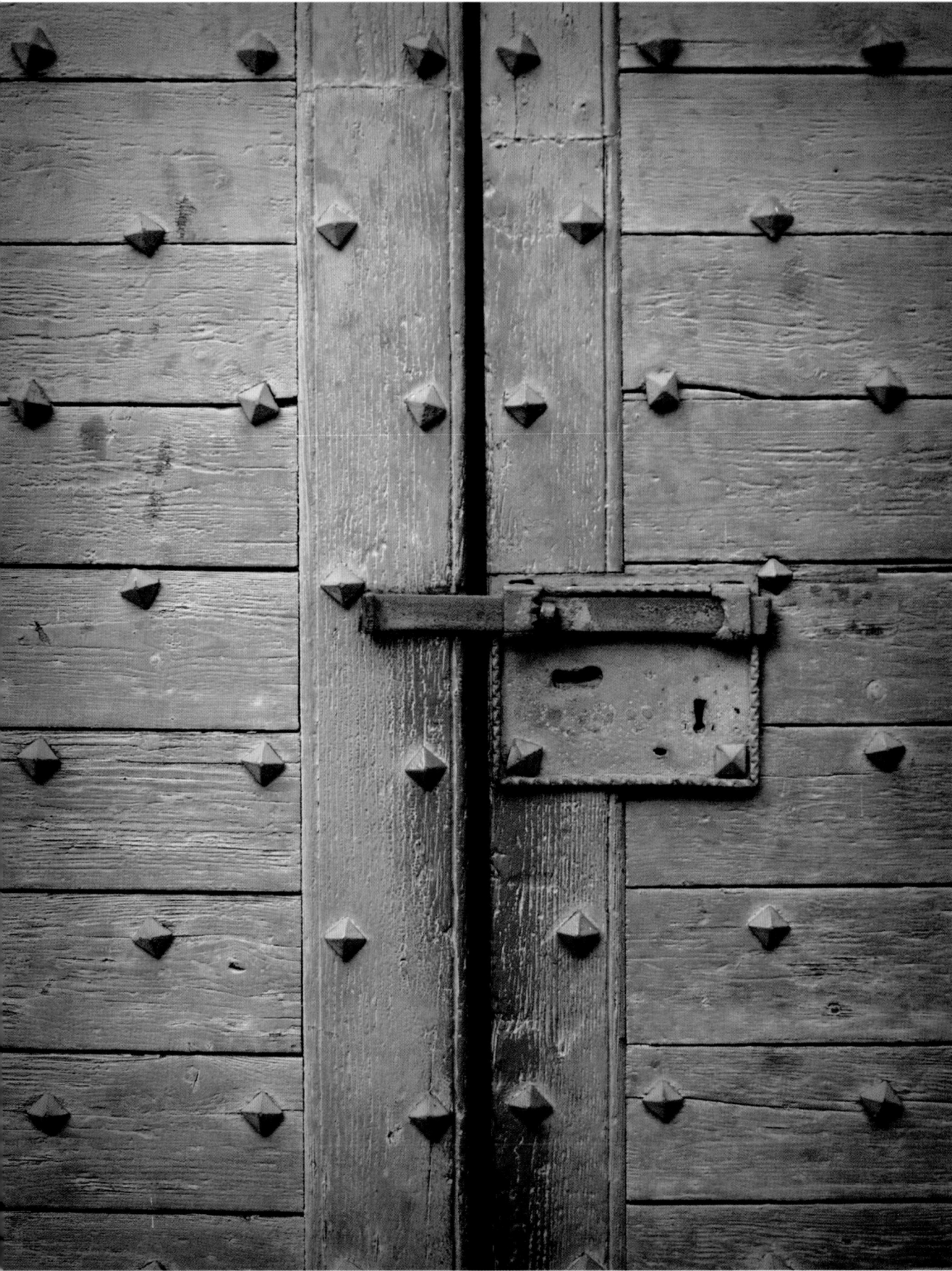

다른 모든 동물들은 지치고 탈진한 모습으로 쓰러져 잠을 잔다.
자연은 시인들이 사실과 그다지 큰 괴리 없이
명상과 몽상으로 묘사할 만한 잠을 잘 수 있는 특권을
오로지 고양이에게만 부여했다.

All other animals when they sleep lie in attitudes of prostration
and fatigue. To the cat alone Nature vouchsafed
the privilege of such sleep as the poets,
without doing too great a violence to reality,
might describe as meditation and reverie.

마리우스 바숑
(Marius Vachon, 사학자이자 미술 평론가, 19세기 후반/20세기 초반)

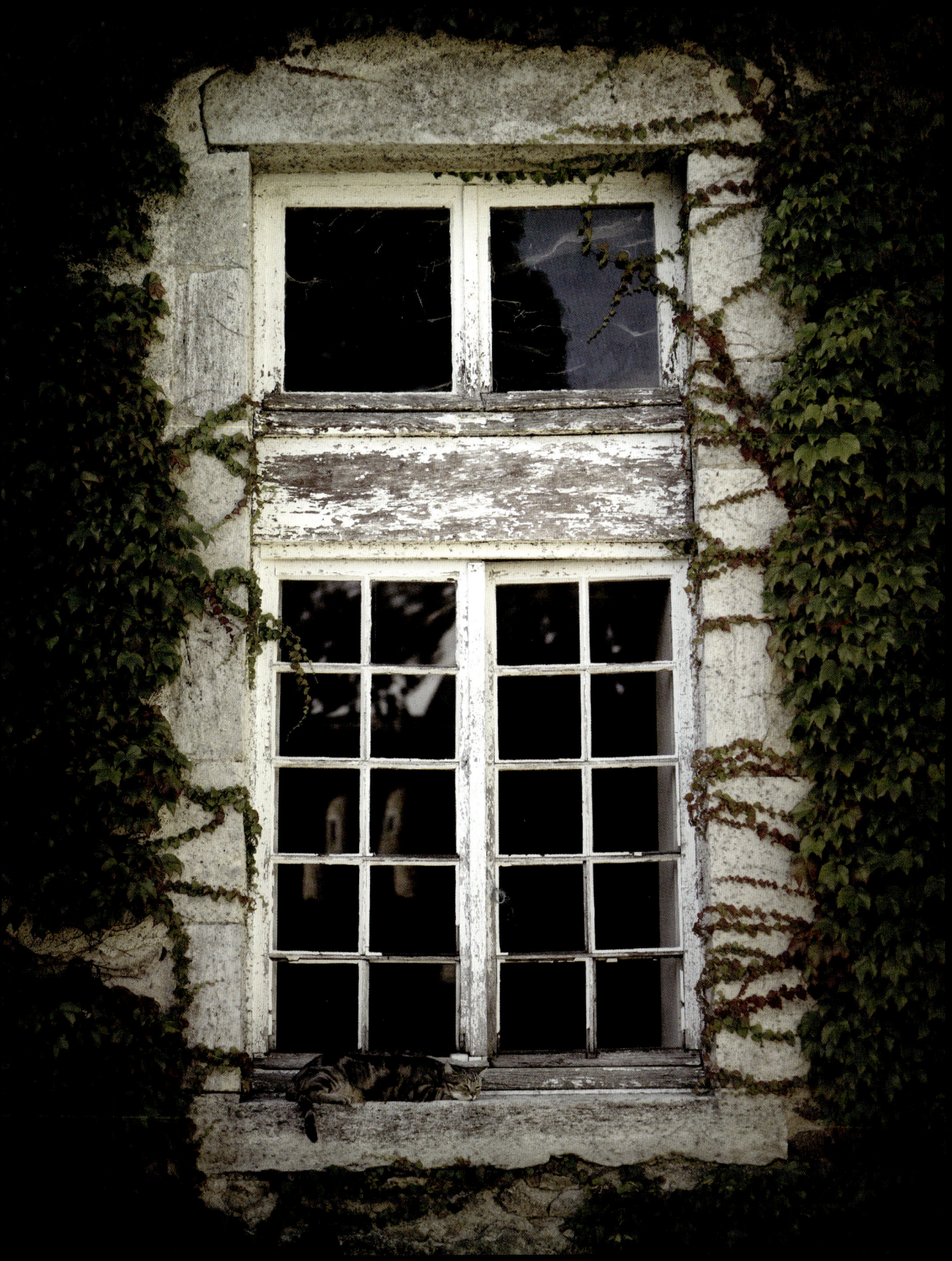

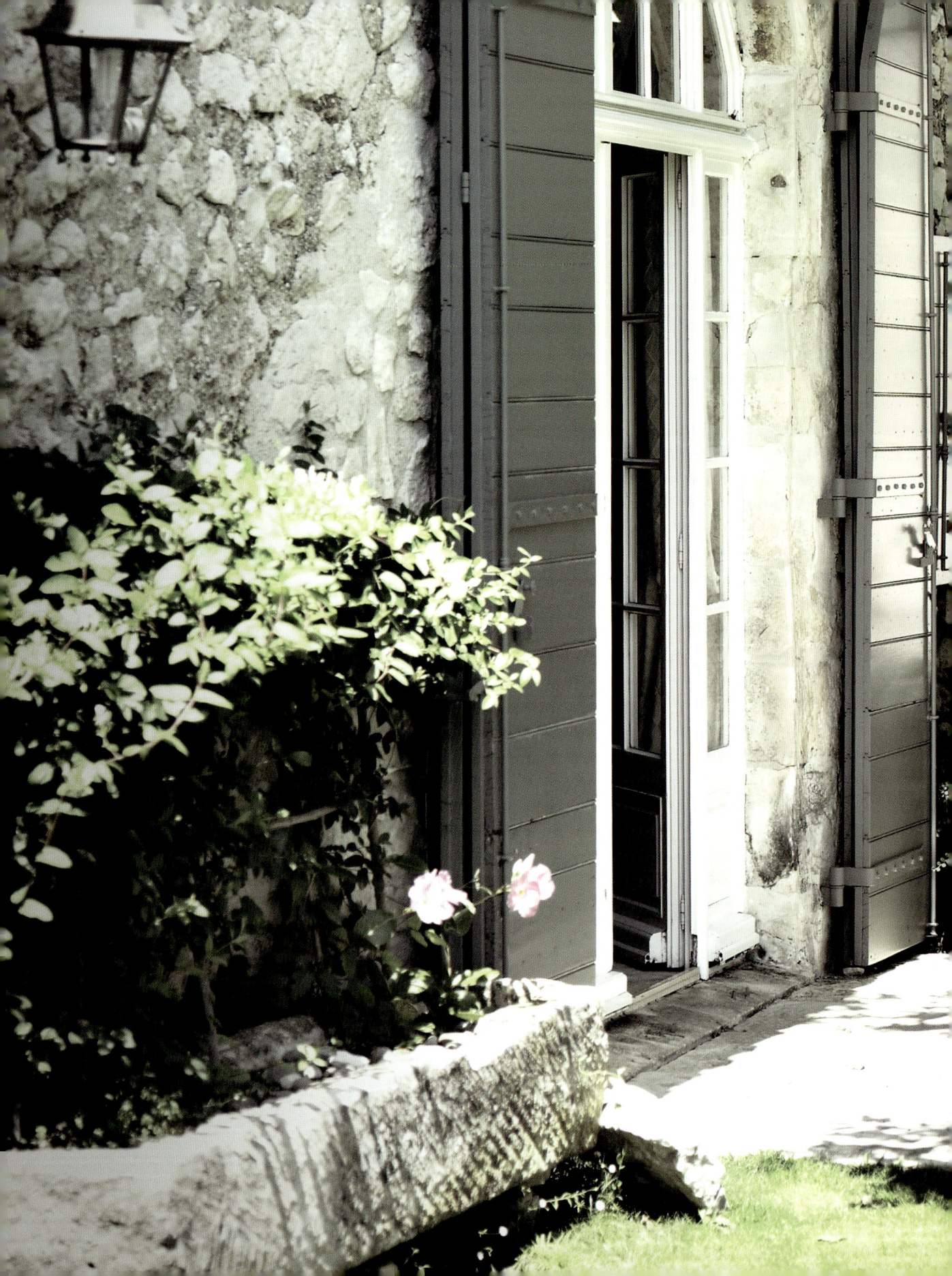

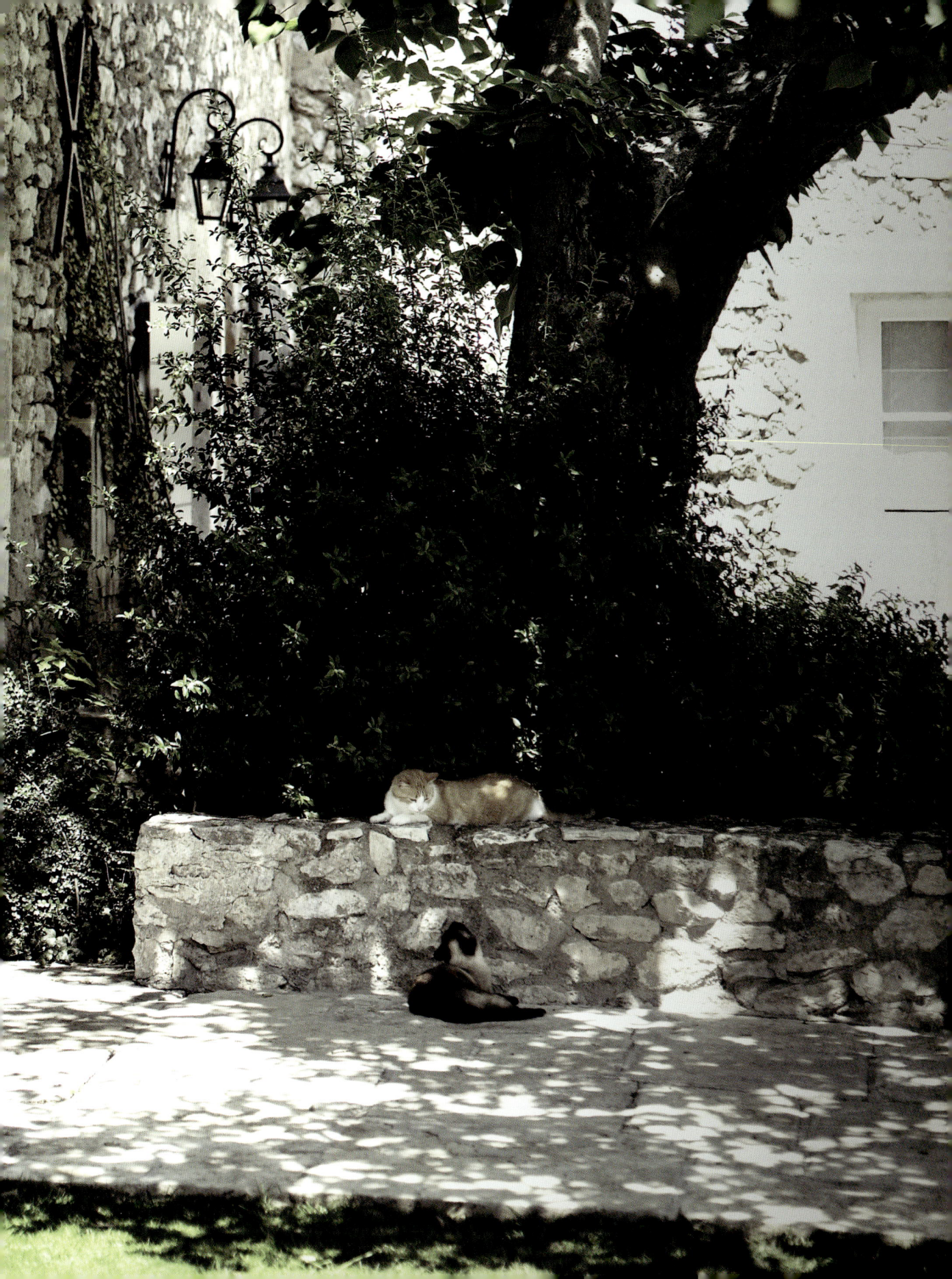

프랑스 작가들은 부드러우면서도 독립심이 강한 이 작은 반려동물을
맹목적으로 숭배했다. 19세기 파리에서 활약하던 저명한 작가 중에서
기다란 털을 가진 아름다운 페르시안 고양이들에 둘러싸여 지내지 않은 사람은
거의 없었다. 프로스페르 메리메Prosper Méimée, 테오필 고티에, 빅토르 위고,
샤를르 보들레르, 폴 드 콕Paul de Kock, 앙드레 퇴리에AndréTheuriet 에밀 졸라Émile Zola,
조리스 카를 위스망스Joris Karl Huysmans, 쥘르 르메트르Jules Lemaitre, 피에르 로티Pierre Loti,
옥타브 미르보Octave Mirbeau 그리고 아나톨 프랑스Anatole France,
이들 모두는 고양이를 사랑했다.

칼 반 베흐텐
(Carl Van Vechten, 1880-1964, 미국 작가이자 사진가)
《집 안의 호랑이(The Tiger in the House)》에서 발췌, 1922

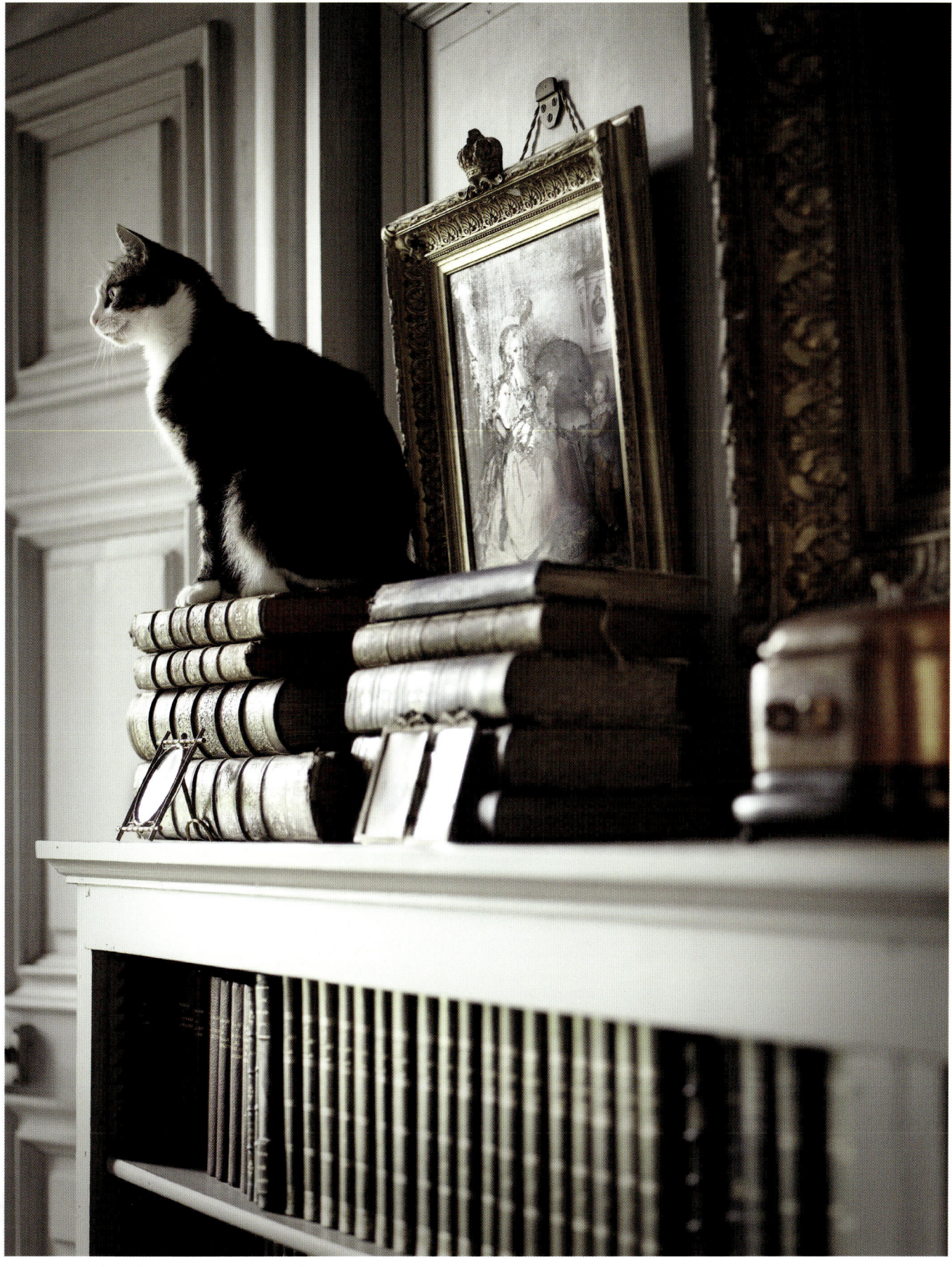

신은 호랑이를 어루만지는 기쁨을
인간에게 선사하기 위해서 고양이를 만들었다.

God made the cat in order that humankind might have the pleasure of caressing the tiger.

조제프 메리
(Joseph Méry, 1797-1866, 프랑스 소설가이자 시인이자 극작가)

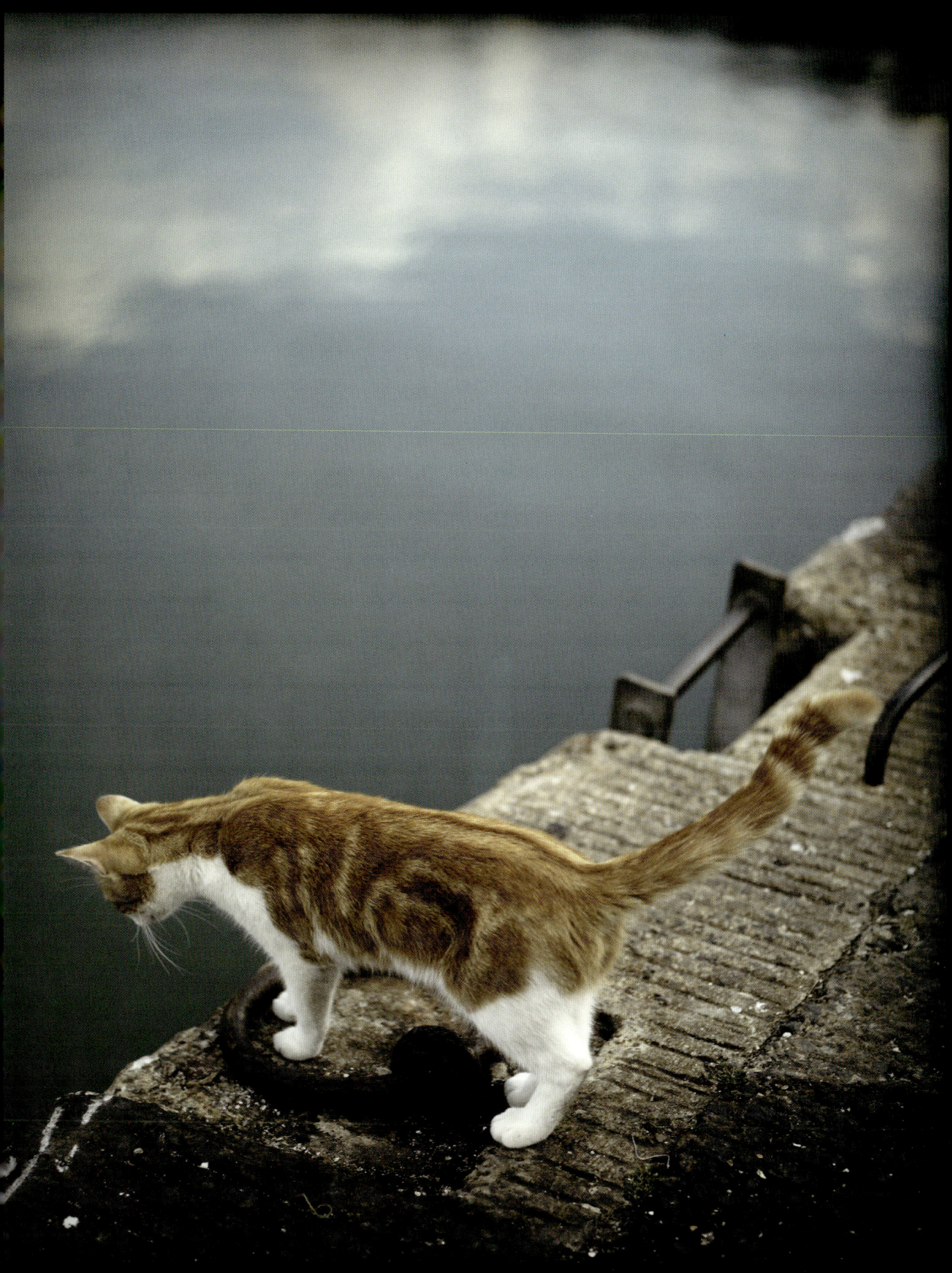

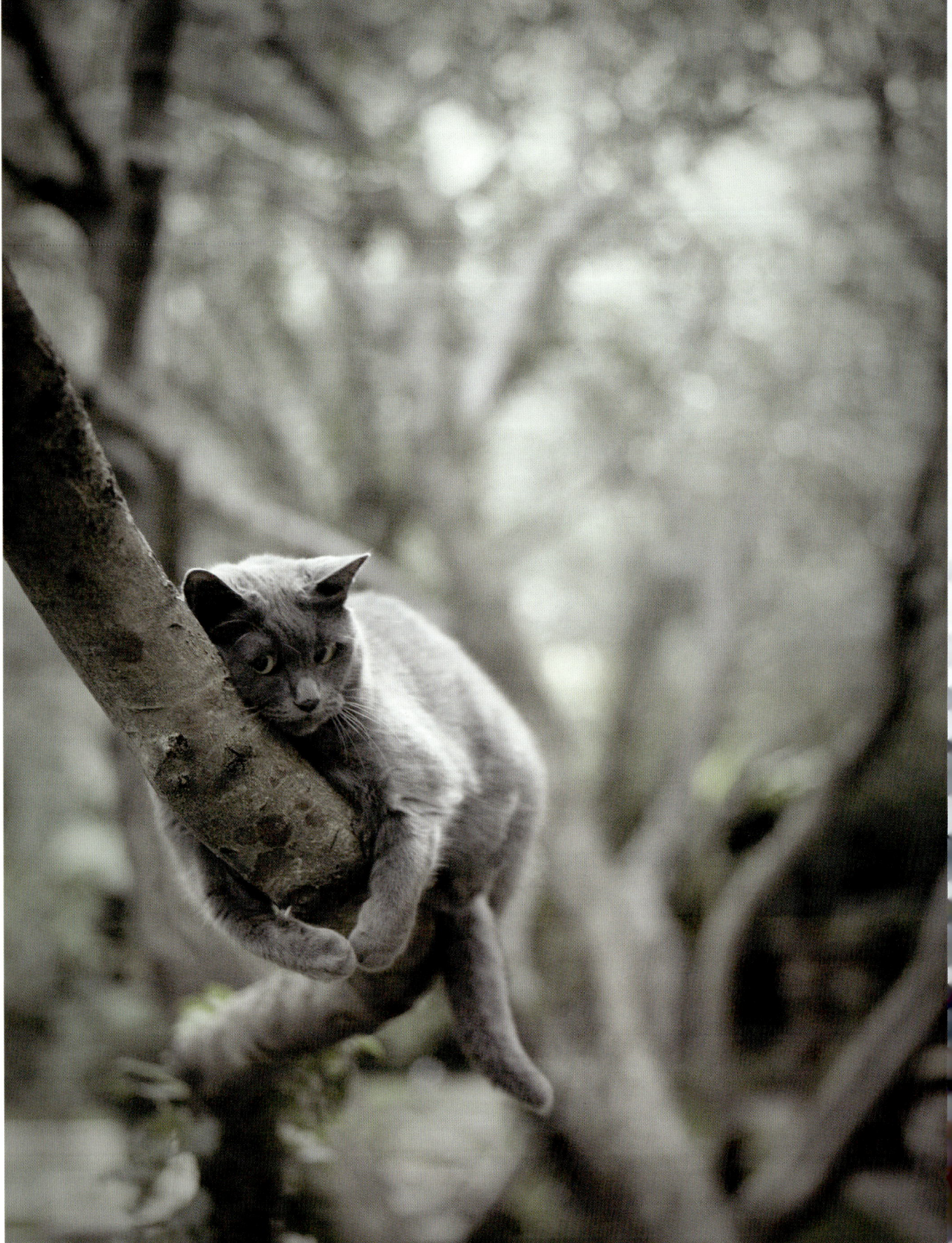

오만하면서도 아름다운 얼굴과 관능적인 몸 그리고 한 번만 휘둘러도 치명적인 상처를 남길 수 있는 발톱, 사람에게 바싹 달라붙어 가르랑거릴 때도 있지만 속을 알 수 없을 만큼 냉담한 성격의 소유자인 고양이는 사진작가라면 누구나 한 번쯤 카메라에 담아 보고 싶은 대상이다.

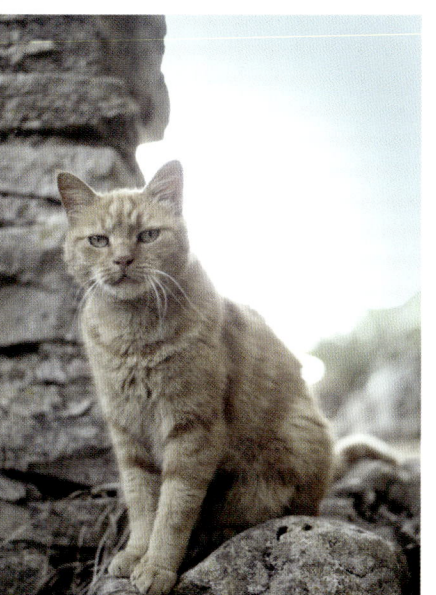
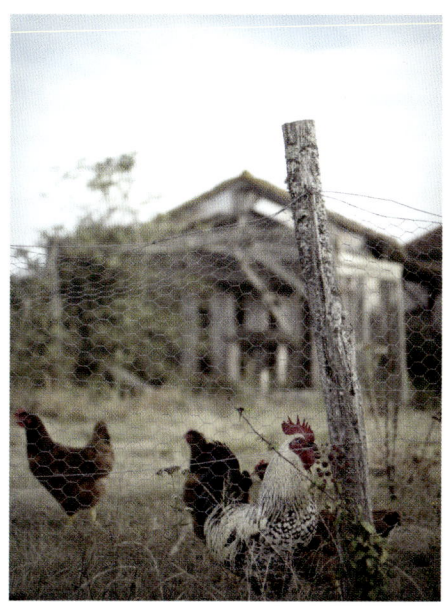
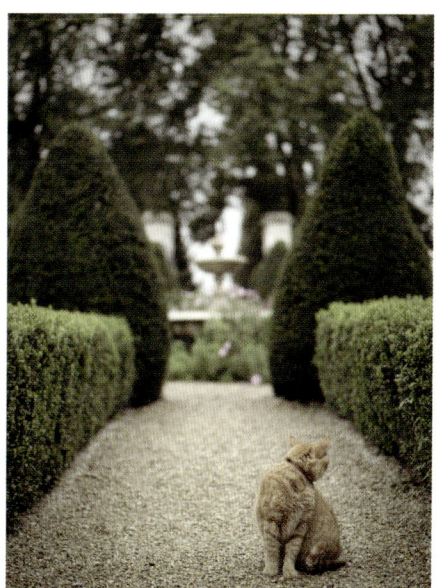
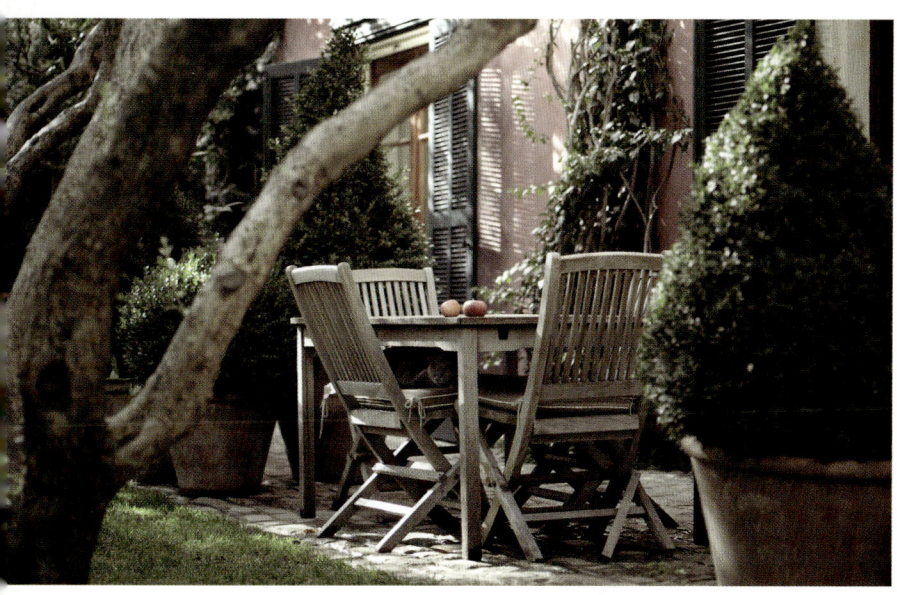
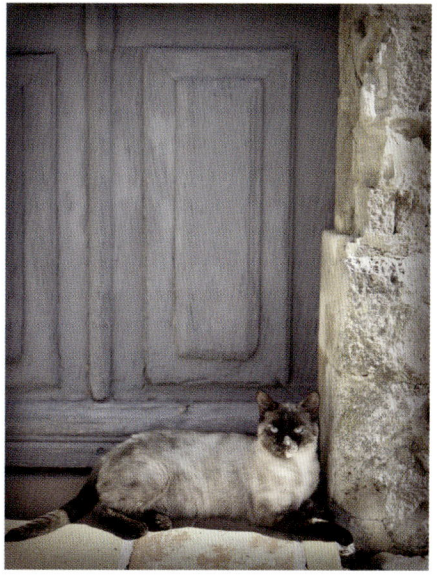

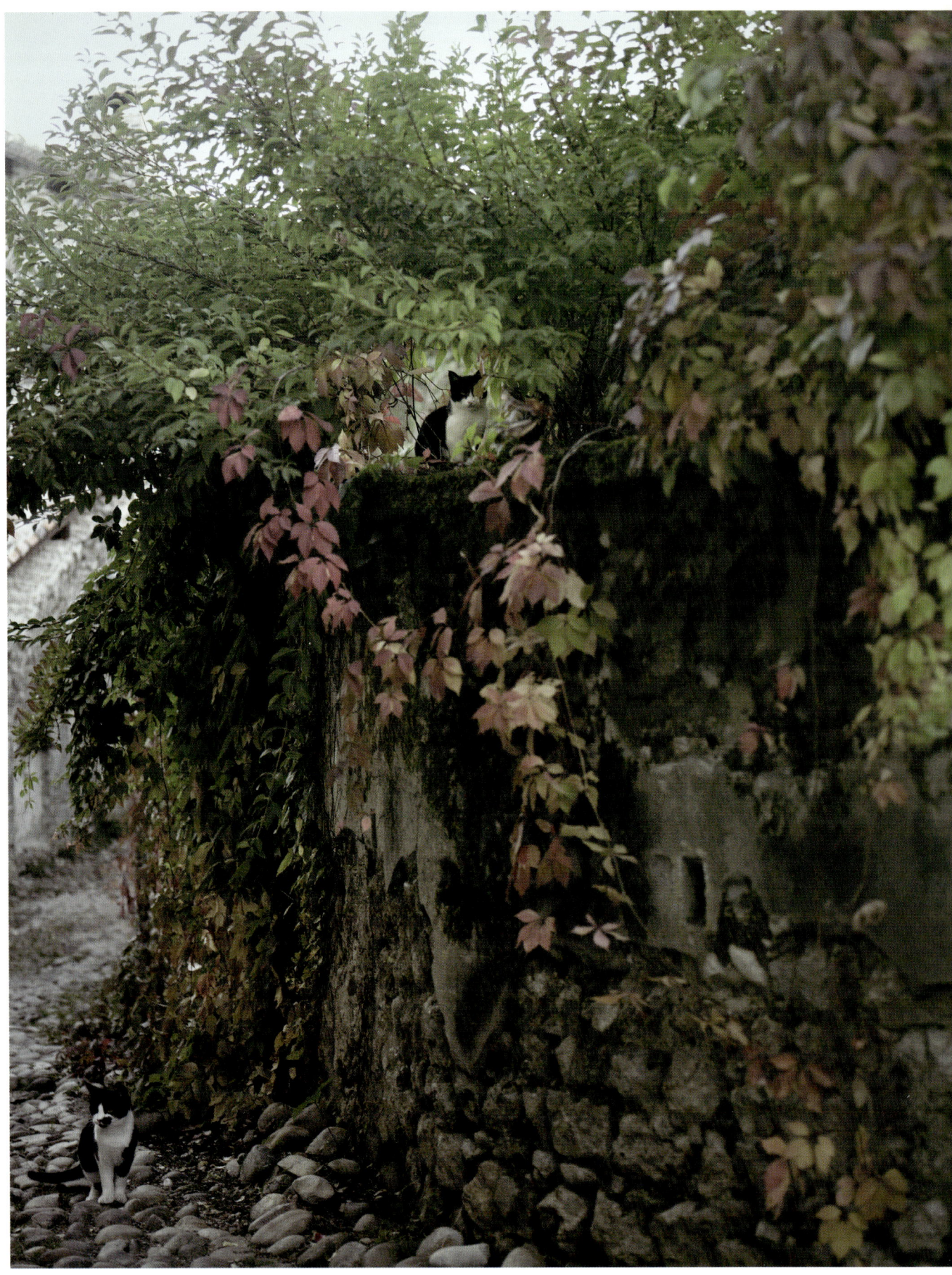

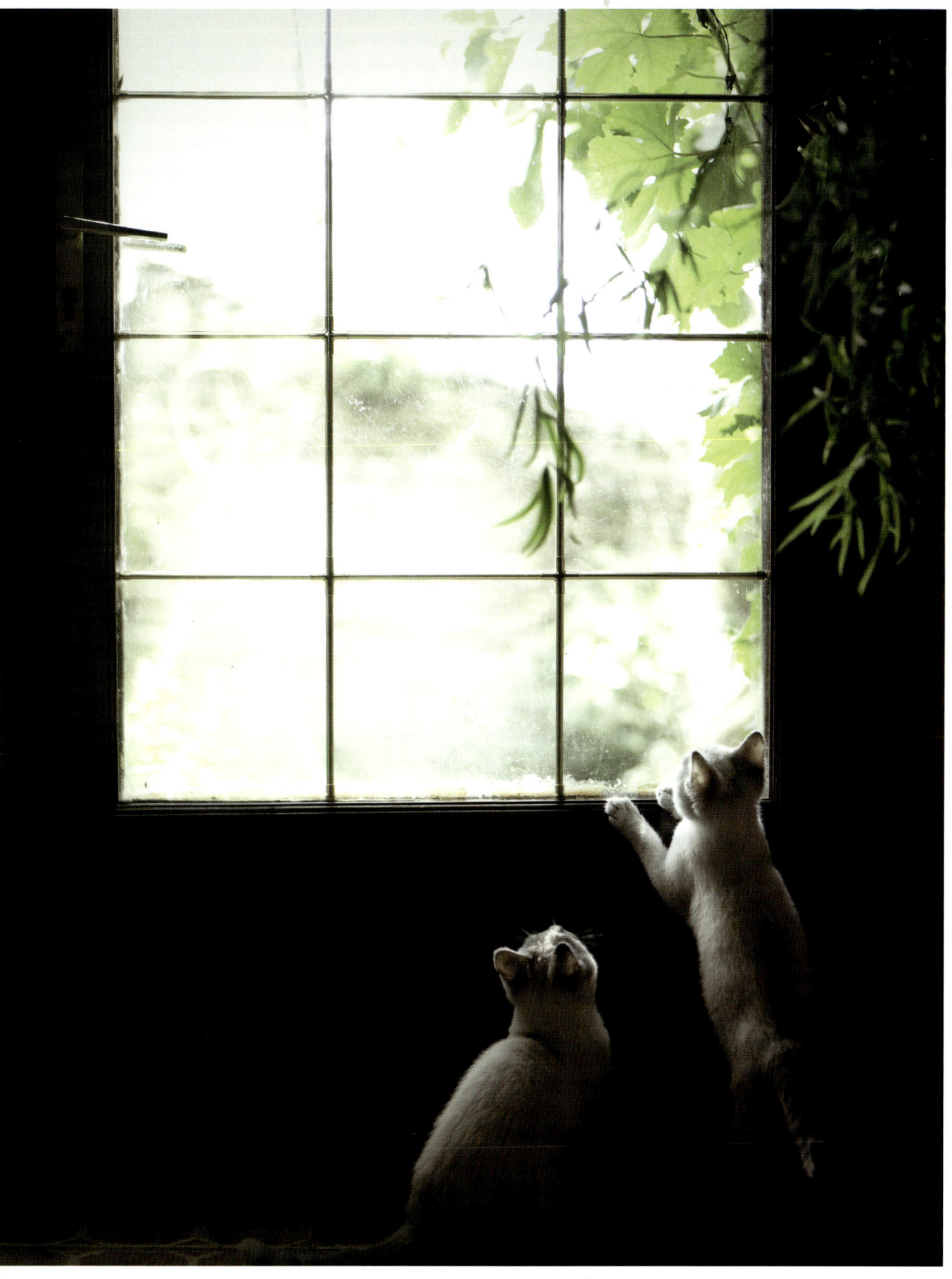

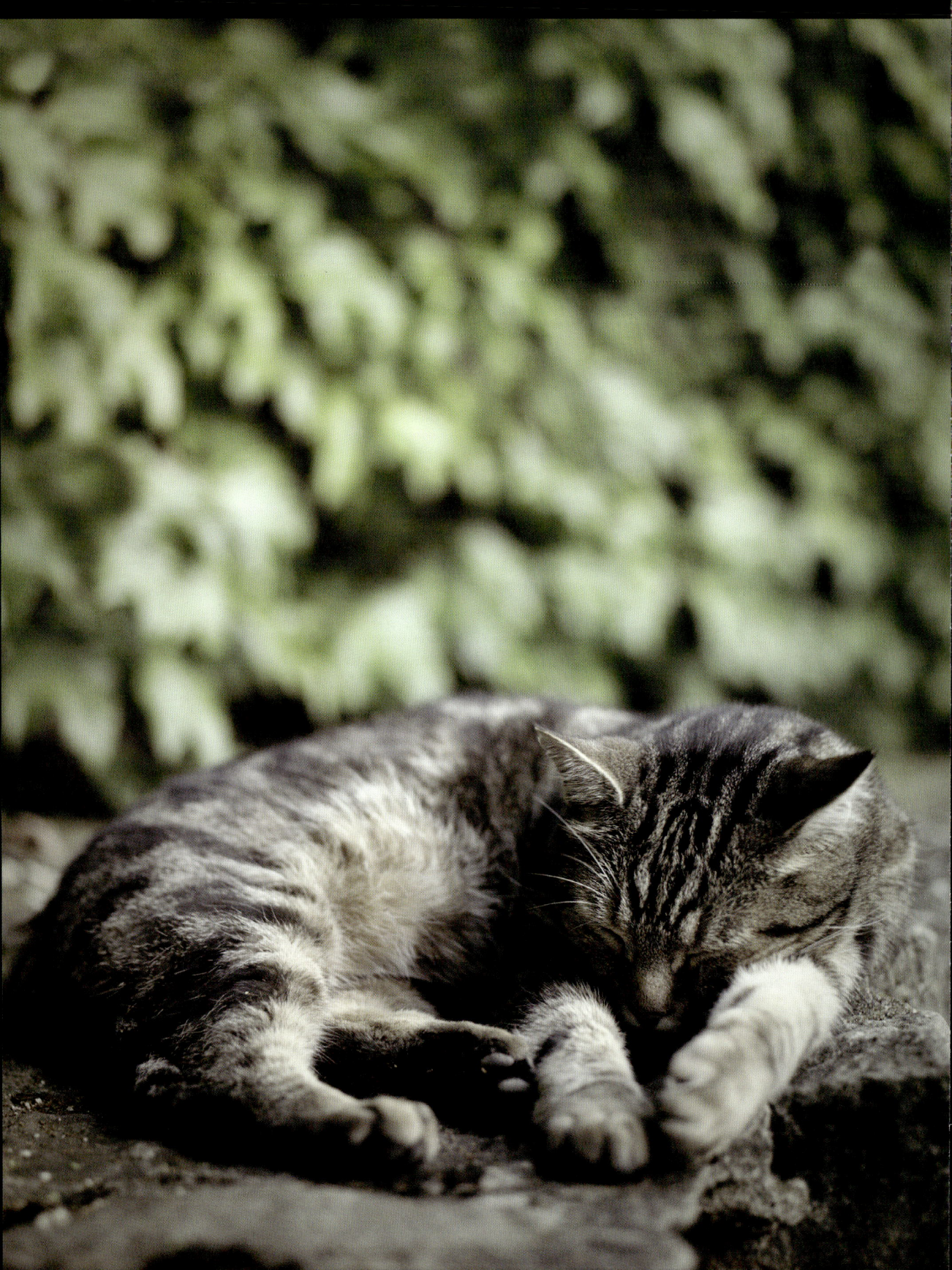

졸고 있는 한 마리 작은 고양이는
다시없는 행복 그 자체를 보여준다.

*A little
drowsing cat
is an image
of perfect
beatitude.*

질 샹플뢰리
(Jules Champfleury, 1820-1889, 프랑스 미술평론가이자 소설가)

나는 내 집에서 크나큰 기쁨을 얻기에 고양이를 사랑한다;
그리고 조금씩 조금씩 고양이는 눈에 보이는, 내 집의 영혼이 되어 간다.

I love cats because I enjoy my home;
and little by little, they become its visible soul.

장 콕토
(Jean Cocteau, 1889-1963, 프랑스 시인이자 소설가이자 극작가이자 영화 제작자)

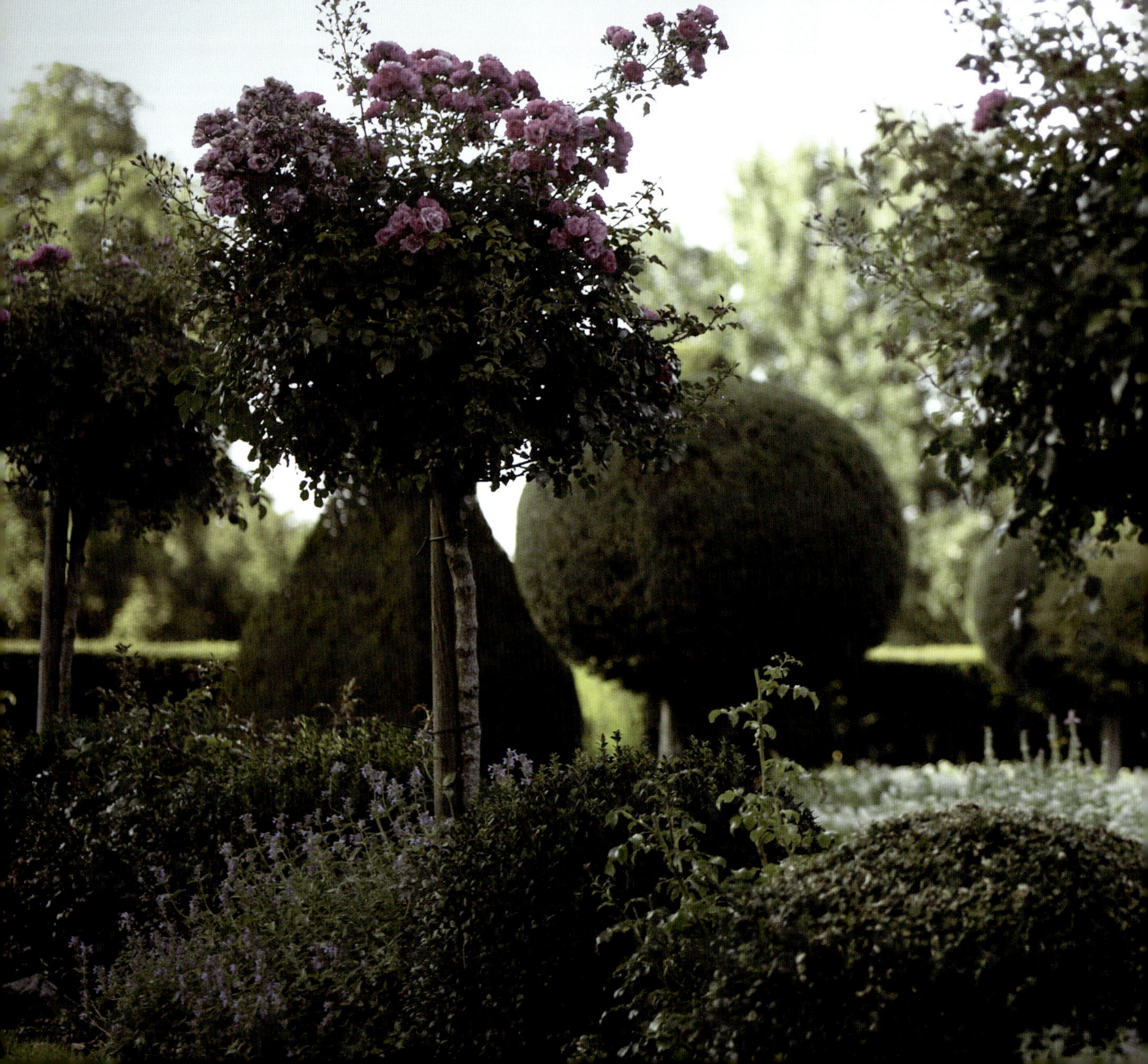

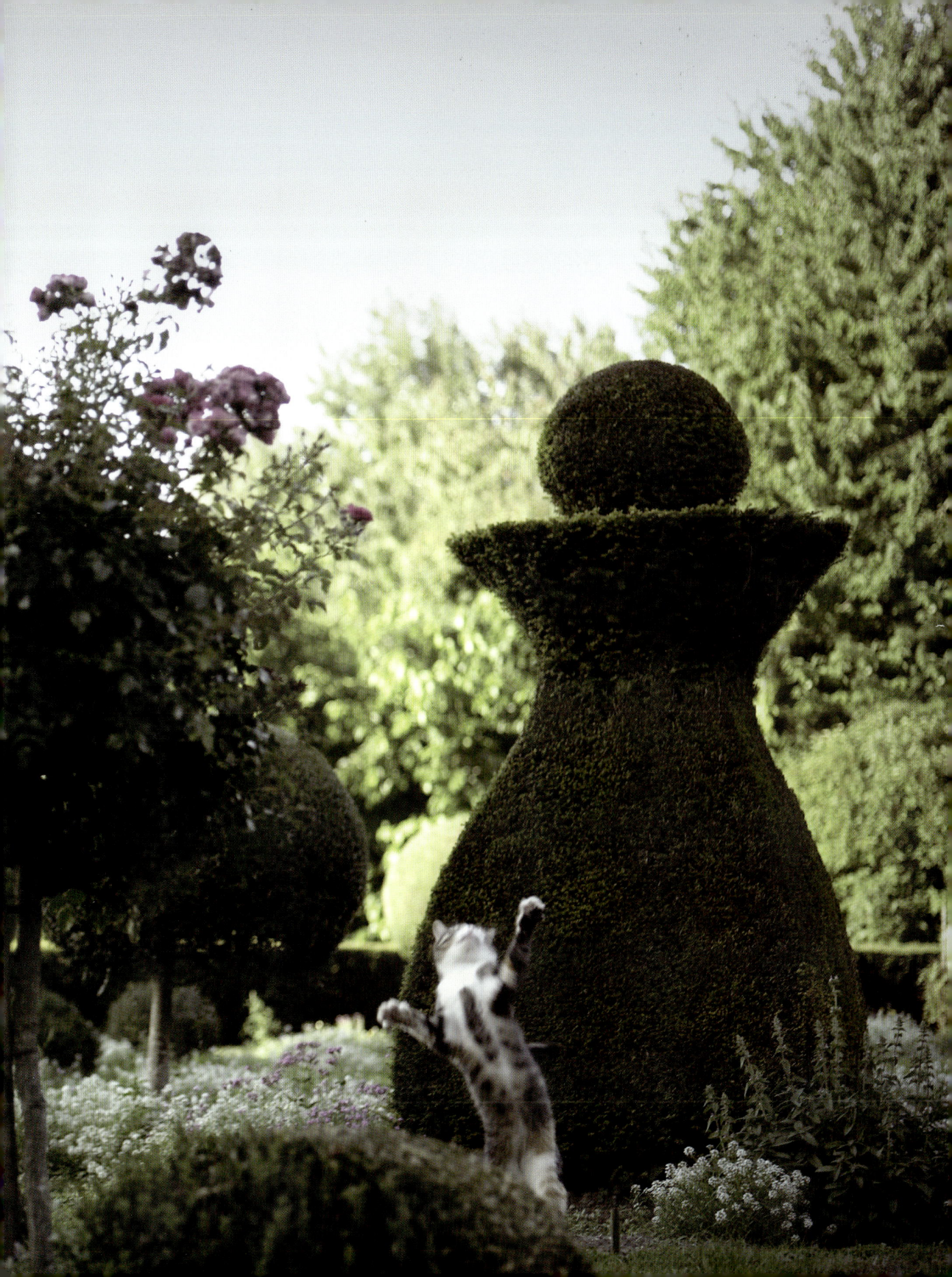

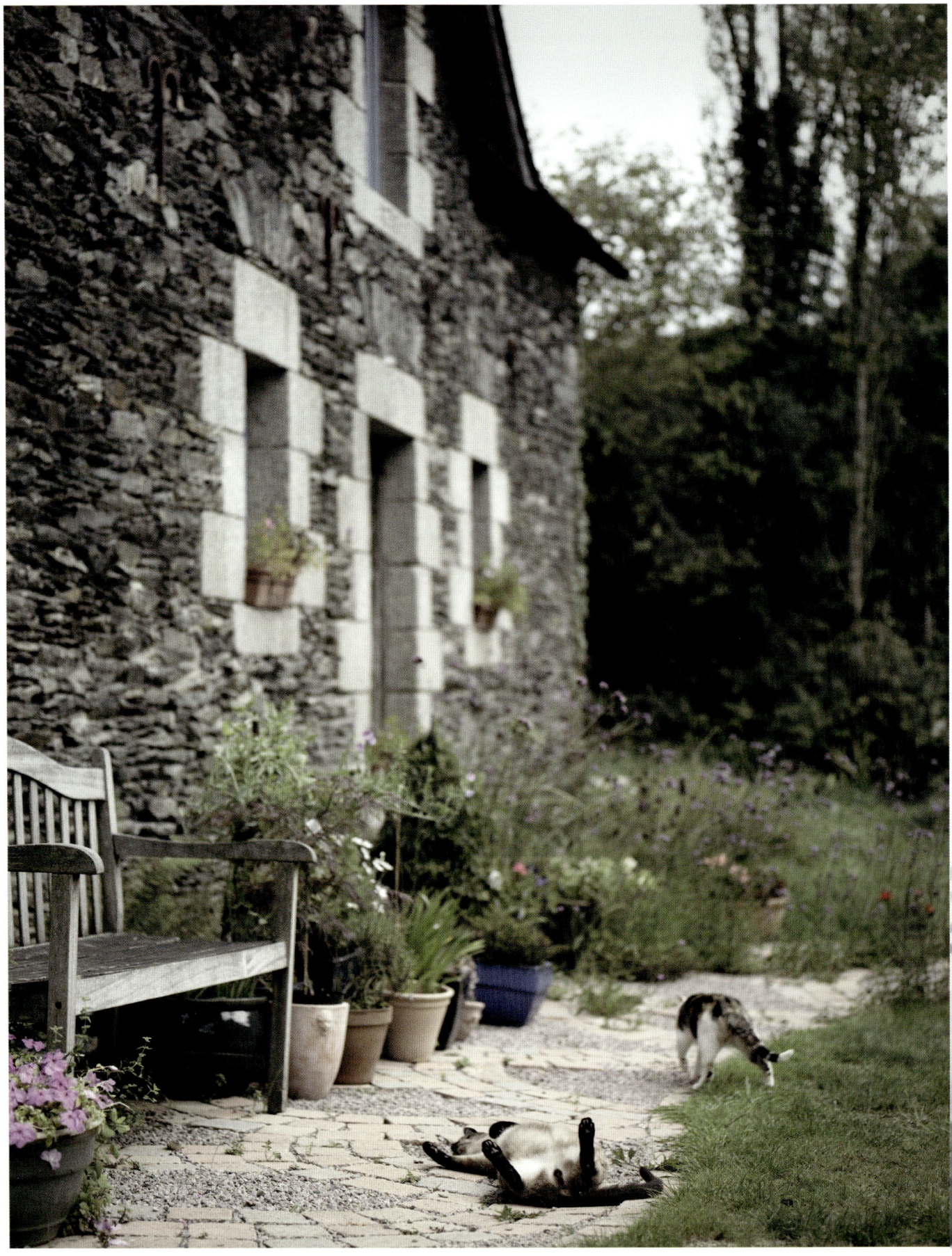

감사의 말

이 책을 만들면서 기쁨을 느꼈다는 말로는 내 감정을 제대로 표현할 수 없다. 나는 아름다운 나라를 여행하고 너무나 멋진 사람들과 함께 작업했다. 무엇보다도 조금 수줍음을 타기는 하지만 감탄을 자아내는 고양이들과 친구가 되어 천국에 있는 행복을 맛보았다.

내 남편 앤디에게 감사의 말을 가장 먼저 전하고 싶다. 앤디는 우리의 놀랍고도 참을성 많은 딸 샤를리즈와 함께 아름다운 여정의 동반자가 되어 주었으며 내게 끊임없는 지원과 사랑을 베푸는 동시에 용기를 불어넣어 주었고, 나를 이끌어주었다.

앤디, 정말로 고마워요. 당신이 없었다면 이 화보집을 완성하지 못했을 거예요. 사진작가로서의 당신의 재능 역시 인정하지 않을 수 없군요. 내 모습이 담긴 사진들은 모두 당신의 노련한 눈을 통해서 탄생됐으니까요.

새로운 환경에서 모험할 수 있는 기회를 내게 선사한 PQ 블랙웰PQ Blackwell 출판사의 제프 블랙웰과 루스 홉데이에게도 언제나처럼 깊은 감사를 전한다. 아울러 내 언어를 다듬어준 캐롤 뒤 샤토와 내가 촬영한 사진들로 훌륭한 작품을 만들어준 인하우스 디자인에게도 감사의 말을 건네고 싶다. 캐롤과 인하우스 디자인 덕분에 진정 아름다운 책이 완성될 수 있었다. 초기 조사와 준비 과정에서 아낌없는 도움을 준 자니 셰퍼드와 알렉 쉽에게도 고맙다는 말을 하고 싶다.

나의 시부모님인 캐롤과 하워드에게도 감사를 드리고 싶다. 앤디와 나는 샤를리즈를 즐겁게 해주고, 우리의 파란만장한 프랑스 정착기에 든든한 버팀목이 되어준 두 분께 끝없이 감사한다. 우리와 함께 3주간의 여행을 한 파울라 레 다오에게도 고맙다는 말을 전하고 싶다. 파울라는 고양이들과 친구가 되고 고양이들을 적절하게 배치할 수 있도록 큰 도움을 주었다. 앤디와 내가 고양이들을 찾으려고 파리의 거리를 헤매고 다니는 동안 샤를리즈를 돌봐준 카롤과 카롤의 여동생 폴린느에게도 감사한다.

나를 선뜻 집 안으로 맞이하고, 애지중지 기르는 반려동물을 촬영하도록 허락해준 고양이 주인분들께도 깊은 감사를 드린다. 특히 생-루 라메레에 위치한 생-루 성의 샤를르와 소피에게 감사한다. 정교한 아름다움과 개성으로 가득 찬 생-루 성에서 보낸 시간은 우리의 기억 속에서 영원히 살아 숨쉴 것이다. 프로방스 지방의 종키에르에 멋진 자태를 뽐내며 서 있는 보르갸르 성은 우리가 프랑스의 아름다운 고양이를 찾아 모험을 떠나던 첫날에 가장 먼저 들른 곳이었다. 우리를 반갑게 맞이한 뒤 아름다운 두 마리의 고양이는 물론이고 끊임없이 활기를 불어넣는 개들과 함께 마음껏 작업하도록 허락해준 델타에게 진심으로 감사한다. 카르헤-플루게Carhaix-Plouguer에 자리 잡은 마누아르 드 케르레당Manoir de Kerlédan의 피터와 페니에게도 고맙다는 말을 하고 싶다. 두 분의 넉넉한 마음과 융숭한 대접 그리고 생각만으로도 입에 침이 고이게 하는 페니의 요리, 이 모든 것에 감사한다.

집을 온통 차지한 채 여러 시간 동안 고양이를 촬영했음에도 불구하고 변함없이 따뜻한 마음으로 우리를 대해준 말콤과 디안느에게도 감사를 전한다. 친절과 관용이 무엇인지를 보여준, 생-조르쥬-쉬르-루아르Saint-Georges-sur-Loire에 위치한 레피네 성Château de L' Epinay의 발르리에게도 감사한다. 기대 이상의 환대를 베풀어주었으며 멋진 장소에서 사랑스러운 고양이들과 함께할 수 있도록 해준, 님므Nimes의 자르뎅 스크레Jardins Secrets 호텔의 주인인 발랑텡 부부에게도 고맙다는 말을 하고 싶다.

나와 함께 작업한 프랑스 출판사 페젠느Fetjaine의 장-루이와 이자벨르에게도 감사를 전한다. 두 사람은 내게 끊임없이 용기를 불어넣어주었으며 열정을 보여주었고 파리의 수많은 고양이들을 만날 수 있도록 도와주었다. 파리 외곽에서 고양이들을 찾아내고 촬영할 수 있도록 큰 도움을 준 마릴린느와 브리제트 카제나브 역시 내가 감사하고 싶은 사람이다.

마지막으로 감사의 말을 전하지만 내가 그 누구 못지않게 고맙게 생각하는 사람은 나의 부모님과 여동생 벡스 그리고 나의 가장 소중한 친구 조다.

비록 수천 킬로미터 떨어진 곳에 있지만 네 사람이 보내주는 응원과 용기 그리고 (언젠가 마음이 변할지도 모르지만) 프랑스에서 새 삶을 시작하기로 결심한 내게 보여준 이해심은 말로 표현할 수 없을 만큼 큰 도움이 되었답니다.

모두들 곧 만나요!

레이첼 매케나(결혼 전 성은 헤일)
프랑스 랑그독의 작은 시골 마을 코스 에 베랑에서

Châteaux and Hotels

Au Ralenti du Lierre, Village des Beaumettes, Provence-Alpes-Côte d'Azur: www.auralentidulierre.com

Château d'Adoménil, Lunéville, Lorraine: www.adomenil.com

Château des Alpilles, Saint-Rémy-de-Provence, Provence: www.chateaudesalpilles.com

Château de Beauregard, Jonquières, Provence: www.chateaubeauregard.com

Château Bosgouet, Bosgouet, Haute-Normandie: www.thefrenchtable.com.au

Château de Boucéel, Vergoncey, Basse-Normandie: www.chateaudebouceel.com

Château de Busset, Busset, Auvergne: www.busset.com

Château de L'Epinay, Saint-Georges-sur-Loire, Pays de la Loire: www.chateauepinay.fr

Château de Germigney, Port-Lesney, Franche-Comté: www.chateaudegermigney.com

Château Royal, Saint-Saturnin, Auvergne: www.chateaudesaintsaturnin.com

Château de Saint-Loup, Saint-Loup Lamairé, Poitou-Charentes: www.chateaudesaint-loup.com

Château des Salles, Saint-Fort-sur-Gironde, Poitou-Charentes: www.chateaudessalles.com

Château des Tennessus, Amailloux, Poitou-Charentes: www.tennessus.com

Château de Varenne, Sauveterre, Provence: www.chateaudevarenne.com

Domaine du Château de Barive, Sainte-Preuve, Champagne-Ardenne: www.chateau-de-barive.com

Haras de la Potardière, Crosmières, Pays de la Loire: www.potardiere.com

Jardins Secrets, Nîmes, Languedoc-Roussillon: www.jardinssecrets.net

La Bastide Rose, Le Thor, Provence: www.bastiderose.com

La Cabro d'Or, Les Baux de Provence, Provence: www.lacabrodor.com

Le Mas de la Rose, Orgon, Provence: www.mas-rose.com

Manoir de Kerlédan, Carhaix-Plouguer, Bretagne: www.kerledan.com

Oustau de Baumanière, Les Baux de Provence, Provence: www.oustaudebaumaniere.com

Images

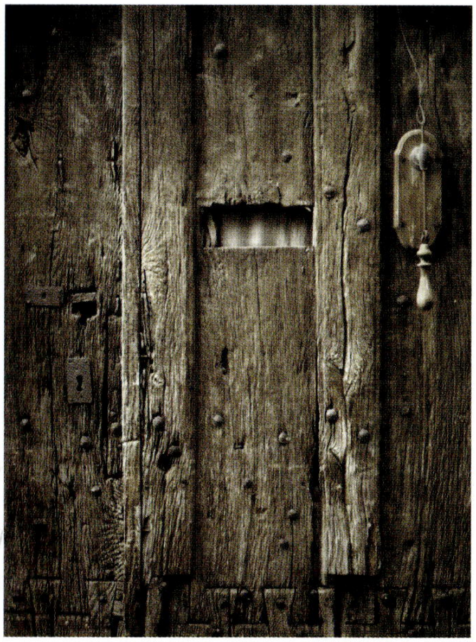

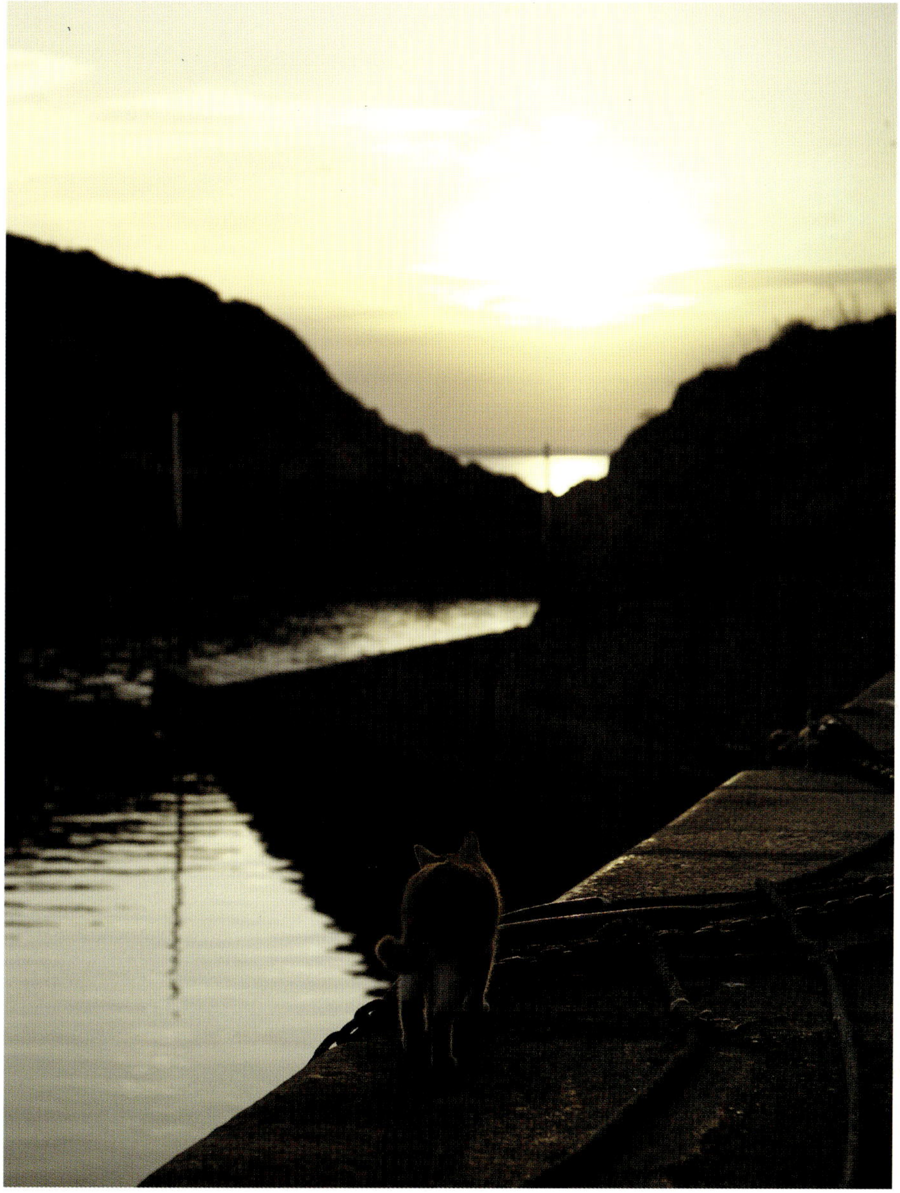

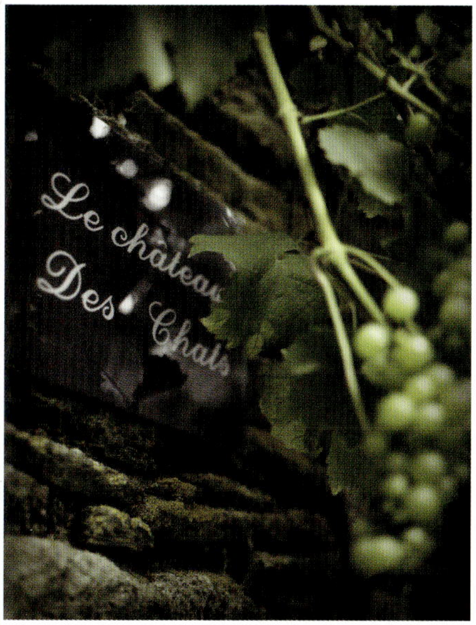

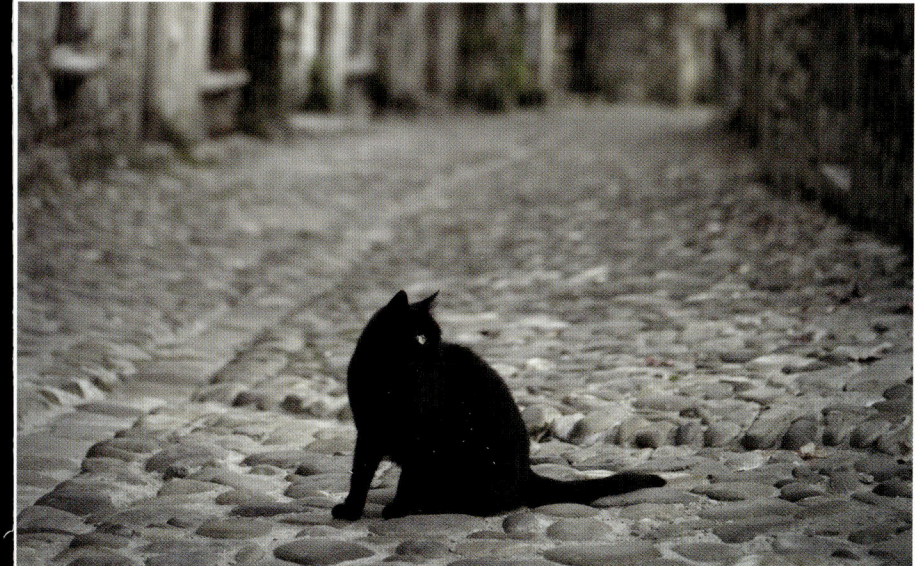
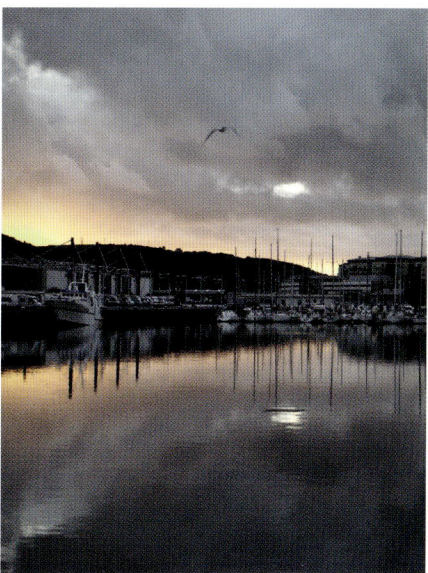

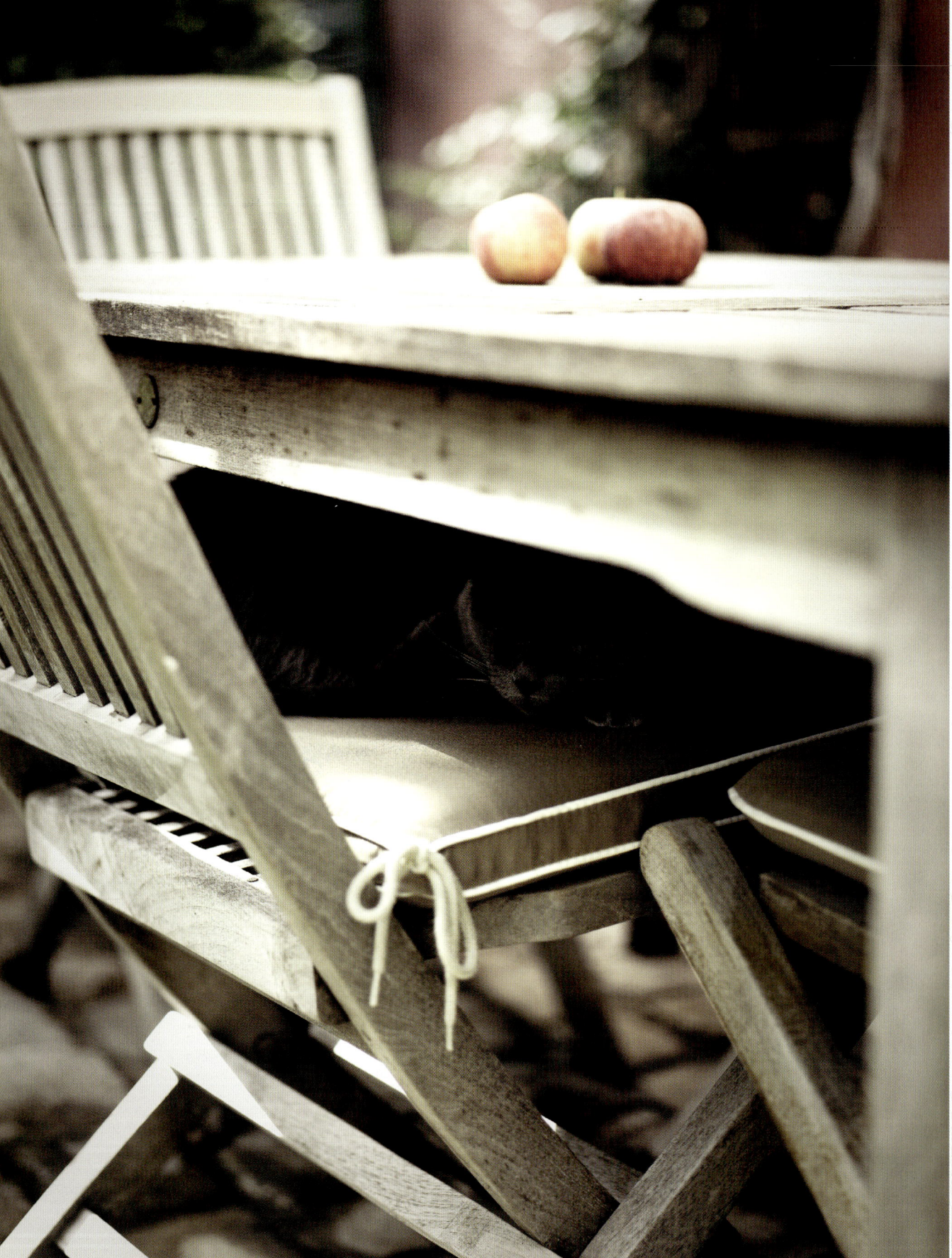

옮긴이 이선혜

고려대학교 불어불문학과를 졸업하고 프랑스 국립 루앙대학교에서 2년간 수학
했으며, 한국외국어대학교 통역대학원 한불과를 졸업했다. MBC 프로덕션 교
양제작국, 프랑스 대사관 상무관실 등을 거쳐 현재 번역가 에이전시 하니브릿지
에서 전문 번역가로 활동하고 있다. 주요 역서로는 《배반의 자화상》, 《용의 자손》,
《세 남매의 어머니》, 《카오스워킹》1·2, 《여인의 저택》, 《몬산토: 죽음을 생산하는
기업》, 《피츠버그의 마지막 여름》, 《25시》, 《시티즌 빈스》, 《인디아나 존스: 크리스
탈 해골의 왕국》 등 다수가 있다.
그 외 주요 번역 영화로는 《적과 흑》, 《레미제라블》, 《모데라토 칸타빌레》, 《파리
는 안개에 젖어》, 《멀티플리시티》, 《사랑의 기적》, 《에바》, 《라인 강 가는 길》, 《천
국의 아이들》 등 다수가 있다.

프로방스의 길고양이

2012년 7월 12일 초판 1쇄 인쇄
2012년 7월 20일 초판 1쇄 발행

지은이 | 레이첼 매케나
발행인 | 전재국

본부장 | 이광자
단행본개발실장 | 박지원
책임편집 | 이효원 김혜영
마케팅실장 | 정유한
책임마케팅 | 정남익 김진학 임형준
제작 | 정웅래 박순이

발행처 (주)시공사
출판등록 1989년 5월 10일(제3-248호)

주소 | 서울특별시 서초구 서초동 1628-1(우편번호 137-879)
전화 | 편집(02)2046-2853 · 영업(02)2046-2800
팩스 | 편집(02)585-1755 · 영업(02)585-0835
홈페이지 www.sigongsa.com

ISBN 978-89-527-6606-9 13800

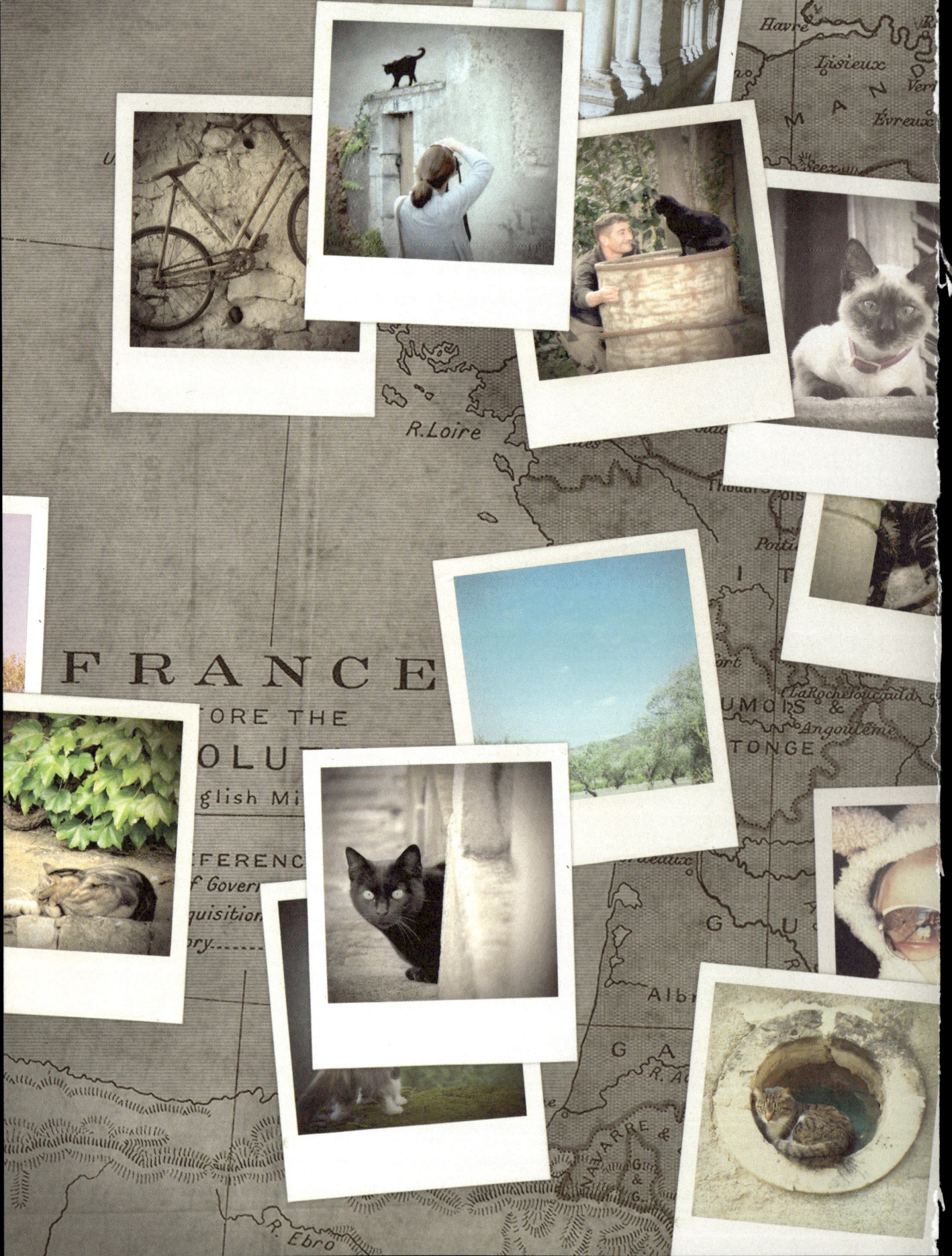